MARKO
DINIĆ

DIE GUTEN TAGE

Roman

Paul Zsolnay Verlag

Dieser Roman ist ein in Prosa festgehaltenes Stück Fiktion. Alle darin vorkommenden Personen und Handlungsstränge sind frei erfunden.

Gefördert von der Kulturabteilung der Stadt Wien, Literatur, und vom Land Salzburg.

1. Auflage 2019

ISBN 978-3-552-05911-5

Satz: Eva Kaltenbrunner-Dorfinger, Wien
Autorenfoto: © Leonhard Pill/Zsolnay
Umschlag: Anzinger und Rasp, München
Foto: © Flavio Obradovich
Druck und Bindung: GGP Media GmbH, Pößneck
Printed in Germany

FSC
www.fsc.org
MIX
Papier aus verantwortungsvollen Quellen
FSC® C014496

Für meine Großmutter
Ljubinka Dinić

I

Ein Fremder hat immer
seine Heimat im Arm
wie eine Waise
für die er vielleicht nichts
als ein Grab sucht.

NELLY SACHS

I believed – memory might mirror no
reflections on me,
I believed – that in forgetting I might
set myself free.
But I woke up this morning with a
piece of past caught in my throat …
And then I choked.

RITES OF SPRING

Wir fuhren schon seit einer Stunde. Die Grenze zwischen Österreich und Ungarn passierten wir ohne größeres Aufsehen. Obwohl Wien keine Autostunde entfernt war, überkam mich dennoch, je weiter wir Richtung Osten vordrangen, eine Art dunkle Vorahnung, ein Gefühl der Beklommenheit, das ich gut kannte und das sich nicht einfach abschütteln ließ.

Beim ersten Blick aus dem Fenster zog ein dünner Wolkenschleier am Himmel auf, einige in der Ferne noch ruhende Windräder reckten die Stahlglieder in den leichten Nachmittagswind. Wie eine schlechte Gewohnheit tuckerte der Bus über die Autobahn. Die Personenkontrolle durch die ungarischen Zollbeamten in Zivil kurz nach dem Grenzübergang war reine Formsache gewesen. Seit den Vorfällen an der Außengrenze vor einem Monat war die Stimmung angespannt, und das ließen uns die lächerlich aufgeplusterten Gestalten auch spüren. Doch die auf misstrauisch getrimmten Blicke der Beamten konnten nicht über die Langeweile hinwegtäuschen, mit der sie an diesem Grenzabschnitt kontrollierten.

Der Bus von Salzburg nach Niš, auch *Gastarbeiterexpress* genannt, war nicht die gemütlichste, aber die günstigste Reisevariante nach Serbien, auch wenn die Preise seit meiner letzten Fahrt beachtlich gestiegen waren. Das hatte unter anderem mit der Aufstockung der Flotte um drei weitere Fahrzeuge und dementsprechend viele Fahrer zu tun, wie mir die Dame am anderen Ende des Hörers mitgeteilt hatte, als ich vor wenigen Tagen mein Ticket nach Belgrad reservierte.

Nun saß ich in einem dieser neuen Busse und ließ mich von meinem Sitznachbarn volllabern, einem etwas untersetzten Mann mittleren Alters, dessen euphorisches Gemüt nicht recht zur lahmenden Stimmung dieser Fahrt passen wollte. Unter seinem abgewetzten Parka lugte, wenn er die Hände hob, ein knallroter, löchriger Pullover hervor. Er schwitzte stark und roch streng nach Zigaretten und billigem Aftershave. Sein schütteres Haar, zu so etwas wie einem mageren Scheitel gekämmt, überdeckte nur schlecht die von Schweißperlen übersäte Glatze. Die etwas verwahrloste Erscheinung unterstrichen seine dunklen, schlammigen Augen und die grauen Zähne, die er durch krampfhaft verzogene Lippen zu verbergen suchte. Dennoch wirkte er freundlich, seine tiefe rauchige Stimme fast vertraut. Obgleich er sich anstrengte, mir irgendetwas über den letztjährigen Visumsantrag eines Bekannten zu erzählen, führte er vielmehr Selbstgespräche, was ihn aber nicht zu stören schien.

Ich war mit meinen Gedanken ganz woanders, während das Euroliner-Monstrum langsam wieder die mir gut bekannte Ungarn-Geschwindigkeit aufnahm, ein gleichmäßiges Rollen auf einer nahezu kurvenlosen Autobahn, von der ich immer gedacht hatte, sie würde, einem weißen Rauschen gleich, keinen Anfang und kein Ende kennen.

Die Busse fuhren jeden Tag und hielten auf ihrer Fahrt noch in Wels, Linz, Wien, Budapest, Subotica, Novi Sad, Belgrad und Kragujevac. Ich war in Wien eingestiegen. Die Gesichter der grimmig dreinblickenden Fahrer erhellten sich, als sie mich beim Einsteigen erblickten. Sie grüßten mich liebevoll, als würden sie mich von früheren Fahrten kennen, was aber nicht sein konnte – ich war vor etwa zehn Jahren das letzte Mal mit einem *Gastarbeiterexpress* gefahren, damals jedoch in die entgegengesetzte Richtung.

Jedenfalls passten ihre roten, klobigen Nasen und aufgedunsenen Wänste zum Rest der Reisegesellschaft, die hauptsächlich aus Männern bestand – Mittfünfziger, denen die Diaspora anzusehen war, die körperliche Arbeit und der Alkoholismus, eine Mischung, die nur im Ausland so hatte entstehen können, weil es in Serbien zwar nicht an Alk, aber an Arbeit mangelte. Diese

Männer schickten sich nun an, den Bus während der fast fünfzehnstündigen Fahrt in ein Biotop aus Kuriositäten und Schweinereien zu verwandeln, die hier jedoch selbstverständlich waren. Sie nuckelten unentwegt an ihren mitgebrachten Schnapsflaschen oder tranken die Biere, die die Fahrer unter der Hand für einen Euro dreißig weitergaben. Stunden voll quälenden Turbofolk-Geplärres ergänzten den Saufbetrieb in den ersten Reihen. Hie und da – wenn es einem der Fahrer mal selbst zu viel wurde – spielten sie einige Lieder von Bijelo Dugme, bei denen die wallenden Gemüter verdächtig still wurden und eine nahezu nostalgische Andacht herrschte. Meist lief der Fernseher mit. Alte Diaspora-Filme über Žika, den alle nur *Herr Žika* nennen, der sich in den siebziger Jahren in Frankfurt als Klempner eine Wohnung in Belgrad erarbeitet hatte und nun in neun Filmen seiner ganz persönlichen goldenen Zeit nachtrauerte. Ich war froh, dass ich in Belgrad aussteigen musste.

Ab einer gewissen Anzahl an Fahrtstunden werden die Jausen ausgepackt, mit den Fahrern wird um die Wette geraucht und über den anstehenden Hausbau in der Heimat geredet. Fotos der Baustellen werden herumgereicht, dazu die passenden Geschichten über faule Handwerker, korrupte Behörden und das verfluchte Leben im Ausland. Die Männer grölen um die Wette, während die wenigen Frauen sich über das Gesindel empören, das in Österreich seine Manieren verloren zu haben scheint. Anschließend kommt das große Schnarchen bis zur ungarischen Grenze mit Serbien. Und wenn das Licht dann wieder an ist, beginnt das Fauchen und Jaulen. Die Mütter der ungarischen Grenzbeamten werden hinter vorgehaltener Hand verflucht, danach kommen die Mütter der serbischen Zöllner dran. Am Morgen, kurz vor Belgrad also, geht das ganze Spiel von vorne los.

Im Grunde kamen Busfahrten in den Balkan, egal in welches Land man reiste, einer Dauerschleife mit unterschiedlichen Protagonisten gleich. Jeder einzelne Passagier kannte den Ablauf und auch seinen Platz in diesem durchchoreografierten Möbiusband an Bewegungsabläufen, Unterhaltungen, Gesten, gepaart mit den Musikeinlagen und Videokassetten einer Welt, die es eigentlich nicht mehr gab.

Auch ich kannte meinen Platz in dieser Gemeinde gut. So wie einige weitere junge Leute, die sich im Bus verstreut hatten und der *Alten Schule* zahlenmäßig weit unterlagen, hatte ich mich selber zum Schweigen verdonnert. Niemand hatte uns den Mund verboten. Wir gehörten einfach nur nicht hierher. Die Verwirrung vor so viel gebündelter Nostalgie und ausschweifendem Testosteron konnte man von unseren Gesichtern ablesen. Die Leute erkannten schon beim Betreten des Busses, dass wir unmöglich zu ihnen gehören konnten, obwohl wir anscheinend ein gemeinsames Ziel hatten: Serbien. Hier kannte jeder jeden, und niemand kannte uns. Damals, während der ersten jugoslawischen Diasporawelle, waren viele Arbeiter gegangen, als es dem Land relativ gut ging. Nun, da vieles den Bach runtergeht und junge Leute ins Ausland regelrecht fliehen, konnten sie es uns vorhalten, unser ungebührendes Verhalten gegenüber einem Land, das sie so sehr liebten, das es in dieser Form aber auch nicht mehr gab.

Staatsbürgerschaften und Pässe zählen in dieser eingeschworenen Gemeinschaft wenig: Sie sind das Beiwerk eines hart erarbeiteten Lebensstandards, mehr nicht. Umso mehr wird fortwährend an der Utopie Serbien gebastelt. Wofür hackelt man sich sonst den Rücken krumm, wenn nicht für den Ruhestand im eigenen Haus, das sich in der Diaspora kaum einer leisten könnte. Einmal dort angekommen, wird weitergesoffen, geflucht, geschlagen, gefeiert: Nie wieder Bus fahren, nie wieder Baustelle!

Insgeheim, das redete ich mir ein, gaben sie sogar uns, dieser in den Krieg hineingeborenen Generation, die Schuld an der jetzigen Misere, die sie in ihrer Kriegstümelei selbst beschworen hatten. Bei einseitigen Schuldzuweisungen waren sie immer schon gut gewesen, beim Wegschauen, beim Kadavergehorsam. Den eigenen Kopf aus der Schlinge ziehen, das hatten sie so weit perfektioniert, dass es einer Gewohnheit glich, einer Marotte, die sie umso gefährlicher machte.

Der Bus fräste weiter beharrlich über die Autobahn. Die Grundnote Schnaps variierte zwischen Šljivo und Marille. Der beißende Geruch von starkem Alkohol vermischte sich mit den Ausdünstungen ganzer Familienbanden, deren Kinder sich unter den ohrfeigenverbreitenden Händen der Väter die Hosen vollschissen. Riesige Fresspakete aus Österreich für die verhungernde Verwandtschaft aus dem Süden wurden in die Stauräume über den Sitzen gestopft. In einem Anflug von Schadenfreude stellte ich mir vor, wie eines dieser Pakete einer armen Sau auf den Kopf fällt und die Einmachgläser darin bersten: Der Patient liegt blutend am Boden, während die austretenden Flüssigkeiten sich mit dem Šljivo und dem Gestank der Kinderscheiße vermischen. Hinzu kommt der Dunst der Garde aus der ersten Reihe, die, je weiter der Abend voranschreitet, vom Serbischen zu einer der vielen lallenden Sprachen wechselt – sei es dem Alkohol oder der schlechten Luft geschuldet, der Bus verwandelte sich schleichend. Und als Außenstehender war man der Willkür Einzelner ausgeliefert. Wer keinen Humor bewies und sich beschwerte, wurde von der Busgemeinschaft mit bösen Blicken und leisen Flüchen kollektiv bestraft.

Das System ist einfach, die Hierarchien sind klar festgelegt: Die Frauen müssen grundsätzlich die Fresse halten, außer sie geben ihren Männern etwas zu essen. Irgendwann versammelt sich eine testosterongeladene Horde Halbstarker um den Fahrer wie um ein Wasserloch. Es wird geflucht, gegrölt und gegen Kroaten oder Muslime oder Amerikaner oder Österreicher oder Schwarze oder Politiker gewettert. Nach einigen Fahrtstunden fängt einer an, auszuscheren, den Ton anzugeben. Meist ist es der mit dem lautesten Organ oder mit den lustigsten Ein-

Bosnier-ein-Kroate-ein-Serbe-Witzen. Dieser Mensch wird von der Gruppe klammheimlich zum Anführer erkoren. Meine Mutter erzählte mir einmal, sie habe sich bei einem ihrer zahlreichen Versuche, mich in Wien aufzuspüren, im Bus eine Nikotinvergiftung zugezogen, nachdem sie einen dieser Maulhelden gebeten hatte, seine Zigarette auszumachen. Die restliche Fahrt über hatte der Mann neben ihr trotzig Kette geraucht. Ich hatte erst im Nachhinein erfahren, dass sie sogar im Krankenhaus gewesen war. Sie tat mir nicht sonderlich leid, damals wie heute.

Heute war Zoran an der Reihe. Ich kannte Zoran zwar nicht, aber das, was ich in den ersten zwei Stunden von ihm mitbekam, reichte mir. Ein kleiner Mann mit sehnigem Oberkörper und einer rauen, von Zigaretten zerfressenen Stimme. Seine Haut hatte einen ockerfarbenen Ton, was nur bedeuten konnte, dass sich Zoran im Laufe seines Lebens auf irgendwelchen Baustellen kaputtgearbeitet haben musste. Wahrscheinlich wurde er dort auch zum Spiegeltrinker sozialisiert. Immer wenn ich ihn anblickte, zuckte etwas in mir zusammen.

Ich musste zwangsläufig an Meister Milo denken, der mir in Wien meine erste Arbeit als Baustellenreiniger besorgt hatte – seine Haut hatte denselben Farbton. Meister Milo legte aber auch eine Demut an den Tag, die Zoran zur Gänze fehlte, der man aber auf der Baustelle oder an der Supermarktkassa oder im Taxi oder am Ende der Schicht bei den Putzfrauen begegnen konnte, öfter als in den zahlreichen Restaurants und Bars, in denen ich jetzt mein Geld verdiente. Diese Demut ist der Erfahrung in der Fremde geschuldet. Sie ist unter Migranten überlebensnotwendig und findet sich am häufigsten bei jenen, die nicht einmal einen Hauptschulabschluss haben. Sie arbeiten sich kaputt, bezahlen ihren Kindern das bessere Leben, das sie selber nie lebten, fluchen am Abend den Fernseher an, feiern ausgelassen mit ihren Familien alle wichtigen Feiertage, lachen herzhaft auf, wenn es etwas zum Lachen gibt, schweigen, wenn über Politik geredet wird, bekreuzigen sich regelmäßig mit Tito im Hinterkopf, schlafen tief und fest, träumen meist denselben Traum, und das jahrelang, helfen anderen durch ihre dubiosen Beziehungen zu irgendwelchen Cousin-Netzwerken, sterben mit nicht einmal siebenundfünfzig Jahren an Herzversagen und hinterlassen eine furchtbare Lücke innerhalb der Gemeinschaft, die sich zusehends mit vorlauten Rudelführern wie Zoran begnügen muss. Nun war Meister Milo schon seit zwei Jahren tot und die ungarisch-serbische Grenze noch weit entfernt.

Im Grunde taugte Zoran überhaupt nicht zum Rudelführer. Sein kleiner überstrapazierter Körper schien verloren in der Masse von aufgeblähten Bäuchen. Er hatte jedoch zwei Vorteile: Zum einen kannte er die Fahrer gut, was immer Eindruck machte, zum anderen überstieg seine Vulgarität die der anderen um einiges. Seine Frau – sie saß eine Reihe vor mir: eine zierliche Person mit weichen Gesichtszügen und einem Zittern in der rechten Hand, das wahrscheinlich der Angst geschuldet war, die sie vor ihrem Ehemann hatte – seine Frau also bezeichnete er bei einer ihm gebotenen Gelegenheit als Fickloch. Er dankte alle drei Minuten Gott, dass er ihm einen Sohn geschenkt hatte, da er eine Tochter nicht hätte schlagen dürfen. Er trank die ganze Fahrt über und gab mit seiner Trinkfestigkeit an, indem er den Rest der Gruppe als eierlose Schwuchteln bezeichnete. Die anderen schienen ihm so etwas wie Respekt entgegenzubringen. Doch insgeheim, das wusste ich, verachteten sie ihn – weil er die Kontrolle hatte. Er bestimmte die Musik, die Videos, die Gesprächsthemen. Er fraß das Essen der anderen und soff deren Bier aus. Er war der heimliche Botschafter des kleinsten Landes der Welt geworden, das auf keiner Landkarte eingezeichnet war: eine eingekerkerte Reisegesellschaft auf Zeit, die dazu verdammt war, sich selbst auszuhalten und sich ihrem auserkorenen Anführer unterzuordnen. Ein Bus in der Einöde als Abziehbild des ehemaligen Jugoslawien – so gesehen hatte sich nichts verändert.

»Es sind im Grunde zwei Seiten ein und derselben Medaille. Sie kennen das sicher! Da wird man von einer Behörde zur nächsten gejagt, um irgendwelche Papiere für das Visum ausgestellt zu bekommen, nur um festzustellen, dass man dreimal denselben Wisch ausfüllen musste! Am Ende des Tages kehrt man erschöpft nach Hause zurück und fühlt sich von vorne bis hinten verarscht. Als wäre alles nur ein schlechter Scherz gewesen.«

Erst bei den Worten *schlechter Scherz* horchte ich auf. Ich verstand nicht, wovon mein Nachbar gerade sprach, und versuchte die Peinlichkeit durch ein verkrampft aufgesetztes Lächeln zu überspielen. Aus den Augenwinkeln betrachtete ich die Landschaft, wie sie im monotonen Fluss der etwa hundert Kilometer, die wir pro Stunde durch die ungarische Einöde fuhren, an mir vorbeizog. Vorne führte Zoran so etwas wie einen balkanischen Fruchtbarkeitstanz auf: Er hielt sich mit seiner rechten Hand an den Eiern, während der Mittelfinger seiner Linken Löcher in die Luft bohrte. Der Rest seiner Kameraden grunzte im Chor.

Mein Nachbar ignorierte das laute Rudel vorne und redete unvermindert weiter auf mich ein: »Sie wollen mir doch nicht im Ernst weismachen, dass Sie so etwas noch nie erlebt haben. Woher kommen Sie? Belgrad! Dann sind wir uns ja einig, von Großstädter zu Großstädter sozusagen. Ich bin zwar nicht in Belgrad aufgewachsen, aber Wien kann für einen Vergleich allemal herhalten. Sie wissen ja, wie schnell es gehen kann. Kaum schaut man weg, schon hat die Stadt das halbe Viertel aufgefressen.«

Sein Blick wanderte durch mich hindurch, raus auf die Straße. Meine Augen tränten vor Müdigkeit, und ich nahm meine Brille von der Nase. Ich konnte diese Gestalt, die da neben mir saß, nicht einordnen. Sein Sprechen war durchsetzt von einem starken Akzent, den ich zuvor noch nie gehört hatte, der aber – anders als bei altgedienten Gastarbeitern – geradezu überkorrekt klang. Er klang nicht wie die sogenannten Jugos, aber auch nicht wie ein Wiener, auch wenn er sich etwas hochnäsig gebärdete.

Obwohl seine Erscheinung etwas Grobes hatte und dem Äußeren nach zur Garde aus der ersten Reihe passte, gehörte er mit seiner gediegenen Art zu sprechen mehr ins Wiener Kaffeehaus als in diesen Bus. Lebhaft legte er seine Standpunkte über die baulichen Veränderungen in Simmering dar, als hätte er schon lange auf dieses Gespräch gewartet und sich gut darauf vorbereitet. Ich schaute ihn an und versuchte mich auf jedes einzelne Wort zu konzentrieren, bevor ich ihm zu verstehen gab, dass ich genau wusste, wovon er sprach.

Als meine Eltern 1991, zu Beginn des Krieges, die neue Wohnung bezogen, konnte ich vom Fenster aus die Schafe und Hühner zählen, die auf der Wiese des Nachbarn gegenüber unseres Wohnblocks herumstapften. Heute überbieten sich, dicht gedrängt, auf derselben Fläche die hässlichsten Bauten in den hässlichsten Pastelltönen. Diese aufeinandergeschichteten Schachteln wurden Ende der Neunziger ohne Genehmigung einfach in die Landschaft geworfen. Eines Tages klingelte ein zwielichtiger Volksvertreter, kaufte für wenig Geld das Grundstück, versprach den ehemaligen Besitzern zwei Wohnungen, und schon bekam das Viertel die ersten der vielen neuen Schandflecke. Schafe und Hühner wurden ersetzt durch Gebäude, die so eng aneinandergebaut wurden, dass die Nachbarn sich übers Fenster die Hände reichen konnten. Sie taten es nur nie. Eine Hauptstraße teilte von da an diesen und jenen Teil unseres Viertels. Die monströsen Busse der Belgrader Verkehrsbetriebe verbanden unser Viertel mit dem Rest der Stadt. Was vorher als Peripherie galt, war von da an Teil des Ganzen geworden.

»Ich verstehe, was Sie meinen«, sagte ich, »heute würde ich mein Viertel in Belgrad wahrscheinlich gar nicht wiedererkennen.« Mein Sitznachbar musterte mich misstrauisch. Vielleicht hatte nun er mir nicht richtig zugehört und versuchte seine Verlegenheit hinter der Strenge, die sich an seinen Augenwinkeln abzeichnete, zu verbergen.

»Geht es Ihnen gut? Sind Sie etwa müde?«, fragte er, »Sie sehen müde aus!«

»Dieser Bus macht mich krank.«

»Das meine ich nicht«, erwiderte er, »ich habe Ihnen zweimal ein und dieselbe Frage gestellt, und Sie haben mir immer noch nicht geantwortet.« Er richtete sich auf und wartete geduldig darauf, dass meine Verwirrung sich auflöste. Ich blickte umher und wurde unruhig.

»Nun, glauben Sie, dass dies alles ein schlechter Scherz ist?« Seine Augen weiteten sich, und zum ersten Mal sah ich seine vergammelte Zahnreihe in voller Breite.

»Ich verstehe nicht«, gab ich zurück und schluckte.

»Diese ganze Diaspora-Geschichte! Das ewige Warten in irgendwelchen grauen Bussen, diese Behördengänge, diese Ineffizienz.«

Ich atmete durch und setzte ein dümmliches Grinsen auf. Das Gefühl, ertappt worden zu sein, ließ dennoch nicht von mir ab. Währenddessen schob mein Nachbar seinen Gangsitz näher zu mir, sodass sein Ellbogen meinen berührte. Vor mir streckte Zorans Frau ihren Körper durch, sodass ich einen Augenblick lang von beiden Seiten eingequetscht wurde. Die Enge machte mich nervös. Auf der anderen Seite des Mittelgangs saß eine Frau, deren blaugraue Locken mich kurz an meine Großmutter und den Grund meiner Heimreise erinnerten. Ihr Mund stand einen Spaltbreit offen. Sie schlief tief und fest.

»Ich würde den österreichischen Behörden keine Ineffizienz unterstellen«, antwortete ich, »ich kriege mein Visum immer eine Woche nach Abgabe der Dokumente. Bei meinen Bekannten ist das nicht anders, aber Sie haben recht, es gibt schönere Dinge im Leben, als jedes Jahr aufs Neue im überquellenden Magistrat zu warten.«

»Ich bitte Sie!«, er riss seinen Arm ruckartig nach oben, als hätte meine Antwort ihn ernsthaft empört, »das kann doch nicht im Ernst Ihre Definition von Effizienz sein. Vielleicht waren die Österreicher mal effizient. Vor über siebzig Jahren, wenn Sie verstehen, was ich meine. Jetzt aber – und das muss mal gesagt werden – sind die Balkanesen viel effizienter. In Srebrenica beispielsweise haben nur achtzehn Soldaten innerhalb weniger Stunden über tausendfünfhundert Mann erschossen. Achtzehn! Stellen Sie sich das mal vor!« Er hatte mich eiskalt erwischt. So einen Vergleich hatte ich nicht erwartet. Meine Magengrube verkrampfte sich, doch ich blieb erstaunlicherweise nach außen hin gelassen. Ich hatte mir schon vor langer Zeit den Ärger über solche Aussagen verboten, zumal sie zum Standardrepertoire meines Vaters und seiner lausigen Brüder gehörten. Ich wusste auch nicht, was ich darauf hätte antworten können. Sein Vergleich ergab keinen Sinn.

»Nun schauen Sie nicht so verdutzt!«, sagte er etwas hämisch, sich das Gesicht mit einem grauen Stofftuch abtupfend, »glauben Sie ja nicht, ich wüsste nicht, wovon ich rede. Ich habe mehr Zeit mit diesen Menschen hier verbracht, als es für jemanden mit meinem Cholesterinspiegel gut wäre. Das ist schon meine sechsundzwanzigste Rechercherei se! Da wird man berufshalber zum Zyniker, verstehen Sie?« Irgendetwas an seiner Art war mir nicht geheuer. Da schwang eine leichte Verbitterung mit, die er durch Provokation wettzumachen versuchte. Die Frau gegenüber war aufgewacht und schaute schlaftrunken zu uns herüber. Hinter ihr stach für einige Augenblicke die Sonne hinter den Wolken hervor und tauchte die Sitzreihen in ein scharfes Rot. Schließlich fragte ich meinen Sitznachbarn, ohne dass es mich etwas anging, was er genau tue.

»Ja, wissen Sie«, hob er an, »es ist etwas komplizierter. Eigentlich bin ich gelernter Elektriker, wie mein Onkel, der alte Berserker. Ausbildung, Berufsschule. Über sieben Jahre verbrachte ich am Bau. Und wissen Sie was: Ich hatte nie das Gefühl gehabt, wirklich Serbe zu sein, obwohl ich in Wien aufgewachsen bin und bei uns immer Serbisch gesprochen wurde. Als aber der Krieg in Kroatien ausbrach, veränderte sich alles – meine Familie stand plötzlich Kopf! Mein Onkel, mein Bruder und mein Vater, alle waren mit einem Mal fort. Ließen alles liegen und stehen, um ein wenig Krieg zu spielen. Meine Schwester und meine Mutter ließen sie zurück – und ich? Ich wusste von einem Tag auf den anderen nicht mehr, wie mir geschah, ich war paralysiert. Was soll jemand wie ich auch zu seinem Vater sagen, wenn der sich gerade auf den Mord an Kindern einschwört? Ich hielt die Klappe und hackelte einfach weiter.«

Er verschnaufte kurz. Das Thema machte ihm sichtlich zu schaffen, doch mir fehlten die Worte, um darauf etwas Passendes zu erwidern. Insgeheim wollte ich seine Geschichte hören. Und als hätte ihn eine fixe Idee gepackt, begann er auch wieder zu reden: »Hören Sie zu, vielleicht kann ich es Ihnen anders erklären. Ich sprach ja über die Effizienz. Wenn es ums Töten geht, beweist der Mensch nicht nur äußerste Effizienz, sondern auch Kreativität. Das effiziente und kreative Töten hebt von einem Tag auf den nächsten sämtliche Kultur auf. Kennen Sie eine andere Kraft, die so etwas vermag – Kultur aufheben?« Ich schüttelte den Kopf.

»Das habe ich mir schon gedacht. Schauen Sie sich nur mal die Vergleiche in den Zeitungen an. Letzte Woche beispielsweise habe ich einen äußerst schlechten, aber bezeichnenden Artikel über den Tod eines Graffitikünstlers gelesen, der von einem Zug erfasst worden war. Der Schauplatz wurde im besagten Artikel mit einem bosnischen Minenfeld verglichen. Woran wird man sich erinnern, frage ich Sie? An die größten bosnischen Dichter? Oder an unsere Effizienz im Töten?«

»Und was hat das mit Ihnen oder Ihrer Familie zu tun?«, hakte ich nach.

»Mein Bruder fiel schon nach wenigen Wochen. Mein Vater kehrte zwar zurück, aber nie wirklich, und die Geschichte meines Onkels wollen Sie nicht hören. Ihre Gemeinsamkeit lag in der Lust, die sie plötzlich überkam, diese unerklärliche Lust, jemandem das Leben zu nehmen. Die Rechtfertigung für dieses Töten lieferten sowieso die anderen. Sie mussten nur zustimmen, brav nicken und am Abzug bleiben, wenn es so weit war. Ein paar Jahre nach dem Krieg jedenfalls entschied ich mich, dieser ganzen Sache nachzugehen. Wenn ich mich noch so anstrengte, ich konnte mir einfach keinen Reim drauf machen, wieso von einem Tag auf den nächsten meine gesamte Familie wegen so etwas Banalem wie der serbischen Nation auseinandergebrochen war. Ich verließ die Baustelle, zog mich zurück und begann die Arbeit an meinem Buch.«

»Sie sind also Schriftsteller?«, fragte ich. Meine Neugier war wieder geweckt.

»Nein, nein! Um Gottes willen, das wäre zu viel des Guten. Es ist nicht die hohe Dichtkunst, kein Roman oder so etwas. Es ist vielmehr die Geschichte meiner Familie, die ich aufschreiben will. Knallharte Aufarbeitung, keine Gnade für niemanden! Ich suche nach den Ursachen, wissen Sie, also darf ich keine Rücksicht nehmen, auf meinen toten Bruder nicht, nicht auf meine Mutter oder gar meinen Vater, schon gar nicht auf irgendwelche *Serben*. Deshalb reise ich viel. Ich will die Leute treffen, denen Leid angetan wurde, diese kontaminierten Orte sehen … Nur die Verbrecher kann ich bei Gott nicht mehr sehen! In meinem Elternhaus sitzt immer noch einer und will nicht verrecken! Ich will nicht in die Verlegenheit kommen, etwas Menschliches in ihnen zu finden. Das würde mich nur durcheinanderbringen und mich von meiner eigentlichen Arbeit ablenken. Mir reicht schon dieser Zoo hier!« Er deutete auf Zoran, der gerade konzentriert eine Geschichte oder einen Witz erzählte. Meine Aufmerksamkeit stieg weiter, und ich begann seinen Standpunkt allmählich nachzuvollziehen. Er tupfte sich abermals den Schädel trocken und blickte nervös umher.

»Geht es Ihnen gut?«, fragte ich.

»Ich will hier niemanden vorschnell verurteilen, glauben Sie mir«, sagte er hastig, »aber Sie müssen verstehen, dass wir uns unter potenziellen Mördern und Vergewaltigern bewegen, und zwar ständig! Wussten Sie, dass es in Srebrenica genau einen Klempner gibt? Einen Serben, von dem man weiß, dass er in den Neunzigern mehr als nur ein krummes Ding gedreht hat. Wenn ein Muslim in Srebrenica also einen Wasserschaden hat, muss er den potenziellen Mörder seines Bruders oder seines Sohnes oder seines Vaters in sein Haus holen, damit dieser ihm den Schaden repariert. So verabschiedet sich die Kultur auf Jahrzehnte! Und liegt nicht etwa darin unsere größte Niederlage, in der Lust an der Effizienz – in den Jahrzehnten, die wir durch die Taten unserer geliebten Verwandten verloren?« Plötzlich erschien er mir hilflos. Seine anfangs groben Züge bekamen etwas Weiches, fast Fragiles. Mein Widerwille gegen ihn verflüchtigte sich, und ich entspannte mich ein wenig. Ein komischer Mensch, dachte ich, auch wenn er auf eine verquere und fatalistische Weise recht hatte.

Ich wusste wenig von Kultur. Ich wurde zu einer Zeit geboren, als die Kultur sich gerade anschickte, die Gebiete des ehemaligen Jugoslawien zu verlassen. Und in Belgrad hatten nach dem 5. Oktober beinahe alle großen Museen geschlossen. Mein Verständnis von Kultur beschränkte sich auf die serbische Version der Mickey-Mouse-Hefte, in denen ab und an Bücher wie *Moby Dick* oder *Der alte Mann und das Meer* besprochen wurden. Erst im Gymnasium bekam ich diese Bücher auch zu Gesicht, las sie aber nicht. Ob es aus Ehrfurcht war oder einfach nur aus Faulheit, weiß ich nicht. Ich habe die Bücher einfach nicht gelesen. Gemälde irgendwelcher *Großen Meister* kannte ich nur aus den Geschichten meiner Mutter, die als junge Frau mal nach Amsterdam gereist war und mit dem Gedanken spielte, das Arbeiterleben sein zu lassen und Kunstgeschichte zu studieren. Sie tat es aber nie.

Als ich nach Österreich kam, versuchte ich alles nachzuholen, von dem ich dachte, es nachholen zu müssen. Meist saß ich jedoch teilnahmslos in den überfüllten Museen und versuchte krampfhaft, mich für jene Dinge zu begeistern, von denen alle anderen begeistert schienen. Die Leinwände in den schweren Bilderrahmen blieben jedoch schal. Ein kleiner Teil von mir wollte sich diesem Treiben nicht einfach so hingeben, wollte sich nicht um *jeden Preis* an die neue Umgebung anpassen. Die Musik war es am Ende gewesen, die mir ein Stück Heimat bewahrte und gleichzeitig meinen Blick für das Neue schärfte.

Bands wie EKV, Azra oder Haustor waren wichtiger für mich gewesen als irgendwelche bedeutungsschwangeren Namen, mit denen die Leute meist nur angaben, weil sie sich insgeheim der eigenen Ignoranz wegen schämten. Johnny Štulić aber, Milan Mladenović oder Darko Rundek kannte ich, als wären wir vor langer Zeit gemeinsam Pferde stehlen gewesen. Zumindest waren sie öfter für mich da gewesen als mein Vater. Nichts drückte die Situation, in der meine Freunde und ich uns damals befanden, besser aus, als diese schlichten, aber schlagkräftigen Songs.

Als ich in Wien ankam und sah, wie die Leute hier lebten, verstand ich zum ersten Mal die vielen Lieder, die auf den *Radio-Utopia-* und *Paket-Aranžman*-Kompilationen zu hören waren. Diese Alben waren das Einzige gewesen, das im ehemaligen Jugoslawien als Emanzipationsbewegung durchgehen konnte. Der Rest war tiefschürfende Propaganda. So gesehen hatte sich auch ein kleiner Teil von mir in einer nostalgischen Schleife verfangen, die mit der trostlosen Welt meiner Eltern aber nur wenig zu tun hatte.

Einige Monate nach meiner Ankunft in Wien begann ich ein Tagebuch auf Deutsch zu schreiben, doch dieses Schreiben glich mehr einem Dümpeln in seichten Gewässern. Es diente lediglich der Übung und Erweiterung meiner sprachlichen Fähigkeiten, ohne die ich in Wien aufgeschmissen gewesen wäre. In der

Schule war ich immer gut in Deutsch gewesen – in Wien konnte ich diese Kenntnisse endlich anwenden. Am Anfang schämte ich mich für meine Einschränkungen. Doch sie wurden immer wichtiger für mein Verständnis von dem, was die Österreicher heimlich von mir verlangten: Der Duden lieferte mir den Wortschatz, mein Schreiben und die Gespräche die Routine – und die Museumsbesuche die Camouflage. Ich kaschierte geschickt meinen rauen Akzent. Und wenn ich abends nicht arbeitete, beschäftigte ich mich meist mit den Texten und Songs meiner persönlichen Säulenheiligen, von denen ich einige ins Deutsche zu übersetzen versuchte.

Was den Rest anbelangt, das besorgte mein Viertel. In Wien lebte ich seit einiger Zeit in Favoriten. Der Block, in dem ich wohnte, ist das Pendant zu dem 17-Uhr-Bus von Salzburg nach Niš: ein kleines ehemaliges Jugoslawien, eingepfercht in eine westeuropäische Großstadt, in der alles an seinem Platz zu sein schien. Zwei türkische und etliche balkanische Supermärkte versorgten im Umkreis von wenigen Kilometern die Anrainer mit allem, was ihre *unbändige* Sehnsucht nach der Heimat stillen konnte. Hinzu kamen etliche Balkan-Grills, Bäckereien und Fleischhauer, Friseure, Kleidungsgeschäfte, kommunistische und nationalistische Nostalgieläden mitsamt den Tito- oder Mihailović-Büsten in den Auslagen. Abgeschottet durch ihren ganz persönlichen, aus Nationalismus, Stolz und Vorurteil geformten Glaskäfig, träumten die Leute hier von einem ganz anderen Abschnitt der Donau, einem ganz eigenen Europa.

Die Geschichte meines *Schriftsteller*-Nachbarn über seine Familie erinnerte mich an Milan und dessen Vater, die ein Stockwerk über meiner Garconniere in Wien wohnten. Milan war keine zwei Jahre älter als ich. Er arbeitete nachts am internationalen Busterminal, von wo aus fast alle Busse nach Ost- und Südosteuropa fuhren. Tagsüber versuchte er, so gut es ging, seinen geistig verwirrten Vater in Schach zu halten. Nach dessen Toben und Brüllen konnte man die Uhr stellen. Jeden Tag gegen drei bekam er einen seiner im gesamten Haus schon berüchtigten Wutanfälle, stampfte mit den schweren Füßen wie ein quengelndes Kind, das Aufmerksamkeit suchte, auf den Boden und keifte grundlos seinen Sohn an. Danach ging er raus zu seinem Wagen – einem alten Opel Kadett Kombi in Kackbraun – und wusch ihn bis in die Dämmerung hinein. Das machte er jeden Tag, bei jeder Witterung. Ich hatte ihn noch nie mit dem Wagen fahren sehen, doch es war mit Sicherheit der sauberste Opel Kadett von ganz Wien. Ich wusste von Milan, dass sein Vater im Bosnienkrieg gewesen war und dass ihm die von dort mitgebrachten Bilder den Verstand geraubt hatten. Immer wenn ich Milan fragte, was mit seinem Vater geschehen war, erzählte er nur unzusammenhängend von irgendeinem Fest. Es machte mich traurig, Milan so zu sehen. Er schämte sich und wollte mir nicht sagen, was es wirklich auf sich hatte mit den Gräueln, an denen sein Vater in Bosnien beteiligt war. Dieser gehörte, wie mein Vater, aber auch der Vater meines Sitznachbarn, zu jenen, die den Krieg mit nach Hause gebracht und das persönliche Trauma zu einem kollektiven gemacht hatten. Bei ihren Vätern verlief es laut und blutig, bei meinem leise und hinterfotzig. Der ganze Balkan litt unter diesen falschen Vätern, besonders meine Generation, die sich erst sehr spät wehren oder wie ich davonrennen konnte.

»Aha!«, rief mein Sitznachbar aus, als ich ihm davon erzählte, »ein Fest, wie erfreulich.« Er machte wieder diese ruckartige Bewegung mit dem Arm. Seine getrübte Stimmung war mit einem Mal fort, und er begann wild zu gestikulieren: »Sie bringen mich zum Lachen! Aber im Grunde wundert mich das überhaupt nicht. Ein Fest brauchen die Leute, vor allem Leute von unserem Schlag. Diese Mischung aus römischem, slawischem, osmanischem und korruptem Blut bekommt uns gar nicht – aber sie lässt uns wahrlich unvergessliche Feste feiern! Die ganze Welt beneidet uns wegen unserer Feste!« Er klatschte und lachte laut auf, sodass der ganze Bus auf uns aufmerksam wurde. Das Gesicht von Zorans Frau lugte verwundert zwischen den beiden vorderen Sitzen hervor. Und auch die Frau, die gegenüber von uns saß, musterte uns misstrauisch. Ich schmunzelte und drückte meinen Zeigefinger an die Lippen, um den beiden anzudeuten, dass auch mir der Lärm, den er veranstaltete, zu viel war.

»Schauen Sie«, begann er wieder, noch bevor ich etwas erwidern konnte, »es ist ja nicht die Welt, die der Balkanese braucht. Sie haben gerade so vortrefflich Ihr Viertel beschrieben, das ich übrigens sehr gut von meinen allabendlichen Spaziergängen kenne – ich wohne nämlich im fünfzehnten Bezirk. Sie müssen wissen, ich beschäftige mich nicht nur mit unseren Herkunftsländern, Sie dürfen mich auch ruhig einen Experten für unsere Diaspora nennen. Die Diaspora braucht nicht viel und will auch nicht viel. Unsere Arbeiterinnen und Arbeiter kitten die Risse in den Fassaden, mörteln dort, wo andere sich zu schade sind, lächeln freundlich hinter der McDonald's-Kassa, ziehen schnell und effizient die Waren über den Laser, pflegen mit einem gewissen Stolz ihren Akzent, wenn sie mal Deutsch reden müssen. Man könnte behaupten, wir halten uns dezent im Hintergrund, rücken erst aus, wenn die *großen* Arbeiten getan sind und die *kleinen* anstehen – in jeglicher Hinsicht! Wir putzen, was das Zeug hält, und schrubben, bis man sich in der Kloschüssel spiegeln kann. Aber alles hat ja bekanntlich seinen Preis: Auch wir erkaufen uns für die Schinderei etwas! Wir werden nämlich nicht gefragt. Und beide Seiten haben was davon: Unsere Gastgeber können ihre Integrationsstatistiken hochkurbeln, und wir dürfen unsere eigenen Süppchen kochen. Ist das etwa nichts? Da tun mir die armen Schweine, die jetzt über die Grenzen kommen, von ganzem Herzen leid – auf dem Schwarzmarkt sind sie jetzt noch günstigere Arbeitskräfte als unsereiner. Das kann zu Spannungen führen. Vor ein paar Tagen beispielsweise habe ich einen Bauarbeiter dabei beobachtet, wie er einen dunkelhäuti-

gen Schmächtling erst zur Sau gemacht und anschließend windelweich geprügelt hat. Seine Kumpels haben ihn kaum bändigen können. Was sollten sie auch tun, die Polizei rufen? Arbeitet schließlich die Hälfte dort ohne Papiere! Und als ihm einer auf Kroatisch zurief, was in ihn gefahren sei, antwortete er nur angepisst: ›Jemand muss diesen *Affen* mal Manieren beibringen.‹«
Wieder lachte er laut auf und verschluckte sich fast dabei. Auch ich schmunzelte verstohlen. Die Szene, die er beschrieben hatte, erinnerte mich an meinen eigenen Vater, der mir auf eine ähnliche Art Manieren beigebracht hatte. Ich konnte es mir nicht erklären, aber dieser Mann gab allem Anschein nach einen Scheiß drauf, was um ihn herum geschah. Er war nicht unfreundlich, sondern frech und aufmüpfig, aber in keiner Weise vulgär oder ausfällig. Seine Art brachte mich zum Lachen, was nicht selbstverständlich war. Seit zwei Tagen schob ich eine innere Unruhe angesichts der baldigen Begegnung mit meinem Vater vor mir her – die Monologe meines Sitznachbarn waren eine willkommene Abwechslung. Er zog seinen Parka aus und schob ihn in den Stauraum über unseren Sitzen. Sein Pullover war übersät mit kleinen Fettflecken. Was tat dieser Mensch hier, fragte ich mich, und wo wollte er hin?

»Wohin fahren Sie, wenn ich fragen darf?«

»Dürfen Sie nicht«, antwortete er harsch, als hätte ich ihn bei etwas Wichtigem unterbrochen, »ich war noch nicht fertig!« Ein stählerner Ernst trat wieder in sein Gesicht, und meine vorherige Zuneigung verflüchtigte sich langsam auch wieder.

»Jeder«, sagte er, »jeder, der behauptet, wir seien alle Bürger gleichen Ranges, der lügt oder ist ein unverbesserlicher Ignorant! Das gilt nicht nur für die Allgemeinheit, sondern auch innerhalb unserer Diaspora – und Sie wissen ja, wie groß unsere Diaspora ist! Wir lassen uns ja selber tagtäglich verarschen und stecken jeglichen Chauvinismus und jegliche Statistik weg, kein Problem. Und wieso? Weil wir keinen Deut besser sind als alle anderen. Und glauben Sie mir, wir beide stellen nicht die edle Ausnahme dar, nur weil wir uns jetzt so gediegen miteinander unterhalten. Egal wie gebildet ich bin oder welchen Pass Sie haben – Sie und ich, wir bleiben Bauern, balkanische Bauern, die jedes Mal *Affe* schreien, wenn sie eine farbige Person im Fernsehen oder auf der Straße sehen.« Er verpasste mir einen kräftigen Seitenhieb mit seinem Ellbogen. Die Frau neben uns schloss mit einem demonstrativen Schnauben die Augen, während ich mir den schmerzenden Arm hielt.

Langsam kippte die Stimmung, was uns nicht nur die anderen Passagiere durch ihr trotziges Schweigen zu verstehen gaben. Auch mir wurde es langsam zu viel, ich wollte jedoch meinem Ärger nicht freien Lauf lassen. Er machte unterdessen dort weiter, wo er aufgehört hatte: »Im Grunde können auch wir beide uns nicht vor unserer Anfälligkeit für Nostalgie verstecken. Schauen Sie sich nur mal die Viertel an, in denen wir im Grunde alles kriegen, vom bosnischen Börek bis zu serbischen Ćevapčići, von kroatischem Bier bis hin zu montenegrinischen Weinen. Nur das Trinkjoghurt, das mit der Kuh, dürfen sie in Österreich leider nicht importieren. Das beklage ich, ansonsten können wir uns genüsslich den Bauch vollschlagen. Und schauen Sie sich diesen Haufen dort an!« – Zoran und seine Kumpanen waren ungewöhnlich still geworden, manche schauten in unsere Richtung, die anderen zählten die Autobahnlinien: »Man möchte sie einfach nur knuddeln«, sagte er, »das versoffene Pack! Und das Beste an der ganzen Sache ist, dass es in der Diaspora auf Biegen und Brechen funktioniert, dieses Zusammenleben der sogenannten Ethnien«, er hob den Zeigefinger, holte Luft und brüllte euphorisch in den Bus, »schließlich sind wir *die Jugos*!«

»Sie brauchen nicht so zu schreien«, antwortete ich sogleich, aber er schien es nicht gehört zu haben oder nicht hören zu wollen. Der Frau gegenüber wurde es zu viel. Sie erhob sich von ihrem Sitz, blieb stehen und musterte mich von oben bis unten. Ich drehte den Kopf zu meinem Nachbarn und tat so, als ob ich sie nicht bemerkt hätte, er tat es mir nach. Sie ging nach vorn, setzte sich zu Zorans Rudel und würdigte uns keines Blickes mehr. Ich grinste den Schriftsteller unsicher an und nickte zustimmend – hoffentlich würde er sich jetzt beruhigen. Ich konnte mich mit seinem verqueren Gedankenlauf anfreunden – trotzdem kaufte ich ihm den Diasporafreund einfach nicht ab.

Ich blickte zum Fenster hinaus, fand aber in der Monotonie der Pannonischen Tiefebene keinen Fluchtpunkt. Wie in einer Dauerschleife wiederholte sich vor meinen Augen ein und derselbe Film. In der Landschaft verstreute Bäume, die sich hin und wieder zu mageren Waldgruppen zusammenrotteten, säumten die Autobahnstrecke nach Serbien. Ich kannte diese Umgebung gut, weil es nicht absonderlich viel zu kennen gab. Diese unerträgliche Fläche machte mich nervös, weil ich wusste, dass sie erst bei Belgrad aufhören würde. Der Busfahrer schaltete das Radio ein. Aus den alten knarzenden Boxen über mir ertönte der heulende Gesang einer Turbofolk-Sängerin, die, nach dem Text zu schließen, gerne ihre Beine für fremde Männer spreizte. Zumindest so viel konnte ich dem unerträglichen Geplärre entnehmen.

»Sie haben recht«, sagte ich leise, mehr zu mir selber als zu meinem Nachbarn. Ich wusste nicht, wieso, aber die Kultur kam mir wieder in den Sinn. Ich drehte mich wieder zu ihm. Zum ersten Mal kam mir der Gedanke, dass er vielleicht einsam war.

»Es ist schon erstaunlich«, sagte ich, »uns wurde in der Schule immer wieder erzählt, dass zwischen Tigris und Euphrat die menschliche Zivilisation entstanden ist – und gerade von dort aus geht heute die Menschheit zugrunde! Und das, was an dieser sogenannten Außengrenze passiert, beschämt mich nur mehr.« Mein Sitznachbar klatschte erneut in die Hände und rieb sie, als hätte er genau auf diesen Moment gewartet: »Ja, furchtbar«, er legte seine linke Hand auf mein Bein, »ich bewundere Ihren analytischen Verstand, ehrlich.« Diese aufgesetzte Zuneigung konnte er sich in den Arsch stecken, dachte ich mir – seine Meinung auch! Aber seine Stimmlage wühlte etwas in mir auf, und ich fragte mich, ob wir uns schon einmal begegnet waren. Ich hielt meine Klappe und hörte ihm wieder zu.

»Ich darf Sie aber trösten«, er befeuchtete seine von einem Riss blutverkrustete Unterlippe, »Sie müssen sich für gar nichts schämen. Nichts an dieser Situation im Nahen Osten ist beschämend! Vielleicht ist auch gerade das das Beschämendste! Die Menschheit wird auch von dort aus nicht zugrunde gehen, höchstens ein kleiner Teil vielleicht, ein großer Teil Menschlichkeit mit Sicherheit, aber das Große und Ganze … Wir kennen doch alle dieses Spiel, Sie selbst haben die Geschichtsbücher erwähnt. Und vergessen Sie nie, was bis vor kurzem vor Ihrer eigenen Haustür passierte. Nur etwas Großes, das können Sie mir glauben, wird die Menschheit vernichten! Was sonst geschieht, ist im Vergleich zum Universum ein Bagatelldelikt, der Witz des Tages, ein schlechter Plot für einen Roman, mehr nicht.«

»Und was ist dieses Große, das uns vernichten wird?«, fragte ich sogleich, merklich genervt von seiner Prophetie.

»Etwas Großes eben«, er holte tief Luft, »etwas Abseitiges, jenseits unserer Vorstellungskraft. Etwas, das wir nicht kontrollieren können. Ein Asteroid aus dem Weltall zum Beispiel oder ein Virus, ein resistentes Bakterium, oder Gott! Etwas, worüber wir schmunzeln, etwas, das wir normalerweise als Hirngespinst mit einer abschätzigen Handbewegung abtun. Genau das wird uns vernichten!«

An einer Tankstelle in der Nähe von Székesfehérvár hielten wir an. Die Stimme des Fahrers knarzte aus den Boxen, dass wir in genau zehn Minuten wieder abfahren würden.

Ich stieg aus dem Bus und pisste auf die Wiese durch einen Maschendraht, der um die Tankstelle gezogen war. Vor dem Bus zündete ich mir eine Zigarette an und spielte mit dem dünnen

Goldring an meinem Finger. Die Worte meines Sitznachbarn hatten mich ziemlich aufgewühlt, ein vertrautes Gefühl kam in mir auf – als hätte dieses Gespräch irgendwo schon einmal stattgefunden. Zoran ging vorbei und spuckte dicht neben mir einen grauen Schleimklumpen aus. Ich dachte mir nichts dabei. Zoran und sein Rudel, die Frau neben uns, der halbe Bus – sie hassten uns. Schon bevor ich in Wien eingestiegen war, hatte ich das gewusst. Es war eben die günstigste Art zu reisen! Auch mein Nachbar war nur ein notwendiges Übel. Wie hätte ich sonst die Zeit bis Belgrad totschlagen sollen?

Ein milder Wind streifte über die dünnen Grashalme vor dem Zaun. Es war schon Mitte August, doch die große Hitze blieb diesen Sommer aus. Zu Hause warteten meine Eltern schon. Im Hinterkopf hörte ich die leisen Flüche meines Vaters, der aller Wahrscheinlichkeit nach schon lange den Tag verfluchte, an dem ich wieder nach Hause kommen würde. Jetzt, da Großmutter gestorben war, fürchtete ich mich regelrecht vor ihm. Dicke, kobaltblaue Wolken zogen langsam von Süden her, von dort, wo der Bus hinsteuerte. Das verhieß Nässe und würde unsere Fahrt verlangsamen – und Vaters Flüche in meinem Kopf vermehren.

Eine Heimchenkolonie ertönte aus ihrem Unterschlupf und kündigte langsam die Nacht an. Ich holte mein Handy aus der Hosentasche und wischte mit dem Daumen über die Oberfläche, das Internet funktionierte, der Skype-Kontakt meiner Mutter war auf Grün geschaltet, meiner auf unsichtbar. Meine Mutter litt zunehmend an ihrer Situation. Ich ahnte das. Sie war nie die Stabilste gewesen. Kunstgeschichte in Amsterdam studieren, das hätte sie machen sollen. Stattdessen heiratete sie diesen Schreibtischtäter. So war es immer schon gewesen in unserer Familie. Der Tag, an dem Großmutter mir den Ring geschenkt hatte, fiel mir wieder ein, es muss ein Schultag gewesen sein.

Ich drehte mich um und schaute hinauf zu meinem Fenster: Ich erkannte das verschwommene Gesicht meines Sitznachbarn, er hauchte die Scheibe an. Der Rest war gespiegelte Landschaft, Tankstelle, Maschendraht und etwas Wiese. Er hatte mich anscheinend die ganze Zeit über beobachtet.

Heute bin ich in der blauen Woche, also beginnt der Unterricht erst um 13 Uhr. Es ist noch Zeit. Ich gehe durch den Wald in Richtung Schule. Ohne den Košutnjak-Wald wäre Belgrad wahrscheinlich um einiges unerträglicher. Zumindest schützt er vor dieser quälenden Hitze. Ich erinnere mich, wie wir damals während des Bombardements fast jeden Tag hier verbracht haben. Sobald die Sirenen anfingen zu heulen, schnappten wir unsere Räder und fuhren in den Wald. Überall war es gefährlich, und dennoch ließen wir uns nicht beirren von diesem Vakuumzustand, in dem sich das Land befand. Der Wald bot uns Schutz.

Am nördlichen Ende, dort, wo sich die Stadt als künstliche Grenze zwischen den Košutnjak und die Kornfelder der Pannonischen Tiefebene schiebt, befindet sich das alte Schwimmbad. Damals waren die breiten, aquamarinblauen Becken noch leer und stark verfallen. Im Grunde kenne ich sie nur so. Nach dem Krieg bin ich dort kein einziges Mal schwimmen gegangen. Bis heute nicht. Das Wasser kam erst, nachdem sie Milošević verhaftet hatten.

Damals saßen ich und meine Kumpels auf dem Zehnmeterturm und zeigten den vorbeidröhnenden NATO-Fliegern den Vogel oder den nackten Arsch, verfluchten im Minutentakt alle Länder, die am Bombardement teilnahmen, und käuten Sätze wieder wie: Von Belgrad bis Tokio töte, vernichte, damit der Muslim nichts errichte. Sätze, die wir von unseren Eltern oder älteren Mitschülern lernten und bei denen wir keine Konsequenzen befürchten mussten. Zumindest damals nicht. Alles geschah im Namen dieses grauen Herrn mit der tiefen Stimme und dem Schweinegesicht.

Ich liebte Milošević. Ich liebte ihn, weil mein Vater, der Trottel, ihn auch liebte. So wie Tito liebte er Milošević zwar nicht. Aber beinahe so. Er arbeitete schließlich für ihn, arbeitet immer noch, zwar für andere, aber im Grunde, das weiß ich, trauert ein nicht zu verachtender Rest der alten Zeit nach. Er hat einen kleinen Posten im Innenministerium und fristet sein Beamtendasein als Ameise unterm Neonlicht irgendwelcher Archive. Als der Krieg vorbei war und neue Schergen sich anschickten, das Land ausbluten zu lassen, wurde mein Vater, der elende Kommunistensohn, nicht etwa ersetzt; er wurde lediglich zurechtgestutzt und angepasst. Ihm machte das nichts aus, schließlich war es schon das fünfte Mal, dass er angepasst wurde. Beamte aus dem ehemaligen Jugoslawien sind zähe Bastarde. Sie verfügen über eine beachtliche Lebensdauer und eine unbändige Unterwürfigkeit. Was in ihnen genau vorgeht, weiß ich bis heute nicht. Schließlich war mein Vater, was das betrifft, schon immer ein stummer Schurke, eines jener gesichtslosen Exemplare, ohne die kein von Menschen gemachtes System langfristig überleben könnte.

Ich liebte also Milošević. Wir alle liebten ihn, obwohl wir uns bis zur vierten Klasse einen Scheiß um ihn geschert hatten. Doch als die Flieger kamen, begannen wir, ihn abgöttisch zu lieben. Die erste Bombe, die 99 auf Belgrad fiel, konnte ich mit eigenen Augen sehen – na ja, nicht direkt die Bombe, aber einen kleinen Teil davon, was so eine Bombe eben ausmacht. Ich war elf, das Basketballtraining war gerade vorbei und ich auf dem Heimweg, da sah ich den kurz aufflackernden Lichtkegel, wie er den Abendhimmel über den Dächern unseres Viertels entzweiriss, hörte verspätet die Detonation und rannte anschließend wie ein Verrückter durch die Straßen und brüllte: »Es hat angefangen, es hat angefangen!« Zu Hause warteten meine Mutter und der Nachbar, der kein Telefon besaß und von unserem aus versuchte, seine Familie zu erreichen.

Vater, dieser dumme Mensch, wusste schon vorher, wann die ersten Bomben fallen würden. Er sei vom Ministerium angerufen worden, sagte meine Mutter. Danach war er für mindestens eine Woche weg. Am nächsten Tag jedenfalls wurde der Ausnahmezustand ausgerufen. Die Frau des Präsidenten, die wir nicht so liebten wie ihn, schrie wie verrückt ins Mikro: »Wir lassen uns nicht zu den neuen Juden Europas machen!« Das Publikum, das mir damals schon komisch und steif vorkam, applaudierte frenetisch. Ich erinnere mich, wie ich meine Mutter fragte: »Mama, was sind Juden?« Sie gab mir daraufhin einen leichten Schlag auf den Hinterkopf und antwortete nur: »Hör doch zu: wir!«

Ich weiß, dass wir keine Juden sind. Heute weiß ich es. Heute, auf dem Weg zur Schule, hier in diesem Wald weiß ich es. Was wusste ich als Kind?

Ich kannte die Straße, in der ich mit meinen Kumpels spielte: eine schmale Sackgasse oberhalb unseres Wohnblocks, die uns jedoch genug Platz für allerlei Sportarten bot, in denen Jugoslawien damals gut war. Also zeichneten wir Kreise auf Holzbretter und spielten ein paar Monate lang Basketball, als die jugoslawische Mannschaft 98 in Athen Weltmeister wurde. Aus den Magnetbändern alter Kassetten wurden mannshohe Netze von einer Straßenseite zur anderen gespannt, als kurz nach den Basketballern die Volleyballer in Japan Silber holten.

Wenn ich mir die Belgrader Viertel heute anschaue, scheint sich in dieser Hinsicht nicht viel verändert zu haben, von den Sportarten vielleicht abgesehen. Egal wie groß der Hunger ist, eine Goldmedaille kann die Serben für einige Monate zumindest ideologisch durchfüttern. Darum meide ich nachts das obere Viertel, wo die Fanatiker und Hooligans nur auf einen Fehler der Anrainer warten. Egal ob du jung und flink bist oder alt und gebrechlich, sie schlagen dich so oder so kaputt. In der Liebe zum Sport zeigt sich, wer am Ende des Tages ein wahrer Serbe ist.

An den alten Supermarkt, eine Parallelstraße weiter, kann ich mich auch noch gut erinnern, an die ewig langen Schlangen fürs Öl und den Zucker. Ich und meine Freunde waren klein und zäh, konnten daher die Schlangen leicht umgehen. Im Supermarkt verwandelten wir uns in tollwütige Affen. Allerlei befremdliche Rituale, die freilich nur für uns Sinn ergaben und bei den Erwachsenen angesichts der Misere für Ärger und Ratlosigkeit sorgten, wurden hier uraufgeführt. Wir stahlen den Leuten das Geld aus den Taschen, bewarfen sie mit Steinchen, schrien herum, kletterten die Regale rauf und runter, pissten auf den Boden, um so die Aufmerksamkeit der Verkäuferinnen auf uns zu lenken, damit jemand aus unserer Gruppe die Schokobananen oder die Kaugummis stehlen konnte, die sie einmal im Monat im Sortiment hatten. Natürlich hatten wir kein Geld. Wir brauchten aber auch keins. Nemsa, damals mein bester Kumpel, war immer ein wenig flinker als wir, quasi der geborene Dieb. Er stopfte sich die Taschen voll, während wir wohl oder übel die Ohrfeigen vom Personal kassierten. Später wurde die Beute gerecht unter allen aufgeteilt. So machten wir aus den internationalen Sanktionen für die Republik Jugoslawien ein großes Spiel für uns.

Der 24. März kam. Die Flieger brachten Tomahawks und Streubomben. Das kümmerte uns wenig, weil wir nicht genau wussten, was Tomahawks und Streubomben waren. Wir imitierten ja nur die nationalistischen Grunzlaute unserer Eltern. Erst Jahre später wurde mir bewusst, was in der Stadt während des Bombardements überhaupt ablief. 1999 kümmerten mich andere Dinge. Mein ganzes Wesen war nur auf eins konzentriert: den Ausnahmezustand. Irgendwann Ende März sprach der Präsident die magischen Worte aus, jene Worte, die mich und die restlichen Kinder dazu veranlassten, ihn zu lieben. Wir konnten gar nicht anders: Mit sofortiger Wirkung war die Schule geschlossen, und wir alle, auch die schlechten Schüler, bekamen ein Sehr gut ins Zeugnis. Während die Erwachsenen um unsere Sicherheit bangten, waren wir schon längst in den Wäldern und auf den menschenleeren Straßen.

Wir hassten die Dreckständer, die uns zu den neuen Juden Europas machen wollten, und liebten Milošević, diesen schweinsgesichtigen Mann, der so mächtig war, dass er uns allen einfach so Einsen ins Zeugnis geben konnte. Er hatte uns zu den glücklichsten Kindern der Welt gemacht, und zum Dank lernten wir von ihm, wie man abgrundtief hasst: Amerika, Deutschland, die NATO, Tony Blair, Bill Clinton und all die anderen Namen, die während dieser Zeit ununterbrochen im Fernsehen und Radio wiederholt wurden. Doch so schnell die Flieger gekommen waren, so schnell verschwanden sie auch wieder. Das Spiel war vorbei, bevor es für uns richtig begonnen hatte, und alles nahm wieder seinen gewohnten Lauf, was im Jugoslawien der Übergangsjahre Stillstand und Langeweile bedeutete.

Ich weiß eigentlich nichts von der NATO, von Tony Blair und seiner Außenpolitik oder von Deutschland. Ich weiß im Grunde auch nichts über Milošević, damals wie heute nicht. Ich weiß, dass damals, vor sieben Jahren, keine Spiele gespielt wurden und die Menschen mehr Angst hatten: Angst vor der Wahrheit, vor Kroaten und Muslimen, Angst vor dem Krieg, Angst vor Amerika, Angst vor den Bomben, Angst vor den Brücken, auf die Bomben fielen, Angst vor der Erde, auf die ebenfalls Bomben fielen, Angst vor den Städten und Angst vor den Dörfern. Diese Angst war nach dem Bombardement nicht einfach verschwunden, sie wurde weitergetragen und verformte sich.

Ich erinnere mich noch gut an diese abstruse Angst vor der Sonnenfinsternis, die einige Monate nach dem Bombardement das ganze Land lahmlegte. Mein Vater, der Drecksack, schlug mich damals grün und blau, als ich die Jalousien ein wenig öffnete, um etwas von der Lichtstimmung, diesem seltsamen Grau, zu erhaschen. Später tat er dann so, als hätte er mich vor der sicheren Erblindung gerettet. Diese große Angst ist heute zu einer seltsamen Art von Ratlosigkeit geworden. Letztendlich sind wir die Erben unserer Eltern, also erbten wir auch diese Ratlosigkeit und ergänzten sie durch unsere eigenen, hausgemachten Ängste. Diesen eingekochten Angst-Ratlosigkeit-Sud richtig zu fassen ist nicht möglich, weil er einer steten Veränderung unterliegt. Wie der Wald.

Durch diesen Wald führen mehrere Wege in ein und dieselbe Richtung. Doch die Wege verändern sich, neue Trampelpfade entstehen, andere wachsen wieder zu, aber an ihrem Ende kommt man immer am selben Ort heraus: in der Stadt. Der Košutnjak-Wald ist eine mehr als dreihundert Hektar große, immergrüne Insel. Ohne ihn bekämen wir in Belgrad nur Asphalt zu sehen, nur Smog zu atmen. Er ist für mich ein Umweg, aber einer, den ich gerne gehe.

Entfernt höre ich das Gebrüll aus dem Schwimmbad. Die Volksschüler und die restlichen Gymnasiasten haben schon seit letzter Woche Ferien und dümpeln nun in der lauwarmen Chlorbrühe vor sich hin – wir Maturanten sind erst in zwei Tagen dran. Für heute haben sie ein Hoch angesagt. Die Hitze drückt unter den Baumkronen nicht so stark wie auf dem nackten Asphalt. Trotzdem schwitze ich wie unter zehn Sonnen. Ich bin angespannt. Es ist nicht die Hitze allein, die mich nervös macht, sondern eine Mischung aus unruhigen Gedanken an den bevorstehenden Notenschluss und den Erinnerungen an das Bombardement.

Ich verlasse den Hauptweg und gehe tiefer in den Wald hinein. Der schmale Pfad, zu dessen Entstehung ich als Kind durch mein exzessives Fahrradfahren maßgeblich beigetragen habe, führt nicht Richtung Schule. Ich nehme ihn trotzdem. Die Baumkronen werfen graue Schemen auf den schmalen Erdweg, der hier und da von Lichtkegeln entzweigerissen wird. Die Erde ist trocken. Kein Matsch, in dem meine Füße versinken, und keine Blätter, die unter meinen dünnen Sohlen rascheln könnten. Ab und zu knistert es im Dickicht, Geräusche, die mich an Kriechtiere denken lassen. Entfernt zwitschert allerlei Federvieh ein atonales Durcheinander. Alles ist scheinruhig, eine Landschaft in Aufbruchsstimmung. Ich schaudere kurz. Eine merkwürdige Stille kehrt ein, ungewöhnlich für ein so lautes Land. Ich schaue hinauf zu den aus Abermillionen Strichen geflochtenen Netzen, die, wenn ich den Blick nach vorne richte, als Äste im leeren Raum nach Luft greifen.

Meine Gedanken sammeln sich langsam wieder. Grobe Holzstücke knacken endlich unter meinen Füßen und durchbrechen die für einen Großstadtdeppen wie mich ungewohnte Ruhe. Ich werde wacher, gehe immer weiter den Pfad entlang. Nach ungefähr zehn Minuten schlendere ich einen steilen Abhang hinunter, der uns beim Fahrradfahren immer als Mutprobe diente. Unten angekommen, führt der Weg noch einige Meter weiter. Dann, hinter einer Böschung, beginnt wieder die Straße.

Heute liebe ich niemanden mehr. Die Miloševićs und die falschen Väter gehen mich nichts mehr an. Wenn das mit der Aufnahmeprüfung klappt, bin ich hoffentlich bald weg. In Deutschland oder Österreich wird mich sicher eine Universität aufnehmen. Schließlich war ich in Deutsch immer gut. Und wenn nicht, dann arbeite ich. Umherschwirren, Musik hören und arbeiten. Klingt nach einem Leben. Hauptsache, weg von hier. Vielleicht nicht nach Österreich. Da will Vater auch immer hin, zu den Verwandten, sagt er. Er hat gar keine Verwandten in Österreich.

Zuerst das große Tamtam: aufgebauschte Reden auf den Führer und seine Verdienste um das großserbische Reich, das es eines Tages sicher geben wird, das hat er mir verklickern wollen, deshalb habe er schließlich vierzig Jahre lang für diesen Staat gearbeitet. Seine Brüder und Cousins sind genauso geschaltet wie er: ein Haufen von Altkommunisten, denen die falschen Väter ins Hirn geschissen haben. Irgendwann ersetzten sie den Kommunismus durch die Kirche. Vater sagt, er habe lediglich die Partei gewechselt, von Tito auf Patriarch Pavle sozusagen, von der Faust auf die drei gespreizten Finger. Bis heute weiß ich nicht, was schlimmer ist. Und Mutter frisst die Scheiße auch schon seit Jahrzehnten. Auch ich habe ihnen geglaubt. Was blieb mir auch anderes übrig, ich war elf.

Dann sind er und seine Kumpane so richtig auf die Fresse gefallen. Der Krieg war verloren, und mein Vater hing in der Luft. Irgendwann bekam auch er es mit der Angst zu tun. Und was macht einer, der die Hosen so richtig voll hat? Er will verschwinden. Ja, verschwinden, das wollte er, so schnell es ging, dieser kadavergehorsame Wurm. Doch kaum an der ungarischen Grenze, war er auch schon wieder zurück. Niemand will einen, der für so ein Regime gearbeitet hat. In Belgrad machte er dann einen auf gute Miene zum bösen Spiel. Der devote Hund beließ es beim Alten, spielte mit und ließ sich unter anderer Flagge neu drapieren. Meine Mutter und ich ertragen die Züchtigungen, denn sie gehören sowohl zum Kommunismus von damals als auch zum orthodoxen Nationalismus von heute. Egal auf welche Ideologie oder Religion man in Serbien gerade eingeschworen ist, die Fäuste der Männer regieren immer.

Der warme Asphalt unter den Sohlen lässt mich einige Momente lang wieder klarer denken. Ich komme zu folgendem Schluss: Ich wurde nicht für den Wald geboren, geschweige denn für dieses Land. Scheiß drauf. Ich stecke mir den linken Hörer in die Ohrmuschel, schraube am alten Nokia meiner Mutter den Pegel so hoch es nur geht und mache mich auf den Weg zur nächsten Busstation weiter oben, hinter den Serpentinen. In meiner Hosentasche drücke ich ein Lied nach dem anderen weg. Zumindest für einige Minuten die Gedanken an meine Eltern abstellen. Den Reigen der gegenseitigen Beschuldigungen.

Zu Hause ähnelt alles einem schlechten Scherz, und doch darf ich nicht vergessen, dass es bei meinen Freunden nicht anders aussieht. Es wird getreten, geschlagen und geflucht. Und wenn wieder Ruhe einkehrt, beginnen Vaters Indoktrinationsstunden. Die gute alte Zeit wird beschworen, das viele Geld, das er hatte, die vielen Reisen, die er mit meiner Mutter unternehmen konnte, die Gesetze, an die sich jeder hielt. Den Krieg und die Gemetzel, an denen er selbst institutionell beteiligt war, blendet er aus. Ich weiß jedoch von seiner guten alten Zeit nichts, kann mich nicht wie er in Nostalgie suhlen. Das kapiert er nicht. Er will krampfhaft, dass ich ihn verstehe, dass ich Tito und Milošević wieder liebe, wie ich es als Kind getan habe. Wie er das erreichen will, ist mir schleierhaft.

Zwischen mir und meinen Eltern steht Großmutter ungewöhnlich ruhig da. Sie muss sich wie im falschen Film vorkommen. Als sie zu uns zog, dachte ich, sie würde durch ihr sanftes Gemüt ein wenig Frieden ins Haus bringen. Doch das schert meinen Vater wenig. Wenn er will, macht er auch seine eigene Mutter fertig. So hockt sie meist im Wohnzimmer und beobachtet durch das Fenster das Treiben auf der Hauptstraße oder den Taubenkäfig auf dem Dach unseres Nachbarn. Wenn ich zu Hause bin, erzählt sie mir von ihrem Vater, meinem Urgroßvater, dem Feigling, und versucht dadurch sich und mir zu erklären, woher diese riesige Wut in ihren eigenen Söhnen stammt. Sie sagt: »Es ist die gerechte Strafe Gottes, mein Kind, weil dein Urgroßvater ein Feigling war. Gott hat mich bestraft, und nun will er auch dich bestrafen! Hau ab, werde ein normaler Mensch, solange du kannst, sonst wirst du so wütend wie dein Vater und seine Brüder!«

Plötzlich setzt der wohlbekannte G-Akkord ein, auf den ein A und ein C folgen, allesamt in Dur. Daraufhin der langgezogene E-Moll-Akkord. Ich stecke mir rechtzeitig den zweiten Hörer ins Ohr, bevor Johnny Štulić mit seiner rauen Stimme meinen Gedanken ein Ende bereitet:

Eines Tages bin ich weg, komme auch nicht mehr zurück.
Freunde, die ich einst kannte, erkenne ich nicht wieder.
Als hätte es mich auf dieser Erde nie gegeben.
Als hätte mich ihr Körper nie gewollt …

Ein Auto rast dicht an mir vorbei und hupt. Ich erschrecke und zeige dem Fahrer den Vogel, noch bevor er um die Kurve fährt. Links von mir die Waldgrenze, rechts einige im Halbkreis angeordnete Einfamilienhäuser aus einer anderen Zeit. Die Bezeichnung Einfamilienhaus ist schon ziemlich schräg. Sie gleichen mehr der Vorstellung von Häusern, wie man sie als Kind gezeichnet hat: ein Quadrat mit einem Dreieck obendrauf. Die Ziegeldächer sind verfallen und hellgrün bemoost. Zwischen den dicht aneinandergebauten Häuschen sind Wäscheleinen gespannt, auf denen weiße Unterhosen, Hemden und Socken zum Trocknen gehängt wurden. Sie können noch nicht lange dort hängen, unter der Wäsche haben Wassertropfen den trockenen Lehmboden aufgeweicht.

Balkan, Balkan, mein Balkan, sei stark und stehe fest.
Balkan, Balkan, mein Balkan, sei stark und stehe …

Im Gemeinschaftsgarten der kleinen Siedlung sehe ich einen reifenlosen Einachstraktor, einen in der Hitze hechelnden Streuner und einen bis zum Anschlag mit Kartons und Altpapier gefüllten Ochsenkarren. Von der Rückseite durchtränkt ein Wasserstrahl den Haufen. Wer genau das Papier besprenkelt, sehe ich nicht.

Srdjan, den in meiner Klasse alle Đile nennen, hat mir einmal den Unterschied zwischen sauberer und schmutziger Ware erklärt, die von den Roma gesammelt und weiterverkauft wird: Unter schmutziger Ware versteht man alles, was Metalle in sich hat, jedoch eine Außenhülle besitzt. Also Fernseher, Steckdosen, Computer, Handys, Lampen, Radios, Klimageräte oder Uhren. Es ist sehr mühsam, das Metall herauszuholen, und man braucht viel Ware, um Geld verdienen zu können. Dann gibt es noch die saubere Ware, also alles, was man mit bloßem Auge sortieren kann. Am günstigsten sind leichte Metalle wie Aluminium oder

Blech: »Auch an einem guten Tag bringt Blech kaum mehr als 500 Dinar. Für Emaille kriegt man beispielsweise das Dreifache. Nach dem Bombardement konnte man in den Militärgebäuden viele Töpfe und Pfannen finden und sich dadurch die Woche sichern«, erzählte mir Đile. »Eisen und Messing, allen voran aber Kupfer, sind heute die teuersten und begehrtesten Metalle auf dem Markt. Für eine Tonne Kupfer könnte ich mich für das nächste Jahr zur Ruhe setzen. Aber wo finden mein Alter oder ich schon eine Tonne Kupfer?« Als saubere Ware gilt auch Papier. Es wird nach Gewicht bezahlt. Wenn die Ausbeute mager war, wird mit Wasser nachgeholfen. Dann stellt man den Wagen in die Sonne, die oberste Schicht trocknet, das Innere jedoch bleibt nass und schwer.

Wir, Leute, sind die wahren Zigeuner, dem Schicksal nach verflucht.
Ständig kommt und bedroht uns jemand von außerhalb.
Und die Bands sind auch nicht mehr das, was sie früher einmal waren.
Auch meine bereitet sich auf ihren ersten Amateurgig vor.

Balkan, Balkan, mein Balkan, sei stark und stehe fest.
Balkan, Balkan, mein B…

Ich höre durch die Kopfhörer den Bus heranrülpsen und beginne die letzten Meter bergauf zu sprinten. Im Umdrehen sehe ich ihn, wie er sich langsam die Steigung hochschleppt. Die Haltestelle befindet sich hinter der nächsten Kurve, gleich nach der Kreuzung. Fast hat der Bus mich überholt. Ich beschleunige. Die Kopfhörer fliegen mir aus den Ohren, in meinem Rucksack scheppert die blecherne Federmappe. Gleichzeitig mit dem Bus biege ich in die Kurve. Meine Bronchien pfeifen, und ich rutsche fast auf dem Kiesbett aus, das hier als provisorisches Trottoir dient. Alles scheint mir um die Ohren zu fliegen. Die Ampel an der Kreuzung steht auf Grün, und der Busfahrer gibt Gas.

Ich sehe, dass er nicht halten wird, da niemand an der Station wartet. Ich halte an, huste einen Schleimklumpen in die Mundhöhle und spucke ihn in den Kies. Der Bus ist weg. Ein leichter Hauch kühlt einen Moment lang meinen Nacken. Dann schiebt sich die drückende Hitze wieder vor. Aus meinen Kopfhörern vernehme ich die Schlussakkorde von Azras *Balkan*. Ich versuche tief durchzuatmen. Über dem Asphalt verzerrt Hitzeflimmern die hinter mir liegende Strecke. Die Siedlung verschwimmt hier oben zu einer bizarren Vorstellung.

Ich nehme die Brille ab und reibe mir die Augen. Immer noch wabert das Bild, und ich meine, eine Gestalt zu erkennen, die aus dem Wald tritt. Ich setze die Brille wieder auf. Niemand da. In der Ferne tost der nimmermüde Belgrader Verkehr. Unten besprenkelt der Wasserstrahl weiterhin das Altpapier. Wirft kleine Regenbögen in die Landschaft.

Zoran blickte missmutig umher. Kurz bevor die Dämmerung über uns hereinbrach, war es erstaunlich still geworden. Die Helden der ersten Reihe hatten sich wieder auf ihre Sitze verteilt und dösten friedlich – die Ruhe vor dem Sturm, dachte ich in dem Moment, als stünden uns die wahren Eskapaden erst noch bevor. Zoran dagegen saß seit nunmehr zwei Stunden in der vordersten Reihe und knurrte über den Verlust der eigenen Gefolgschaft und über meinen Sitznachbarn, der nach seinem letzten Ausfall derart tief und fest schlief, dass es den Anschein erweckte, er sei zufrieden mit sich und der Welt – das war gut so, auch mich hatte sein Verhalten zunehmend irritiert.

Als der Bus nach unserem Stopp in Székesfehérvár die Fahrt wiederaufgenommen hatte, hatten die Fahrer auf Zorans Geheiß das Radio lauter gedreht. Mein Nachbar, die Ohren spitz wie ein Dobermann, hatte daraufhin angefangen, die Melodien der altbekannten Lieder aufzugreifen und sie lauthals in den Raum zu grölen. Anfangs war ich amüsiert, weil er bewusst die Provokation mit diesem jämmerlichen Chauvipack suchte.

Ich konnte nur Verachtung für diese Leute aufbringen, zu sehr glich ihr Verhalten dem meines Vaters und seiner Brüder, ihre ganze schamlose Art, mit der sie den restlichen Passagieren zeigten, dass sie über allem und jedem standen – gerade denen, die nicht ihren Lebensstil pflegen wollten. Seltsamerweise erinnerten sie mich an die vielen *aufgeklärten* Hipsterbubis, mit denen ich bei der Arbeit zu tun hatte und die auf eine ähnliche Weise Leute durch *ihre* Raster fallen ließen.

Zumindest wollte ich das Pack hier hilflos sehen, genauso wie ich meinen Vater immer hilflos sehen wollte. Und nun, da es tatsächlich jemand geschafft hatte, sie dumm aussehen zu lassen, konnte ich mich genüsslich zurücklehnen und dieser Groteske beim Sieden zusehen – denn sie waren sichtlich verwirrt, wollten sie doch selbst die Lieder, die mein Nachbar statt ihrer verunstaltete, anstimmen!

Es hätte ein frohes Ritual werden sollen, die Lieder sanft im Chor gesungen mit Zoran als Dirigenten. Danach hätten mit Sicherheit weitere Passagiere eingestimmt, bis schließlich der halbe Bus singend über die ungarische Autobahn Richtung Heimat gefahren wäre. Und Zoran wollte der Alleinunterhalter dieser Gemeinde sein, dafür hatte er die vielen schweinischen Witze erzählt, das gute Bier getrunken, die ganze Vorarbeit geleistet. Mit dem Gesang meines Nachbarn jedoch – oder vielmehr mit seinem aufdringlichen Gekrächze – hatte er nicht gerechnet. Er wurde durch jemanden unterwandert, der wie von allen guten Geistern verlassen schien.

Langsam – es muss beim zweiten oder dritten Lied gewesen sein – kippte die Stimmung. Nicht, dass jemand ausfällig geworden wäre: Alle verharrten auf ihren Plätzen, schüttelten einmütig die Köpfe, während mein Sitznachbar, der ehemalige Elektriker und Hobbyautor, sich in einen Wahn hineinsteigerte. Von einem Moment auf den nächsten schnappte er über.

Nachdem er das Lied zu Ende gesungen hatte, vernahm ich nur sein leises Kichern, das jedoch, als ich mich zu ihm drehte, in lautes, gezwungenes Lachen überging. Jemand aus den hinteren Reihen rief, wir sollten endlich die Klappe halten, mein Nachbar aber hielt sich nur beide Hände am Bauch und würgte Laute aus der Kehle hervor, die zunehmend mehr Hilferufen glichen als Lachern. Immer mehr Leute drehten sich zu uns, standen von ihren Sitzen auf, um einen besseren Blick auf unsere Reihe zu bekommen. Ab und an huschte jemandem ein Fluch über die Lippen oder eine unansehnliche Grimasse übers Gesicht. Mein Nachbar aber hörte nicht auf: Sein Körper krümmte sich seltsam unter den forcierten Ausstößen, die zusehends groteske Züge einer Inszenierung annahmen. Er schüttelte sich und zerrte mit seinen Händen am Vordersitz. Auch die Garde aus der ersten Reihe war sichtlich verunsichert – sie verharrten stumm auf ihren Sitzen und grinsten dümmlich.

Plötzlich drehte sich Zorans Frau um und fauchte meinen Nachbarn an, ohne dass ich ein Wort von dem verstand, was ihr schmaler zarter Mund ihm an den Kopf warf. Sie sah ziemlich wild aus, ihre Augen trunken vor Schlaf, aus dem er sie gerade geweckt hatte. Zoran wiederum, der seine aufgebrachte Frau sah, stand auf, tat ein paar Schritte und plusterte sich wie ein Gockel vor meinem Nachbarn auf: »Was soll der Scheiß, sag mal, bist du bekloppt oder was? Hör auf zu lachen, du blöder Wichser!« Er kam ins Lallen und Fluchen, fuhr uns an: Wir seien hier nicht alleine, wir sollten uns nicht wie die Tiere verhalten, wir sollten gefälligst die Fresse halten! Ich versuchte noch, mich irgendwie in der Situation zurechtzufinden, mein Sitznachbar dagegen schien Zoran gar nicht bemerkt zu haben – vielleicht wollte er ihn auch nicht bemerken. Seine anfangs sorgfältig überkämmte Glatze war nun bloßgelegt, das wenige Haar, das er hatte, stand ab oder klebte an anderen Stellen seines Gesichts. Er hatte eine Manie an den Tag gelegt, die nicht nur mir Angst machte. Ich legte meine Hand auf seine Schulter, worauf er ein wenig leiser wurde – aber nur weil ihm die Puste ausgegangen war.

Zoran stand immer noch wie der Bote einer bösen Vorahnung vor uns, die Hände zu Fäusten geballt. Mein Nachbar aber räusperte sich und drehte sich wieder zu mir, ohne Zoran einen Funken Aufmerksamkeit zu schenken: »Und Sie denken allen Ernstes«, sagte er, »das alles hier sei ein schlechter Scherz!« Ich blickte zuerst ihn an, dann Zoran: Die Stoppeln seines Dreitagebarts hatten sich aufgerichtet, die Pupillen stecknadeldünn. Auch sein verschnapstes Lallen übertrug sich von der Sprache auf den Rest seines Körpers. Je länger er stand, desto spastischer wurden die Bewegungen seiner Hände und Schultern – der Suff fing jetzt erst an, ihm richtig zuzusetzen.

»Na, was ist jetzt«, brachte Zoran irgendwie heraus, »hältst du jetzt endlich deine blöde Fresse!?« Er beugte sich vor, und ein Hauch von halbverdautem Šljivo und Magensäure kam uns entgegen. Nun aber stand mein Sitznachbar plötzlich auf und bäumte sich vor Zoran auf, was diesen endgültig fertigmachte – erst jetzt bemerkte ich, wie groß er war, er überragte Zoran um mindestens einen Kopf! Der ganze Bus war nun still, schien langsamer zu werden. Wie zwei kümmerliche Westernhelden standen die zwei sich von Angesicht zu Angesicht gegenüber. Zoran schaute zu seinen Kameraden, die vollkommen verstummt waren und wie eine magere Schafherde alles aus sicherer Entfernung verfolgten.

»Komm, geh nach vorn und lass gut sein!« Seine Frau bereitete dem Spuk ein Ende. Zoran, plötzlich klein wie eine Erbse, wandte sich um und torkelte unsicher zurück zu seinem Rudel. Mit sichtlicher Genugtuung warf sich mein Nachbar wieder in seinen Sitz und grinste, als wäre nichts geschehen. Und auch der Bus nahm wieder Geschwindigkeit auf, so schien es, die zuvor erstarrten Passagiere reckten sich, und alles ging wieder seinen gewohnten Lauf, was nicht erstaunlich war: Konflikte waren diese Menschen gewohnt, vor allem aber, sie gleich wieder zu vergessen! Dennoch starrte ich meinen Sitznachbarn an, der in aller Ruhe seine Haare richtete.

»Was ist denn bitte in Sie gefahren?«

»Kennen Sie den schon: Wie geht das Märchen vom armen Balkanesen?«

Ich schüttelte den Kopf, nicht wegen des Witzes, sondern wegen seiner unmaskierten Gelassenheit.

»Hinter sieben unbezahlten Gasrechnungen, hinter sieben unbezahlten Stromrechnungen wartet einer schon seit sieben Monaten auf sein Gehalt!« Er lachte, diesmal aber behutsamer.

Ich wusste nicht, ob ich den Mann bewundern oder für verrückt erklären sollte.

»Sie sind echt ein komischer Vogel«, sagte ich versöhnlich zu ihm.

»Nein«, erwiderte er, »kein Vogel, nur ein bescheidener Mann, der es sich zur Aufgabe macht, dieses verbrecherische Pack zu entlarven! Vergessen Sie nie, was ich Ihnen anfangs sagte, wir befinden uns unter potenziellen Mördern, und zwar immer! Diese Leute verstehen keinen Spaß, wie Sie gerade vortrefflich sehen konnten. Da will man ein Liedchen anstimmen, über einen Witz lachen … aber gut. Wie ich die Sachen angehe, muss nicht jedem gefallen. Machen Sie es gut, ich verabschiede mich für eine Weile.« Mit diesen Worten ließ er von seinem Haar, das sich nicht richten lassen wollte, ab und drehte mir den Rücken zu.

Mittlerweile musste auch ich lachen. Ich drehte mich zum Fenster, an dem ein kegelrunder Fettfleck wie ein blindes Auge prangte. Obwohl ich mich nicht daran erinnern konnte, geschlafen zu haben, konnte er nur von meinen fettigen Haaren stammen. Eine gähnende Leere übermannte mich. Ich strich mit dem Finger über den Fettfleck und zog einen Strich durch die verzerrte Landschaft. Aus den Boxen über mir drang ganz leise Musik.

Das letzte Gespräch mit meiner Mutter vor meiner Abreise nach Belgrad kam mir in den Sinn: Mein Vater hatte mehrere Male durchgedreht, wie mir meine Mutter erzählte, brüllte sie unaufhörlich an, sie solle mich anrufen und nach dem Ehering seiner Mutter verlangen, den diese mir vor mehr als zehn Jahren geschenkt hatte. Soweit ich mich erinnern konnte, muss es ein Schultag gewesen sein. An das Gespräch, das ich damals mit Großmutter geführt hatte, konnte ich mich kaum mehr erinnern.

Sechs Tage waren seit ihrem Tod vergangen, und meine Mutter bekam es mit der Angst zu tun. Es war weniger die Angst vor meinem Vater als vielmehr die Angst um ihn, so viel konnte ich ihren Worten jedenfalls entnehmen. Ich verstand sie nicht. Sie flehte mich regelrecht an, den Ring nach Belgrad zu bringen, mit der Aussicht, dass es meinem Vater dadurch besser gehen würde. Ich wollte nichts von alledem hören. Auch wenn ich kein abergläubischer Mensch bin, war mir nicht wohl bei dem Gedanken, den Ring, den ich seit über zehn Jahren an meiner linken Hand trug, abzunehmen. Und meinem Vater zuliebe hätte ich es sowieso nicht getan, was ich auch meiner Mutter zu verstehen gab. Ich hasste meinen Vater nicht. Er war mir nur egal geworden.

Schließlich willigte ich unter der Bedingung ein, den Ring als Grabbeilage zu Großmutters Beerdigung zu bringen. Morgen Mittag wäre alles vorbei, die rechtmäßige Besitzerin hätte ihren Ring zurück, und ich könnte mich auf dem schnellsten Wege wieder nach Wien begeben. Meine Mutter stimmte das traurig, aber sie rang mir diesen Kompromiss ab – angesichts der vielen Jahre, die ich nicht mehr in Belgrad gewesen war, kam das einem kleinen Triumph gleich. So sehr sträubte ich mich gegen ein Wiedersehen mit meinem Vater, dass ich insgeheim mit meiner Abwesenheit auch meine Mutter verurteilt hatte. Schon lange hatte sie sich mit dem Gedanken abgefunden, ihren einzigen Sohn nur noch über eine Computerkamera zu sehen. Dass wir uns nun, nach so vielen Jahren, wieder gegenüberstehen würden, stimmte sie glücklich: Ich weiß nicht, wann ich sie das letzte Mal so überdreht gesehen hatte – vielleicht noch nie!

Dennoch war es mir zuwider. Meine Mutter konnte ich aushalten. Mit den Jahren wurde sie immer stiller und feinfühliger. Eine fast filigrane Aura umgab sie mittlerweile, und sie schien endlich kapiert zu haben, worauf sie sich in der Ehe mit meinem Vater eingelassen hatte. Die subtilen Aggressionen, die sie früher abbekam und an mir ausließ, waren verschwunden. Zumindest hatte es für mich den Anschein gehabt. Das beamtische Stachelschweingesicht meines Vaters konnte ich jedoch nicht ertragen. Meine Enttäuschung, die ich in meiner Jugend ihm gegenüber entwickelt hatte, war inzwischen zu sehr in Pathos ausgeartet. Sie hatte mein Denken verformt und war zu einer Selbstverständlichkeit geworden – zu Ekel. Den Ring heimzubringen war mein ganz persönlicher Kompromiss, mehr noch: Es war eine von mir diktierte Bedingung ohne die Möglichkeit auf Einspruch. Mein Vater schäumte vor Wut, musste jedoch darauf eingehen. Ich wollte ihm den Ring, der eigentlich mir und Großmutter allein gehörte, keinesfalls überlassen.

Ursprünglich war es der Ehering meines Großvaters gewesen. Als dieser vor vierundzwanzig Jahren gestorben war, hatte Großmutter den Ring an sich genommen, und sie trug ihn bis zu jenem Junitag am Daumen ihrer linken Hand. Ein wenige Millimeter dünner, schlichter Goldring ohne Gravur, Stempel oder sonstige Besonderheiten. Er soll einst viel massiver gewesen sein, erzählte mir meine Großmutter.

Lange vor meiner Geburt hatte sich mein Großvater ordentlich Gewicht angefressen. Er soll dermaßen zugenommen haben, dass sie ihm den Ehering vom Fettfinger schneiden mussten. Der durchschnittene Ring wurde daraufhin zum Goldschmied gebracht, eingeschmolzen und neu gearbeitet – größer im Umfang, dafür schmäler. Dabei hatte er seine runde Form verloren, war oval und kantig geworden.

Ich schaute hinunter zu meiner Hand und lauschte dem pfeifenden Atmen meines Nachbarn, das beruhigend auf mich wirkte. Den Ring spürte ich inzwischen nicht mehr, dafür war er schon zu lange an meinem Finger. Ich wusste, dass es mir schwerfallen würde, ihn wegzugeben.

Großmutter war immer so etwas wie ein Vorbild für mich gewesen, dennoch hatte ich Mühe, ihr Gesicht oder ihre Stimme zu erinnern. Wenn ich mit meiner Mutter über den Computer telefonierte, wollte sie nie aus ihrem Zimmer kommen, um mich zu sehen. Sie hatte sich schon zu sehr von uns abgewandt. Als ich ausgezogen war, hatte sich dieses Verhalten verstärkt, wie mir meine Mutter erzählte. Anfangs sprachen wir noch ab und zu am Telefon miteinander, ohne uns viel zu sagen, was mir besonders wehtat. Wir hatten uns entfremdet, auch wenn sie mir immer wieder beteuerte, dass sie glücklich war über meinen Abgang nach Wien. Sie hatte sich immer ein besseres Leben für mich gewünscht, was in Serbien damals nur Flucht bedeuten konnte.

In meinem Tagebuch versuchte ich, so gut es ging, ihre Geschichte, oder zumindest das, was ich von ihrer Geschichte kannte, aufzuschreiben: Sie wusste nicht, wann sie geboren war, deshalb feierten wir ihren Geburtstag nie. In der vierten Klasse musste sie die Schule verlassen, da ihr Vater plötzlich an einer Lungeninfektion gestorben war. Das war noch während des Krieges. Mit achtzehn heiratete sie einen zwei Jahre jüngeren Burschen aus der Nachbarschaft: meinen Großvater. Sie hat dann vier Jungen zur Welt gebracht, einer verkommener als der andere. Mein Vater war der dritte gewesen. Schließlich, als das vierte Kind dem Säuglingsalter entwachsen war, wurde ihre Funktion in der strengen Familienhierarchie obsolet. Die nächsten vierzig Jahre verbrachte sie weitgehend stumm und freudlos hinter ihrem Ehemann, dem eisern kommunistischen Zöllner an der serbisch-rumänischen Grenze, der auch die Kinder dementsprechend erzogen hat.

Das Dorf, aus dem mein Vater stammt, war mir immer schon Abbild des Innenlebens meiner Familie väterlicherseits gewesen: eine damals dreihundert Häuser zählende Gemeinde von Bauern und Zollbeamten mit einem kleinen Laden, wo man Brot und Schmalz kaufen konnte. Eine asphaltierte Straße führt einmal quer durchs Dorf, an dessen Ende ein kommunistisches, dem unbekannten Soldaten gewidmetes Denkmal steht. Ginge man heute in das Dorf meines Vaters, würde man vor einer Brache, einem von Landflucht geplagten Ort stehen, lediglich das Denkmal, so bildete ich mir ein, hatte überlebt und stand wie ein urzeitlicher Monolith in der trostlosen Landschaft.

Großmutter war also immer ein Vorbild für mich gewesen, obwohl diese paar Jahre kaum ausgereicht hatten, um sie kennenzulernen. Die Geschichten über ihre Jugend, ihre Ängste, ihre Wünsche oder ihre Verwünschungen blieben mein ganz persönliches Versäumnis, das ich nun nicht mehr nachholen konnte.

Nur der Ring war geblieben: Wenn etwas eingeschmolzen wird, verdampft und verflüchtigt sich ein kaum merklicher Teil des Eingeschmolzenen, und zwar für immer – dieser verlorene Teil des Eherings stand in meiner Vorstellung stellvertretend für die Versäumnisse unserer Eltern. Die totale Entmündigung meiner Generation war nur ein kleiner Teil der großen moralischen Niederlage nach den Kriegen der neunziger Jahre gewesen. Und die einstigen Schlächter weilten immer noch unter uns wie ein schlechter Witz, wie das Monster unterm Bett, das ums Verrecken seine Macht über unsere Ängste nicht verlieren will.

Der Ring hatte auch jetzt seine Beschaffenheit verändert: Nun, da er wieder zu seiner wahren Besitzerin zurückgelangte, war er matter geworden. Nun, da er der Ring eines Leichnams war. Im Grunde wollte sie ihn nie haben, damals nicht und im Tode mit Sicherheit auch nicht – dachte ich mir, während sich die flache Landschaft durch die Dämmerung hindurch vors Busfenster schob.

»Wissen Sie, mein Vater ist ein Schwein!«, sagte ich plötzlich zu meinem Sitznachbarn, der sich sogleich zu mir drehte, als wäre er schon die ganze Zeit über wach gewesen, als hätte er nur gelauert.

»Erzählen Sie mir etwas Neues. Soll das etwas Ungewöhnliches sein?«, antwortete er gleichgültig. Etwas an ihm hatte sich verändert: Er war grober in seinen Gesten und unfreundlicher als zuvor. Auch seine Gesichtszüge schienen härter unter der kurz zuvor eingeschalteten, kühlen Beleuchtung – seine ganze Erscheinung war geradezu abstoßend.

»Geht es Ihnen gut?«, fragte ich.

»Machen Sie sich keine Sorgen um mich«, sagte er und verzog die Augenbrauen, »schauen Sie lieber, dass Sie diese Fahrt überstehen. Sonst denkt am Ende jeder, Sie seien auf den Kopf gefallen.« Zum Teufel mit ihm, dachte ich. Er schien einen persönlichen Krieg gegen alle und niemanden zu führen – welche Spiele er auch immer spielte, ich wollte nichts damit zu tun haben. Er trieb mich innerlich zur Weißglut, ich aber schuldete ihm nichts.

»Nun«, fragte er schroff, »Ihr Vater ist ein Schwein. Und weiter?«

Wien war außer Reichweite, und auch Belgrad lag noch einige Stunden entfernt von uns. Die Zeit gehörte irgendwie totgeschlagen. Ich saß in der Zwickmühle. Die Frau gegenüber musterte uns erneut misstrauisch. Irgendwo weiter hinten fing ein Kind an, laut zu protestieren, woraufhin eine tiefe Männerstimme unter Androhung von Gewalt das Kind zum Schweigen bringen wollte. Ich schaute über den Sitz, konnte jedoch nicht sehen, wo diese Kombattanten ihren Streit austrugen. Plötzlich ging ein schriller Ton durch die Reihen. Das Kind, unbeeindruckt von den Drohungen, schrie aus vollem Hals. Als ich schließlich den Jungen erblickte, prasselte die Hand des grobschlächtigen Mannes bereits mit voller Wucht auf seinen Kopf nieder. Noch bevor dieser anfangen konnte zu weinen, bekam er einen zusätzlichen Schlag auf den Mund, der ihn endgültig zum Schweigen brachte. Nur ein leises, verschleimtes Schluchzen war vernehmbar, stumme Tränen, die dem Kind die Wangen herunterrannen. Daraufhin drehte sich eine ältere Dame zu ihm um und erklärte mit der hinterfotzigen Nettigkeit einer Tante, dass so etwas mit Recht geschehe, wenn Jungs böse sind und nicht auf ihre Eltern hören wollen.

»Ihr Vater, das Schwein also?«, hörte ich die Stimme neben mir, »Sie sehen selbst, es gibt viele Schweine in diesem Bus, und so ist es im ganzen Land. Am Ende ergibt das Ganze eine Riesensauerei, meinen Sie nicht?«

»Vielleicht haben Sie recht«, antwortete ich verhalten, »mein Vater aber ist anders.«

»Wie anders wird er wohl sein?«

»Wie soll ich Ihnen das erklären? Er ist ein durch und durch aggressiver Mensch, jedoch nicht wie das Arschloch da hinten. Zwar hat auch er mich und meine Mutter geschlagen, aber anders: Er macht alle Leute um sich herum auf eine ganz bestimmte Art und Weise fertig, dagegen sind seine Schläge harmlos. Er ist Beamter, wissen Sie.«

»Ja, ich weiß«, gab er schnell zurück. Ich schaute ihn ungläubig an. Dann lachte ich kurz auf: »Woher wollen Sie das wissen?«

»Ich bitte Sie«, erwiderte er, »Ihr ganzes Wesen schreit nach Beamtensohn, seit dem Moment, an dem wir uns kennenlernten. Erinnern Sie sich etwa nicht? Auch wie Sie über Wien reden, diese Unsicherheiten, und dieses schreckliche Stottern Ihrer ganzen Person. Alles an Ihnen ist Flucht. Flucht vor Serbien, Flucht vor Ihren Eltern, Flucht vor der Tatsache, dass manche Dinge nicht verhandelbar sind. Sagen Sie mir nicht, Sie flüchten vor der Verantwortung! Flüchten Sie vielleicht vor sich selbst? Sind Sie ein Feigling?« Ich glotzte ihn wie ein Esel an, er grinste nur selbstgerecht.

»Ich kaufe Ihnen nicht ab, dass Sie Elektriker sind! Sie sind Schriftsteller!«

»Ich bitte Sie! Lassen wir mich mal außen vor«, antwortete er, nun wieder ernst.

»Gut«, sagte ich, »mein Vater ist also Beamter. Er hat während der Neunziger viel Scheiße gebaut. Meine Mutter erzählte mir einmal, dass er damals neben dem Innenministerium auch für die Armee gearbeitet hat. Später fand ich heraus, dass er einem seiner Brüder, der an der Front in Bosnien diente, Listen von Versorgungsgütern zuschanzte, Maschinenteile, Lebensmittel und so weiter. Darunter waren aber auch Namenslisten! Sie können sich also vorstellen, welche Filme sich in meinem Kopf abspielten! Dazu sein nationalistisches Gehabe, das er von der Arbeit mit nach Hause brachte. Er und seine Brüder haben die ganze

Familie zerstört, alles, was irgendwie erzählenswert an unserer Familiengeschichte ist, wurde durch sie vergiftet. Meine Mutter und ich plapperten alles nach, was er sagte – abgerichtet hat er uns! Schon die Hochzeit meiner Eltern war ein Witz: mein Vater, der große Kommunist, der große Atheist, der sich in keiner Kirche trauen will und deshalb im Bahnhofshäuschen seines Dorfes heiratet. Heute ist er eingeschworen orthodox und bekreuzigt sich vor jeder beschissenen Kirche, ohne wirklich zu verstehen, was er da überhaupt tut – bei seinem Kommunismus war es nicht anders! Er ist ein devoter Hund, der seit vierzig Jahren nicht sieht, was in seinem Scheißland geschieht, der irgendwann mal sein Gehirn abgeschaltet und sich dem System ergeben hat!«

»Kommen Sie doch endlich zum Punkt!«

»Der Punkt ist« – ich war inzwischen ordentlich genervt –, »ich habe Serbien verlassen, weil ich irgendwann verstanden hatte, dass mein Vater ein Verbrecher war! Nein, nicht war – er ist immer noch einer! Meinen Freunden ist es nicht anders ergangen, nur hatten sie nicht den Mut, ihre Familien zu verlassen, und sind irgendwann selbst zu Nationalisten geworden – oder zu Alkoholikern. Er hat ja nicht nur die großen Verbrechen des Staates unterstützt, sondern dieselben Verbrechen in seiner eigenen Familie fortgesetzt, er war kalt, lieblos, brutal! Er hat mich nie in den Arm genommen, nicht einmal als kleines Kind!«

»Sie sind schon ein jämmerlicher Held!« Er fing zu kichern an, schob aber gleich seine Hand vor den Mund, als würde er sich selbst maßregeln wollen. Plötzlich stieß es mir sauer auf: »Wissen Sie, ich brauche mir das nicht von Ihnen anzuhören! Sie fragen mich, ich gebe Ihnen Antworten, und dann verspotten Sie mich dafür!«

»Mein Lieber, Sie haben absolut recht! Aber Sie geben mir immer die falschen Antworten. Was interessieren mich oder irgendjemanden Ihre Wehwehchen. Glauben Sie nicht, nur weil wir uns ein bisschen liebgewonnen haben, dass ich Ihr bester

Freund werde. Was Sie mir erzählen, kann ich in diesem Bus doch an jedem Gesicht so oder ähnlich ablesen, ob Mann oder Frau, ob jung oder alt. Fragen Sie mal Ihren Vater, ob er jemals in den Arm genommen wurde! Und sein Vater, Ihr Großvater, genauso wenig. Und schauen Sie mich nicht so wehleidig an – ganze Generationen in diesem Land sind nicht *in den Arm genommen* worden! Dass die ganze Herde dabei Schaden nimmt, nämlich auch die Leithammel, ist doch völlig klar. Ich sage Ihnen eins: Es grenzt an ein verfluchtes Wunder, dass bei uns noch niemand zu diesen Sprengstoffgürteln gegriffen hat. Dass unsere Generation und die Generation unserer Väter Terroristen sein können, haben sie ja schon zur Genüge bewiesen, als sie das halbe Land mit ihrer Mafia niedermetzelten« – er nahm wieder Fahrt auf, schaute dabei immer den Vordersitz an, als würde er ein hitziges Selbstgespräch führen –, »aber das ist nur die Konsequenz der Kälte, die uns Kriegskindern entgegengebracht wurde. Das ist ein schweres Erbe, aber eins, das wir als Rüstung tragen sollten. Um nichts anderes geht es in meinem Buch: Knallharte Aufarbeitung soll es sein, hatte ich das schon erwähnt? Und trotzdem, das sage ich nur Ihnen, also behalten Sie es für sich: Manchmal erwische ich mich dabei, wie ich diese Zeit vermisse, ihr tatsächlich nachtrauere. Aber immerhin: Wir haben gelernt, unsere Väter zu verabscheuen. Ich zähle das zu den Tugenden!« Er war wieder im vollen Einsatz seiner Kräfte, nur kurz holte er Luft, sammelte seine Gedanken, um anschließend wieder seinen Monolog loszutreten: »Die Leute damals waren einfacher gestrickt. Heute sind sie nur verwirrt! Deshalb fahre ich auch hinunter: um zu recherchieren. Ich beobachte die Leute ganz genau. Heute stehen die Menschen vor vollen Regalen, sie stehen vor den fünfzehn Sorten Schokolade, stehen vor den Tankstellen mit ihren vier bleifreien Sorten Benzin und sind komplett überfordert, seelisch wie körperlich. Damals hatten sie keine Schokolade und kein Benzin. Man nahm, was kam, auch wenn außen *Schokolade* stand und drinnen die große Verarsche war, auch wenn der nette Eisverkäufer einem unter der Hand Benzin verkaufte und letzten Endes dadurch der Motor zersetzt wurde! Ich hatte zumindest das Glück, in Wien aufgewachsen zu sein, die Wahl gehabt zu haben zwischen der Schule oder einer *richtigen* Ausbildung. Einer von Ihrem Schlag wurde aber nicht für die Auswahl geboren. Nur weil Sie sich entschieden haben abzuhauen, bedeutet das nicht, dass Entscheidungen Ihre Stärke sind. Am Ende des Tages aber sind wir alle ausnahmslos Opfer dieses Krieges! Auch diejenigen, die glauben, nur am Rande etwas mit dem Krieg zu tun zu haben – auch sie sind mittendrin! Ob durch offene Gewalt, mit dem Gewehr in der Hand auf einem der zahllosen Schlachtfeste oder durch die Kadavertreue in irgendeiner Administration, es ist egal: Wir alle wurden und werden ausnahmslos indoktriniert. Ich wurde bis zu meinem achtzehnten Lebensjahr dazu erzogen, Muslime, Albaner, Kroaten und Gott weiß wen noch zu hassen – das ist ein Verbrechen, für das niemand eine Entschädigung zahlen wird! Wir können uns schließlich nicht wehren, wir halten die Klappe und fressen die ganze Scheiße, schwenken die Fähnchen und schwören irgendeinem Deppen, dessen Namen wir als Kinder nicht einmal richtig aussprechen konnten, die Treue. Mein Lieber, im Grunde wurden wir für die Ohnmacht gezüchtet! Aber trotzdem – glauben Sie nicht, ich hätte mich ergeben, niemals! Meine Eingeweide hängen an diesem gottverdammten Land, davor kann ich nicht fliehen! Und Sie im Übrigen auch nicht. Da entwickelt man zwangsläufig eine Persönlichkeitsstörung!«

Nun drehte er mir sein Gesicht wieder zu und zwinkerte. Ich wusste nicht, was ich ihm antworten sollte, als hätte er mich durchgekaut und wieder ausgespuckt. Ich sträubte mich gegen seine Aussagen, gegen seine Person als Ganzes. Es fühlte sich an wie ein trockener Brechreiz, wie ein Schnappen nach Luft unter Wasser.

Im Bus war es ganz still geworden. Aus der ersten Reihe vernahm ich kein Gerede mehr. Es schien niemand zu schlafen, und doch herrschte eine Stille, die mich nervös machte. Obwohl die Sonne schon seit etwa einer Stunde untergegangen war, beleuchtete ein breiter Lichtschlitz am Horizont die glatten Felder der Tiefebene. Mein Sitznachbar, dieser sonderbarste aller Elektriker, starrte ausdruckslos seinen Vordersitz an. Wie ein hohles Gefäß saß er da und versuchte, seine Gedankenleere durch Schweigen zu überbrücken. Ich wartete schon auf seinen nächsten Ausbruch, hoffte jedoch insgeheim, er würde mich für die kommende Stunde mit einer weiteren Tirade verschonen.

Keine vier Stunden waren es noch bis zur Grenze, und mein Unmut gegenüber dem, was wir dort zu sehen bekommen würden, wuchs stetig. Irgendetwas musste dort gewaltig schiefgelaufen sein: mehr als zwanzig Tote, darunter vier Kinder, die in einer Massenpanik vom flüchtenden Mob zu Tode getrampelt wurden. Aus Protest hatten die Menschen mit Unterstützung der Hilfsorganisationen vor Ort die Toten begraben. Seit diesem Vorfall letzten Monat hatten sie die Grenze komplett dichtgemacht – ich hatte mich bereits auf die kilometerlangen Kolonnen und ewigen Wartezeiten eingestellt. Außerdem konnte ich zwar nach Serbien rein, raus musste ich aber über Rumänien. Und ich wurde das Gefühl nicht los, dass sich die Bilder unentwegt wiederholten: Damals, als ich mit dem Bus nach Wien gekommen war, war es nicht anders gewesen.

Das Misstrauen gegenüber dem, der flieht, hat etwas Beständiges, gleicht einem antrainierten sechsten Sinn, zumindest unter Beamten. Zöllner und Polizisten können riechen, wer gerade auf der Flucht ist, egal in welche Richtung oder aus welchem Grund. Die Behandlung eines Geflüchteten folgt ausschließlich der Logik einer Dekontamination. Die absonderlichen Umstände einer Flucht sind in den Augen eines Beamten immer schmutzig, also bist du es auch und mit dir alles, was du je berührt hast, alles, was dir je lieb war: deine Kleidung, dein Gepäck, deine Kinder, deine Erinnerungen.

Ich erinnerte mich an den Tag, an dem ich Belgrad verließ: An der Grenze zu Ungarn musste ich als Einziger aus dem Bus steigen, da ich keine Aufenthaltsgenehmigung, sondern lediglich ein Touristenvisum für Österreich besaß. Der schnauzbärtige Beamte erkannte sofort, dass ich kein Tourist war, ich war zu nervös, mein ganzer Körper *stank* nach Flucht. Er führte mich eine Dreiviertelstunde lang vor, beklagte, dass mein Passbild nicht mit meinem Aussehen übereinstimmte, fragte nach meinen Eltern, ihren Namen, nach dem Grund meiner Einreise in die EU, nach dem Datum meiner Geburt, nach meiner Schuhgröße und der Scheißfarbe meiner Augen, nach dem Inhalt meines Rucksacks und der Anzahl der Kleidungsstücke darin. Dann nahm er den Rucksack, leerte den gesamten Inhalt auf den Asphalt und durchsuchte ihn, indem er mit seinen Stiefeln auf meine Sachen trat. Ich hatte mich damals nicht auf dieses Spiel eingestellt und bangte um meine Einreise. Schließlich durfte ich alles wieder einpacken. Als ich den Rucksack verschloss und wieder aufstand, hielt er mir seine Kappe vor die Nase und gab mir zu verstehen, dass ich diese Grenze ohne eine angemessene Bezahlung für seine treuen Dienste nicht passieren würde. Letztlich sicherten mir zwanzig schäbige Euro mein zukünftiges Leben in der Diaspora. Ein geringer Preis für meine ganz persönliche, kleine Flucht.

Diese Spiele hatten die Zollbeamten an den Außengrenzen perfektioniert. In den vielen Jahrzehnten, in denen im *Inneren* nun Frieden herrschte, breitete sich bei den Wachhunden eine giftige Langeweile aus. Jetzt aber wandte sich das Blatt gegen sie: Die Menschen, die nun kamen, ließen Zäune und Stacheldraht nicht gelten, scheuten Fleischwunden und Hunger nicht, nahmen gar den Tod in Kauf. Etwas Neues, etwas, das mehr nach Leben lechzte, als man es vom eigenen Alltag her gewohnt war, überrollte die scheinbar stabilen Mauern – und die Wachhunde mit ihnen. Die Langeweile unserer Vorstadtwohnzimmer wurde plötzlich ausgehoben.

Als die ersten Menschen über die Balkanroute nach Belgrad kamen, rief meine Mutter mich täglich an und weinte den Computerbildschirm voll. Die Massen, die im Freien vor der Busstation wie Statuen verharrten, die Kinder, die freudlos und stumm auf ihre Eltern warteten, wie ihre Eltern auf die Weiterfahrt. Die vielen jungen Männer, die auf dem Weg zwischen diesem und jenem Warten ihre Jugend verloren. Menschen mit Bündeln oder Bündel von Menschen – vieles hatte an Deutlichkeit verloren.

All das konnte meine Mutter nur schlecht verarbeiten. Meinen Vater kümmerte es wenig, er benutzte die Ausnahmesituation gekonnt für sein ewiges Indoktrinationsspiel. Angst, das konnte er immer am besten. Angst hatte er von seinen Vorgesetzten gelernt, von seinem Präsidenten. Er hatte dieses Spiel bei den Besten gelernt, zumindest dachte er das. Mit seinem kalten, beamtischen Stachelschweinblick verglich er die Situation mit der Flucht der Serben aus der Krajina 1995, als hunderttausende Menschen tagelang vor den Toren Belgrads auf Einlass warten mussten. Ich wusste natürlich, dass er durch seinen Vergleich nicht Mitgefühl zeigen, sondern mir klarmachen wollte, wie sehr dieses *von Gott* auserwählte Volk unter seinen Aggressoren zu leiden hatte und dass ich mich schämen sollte, solch ein gemartertes Volk verraten zu haben. Zudem bot sich jetzt wieder die Gelegenheit, da sich so viele Muslime im Land aufhielten, zu einem Rundumschlag auszuholen. Seine Rückgratlosigkeit war jämmerlich.

Mutter konnte die Wogen zwischen mir und meinem Vater nicht glätten. Für ihn trugen immer noch böse Mächte die Schuld an allem, an unserer Misere, an der Misere der anderen, der Misere der ganzen Welt. Eine Weltverschwörung war im Gange und wir wieder einmal mittendrin. Menschen hatte er nie aus der

Nähe betrachtet, nur durch das Glas seines Schalters im Ministerium. Für ihn zählten immer nur Systeme, überbordende Gebilde, denen man leichter die Schuld geben konnte als sich selbst. Dass *der Mensch* es war, der lernen musste, mit der Schuld umzugehen, wäre ihm nie in den Sinn gekommen. Heute nicht und auch 1995 nicht, als wir an der kilometerlangen Kolonne verbeifuhren.

Ich war damals noch ein Kind, sieben, acht Jahre alt, anfällig fürs Vergessen. Aber wer so viele Traktoren, Autos und Pferdewagen auf einem Haufen sieht, muss zwangsläufig an ein großes Abenteuer denken. Die vielen wartenden Gesichter längs der Autobahn. Einrichtungen ganzer Einfamilienhäuser waren auf die unzähligen Karren gepackt worden: Sofas, Sessel, Kommoden, Schränke, Luster, Spiegel, Betten, Fernseher, Radios, Waschmaschinen, Hunde, Katzen, Kinder, Alte. Am Steuer der Vehikel junge Männer und Frauen mit den Gesichtern von Greisen. Heute stelle ich mir so die Sintflut vor: Gott ist weg, das Wasser kommt, und alles, was Beine hat, flüchtet in eine Richtung, rettet den kläglichen Rest an Hab und Gut vor der sicheren Vernichtung. Als wären die letzten Überbleibsel an Würde und Geschichte tief im Eichenholz stuckverzierter Kommoden und Schränke eingekerbt. Vaters Wut beim Anblick der Kolonne galt selbstverständlich nur den Kroaten, den Bosniaken, Amerikanern, den Vereinten Nationen!

Die Schuld war das einzige Erbe meines Vaters, das ich nicht so leicht loswerden konnte. Ich brauchte Zeit zum Nachdenken, deshalb entschied ich mich damals für die Diaspora. Wenn ich schon nicht vor dieser Schuld flüchten konnte, so wollte ich für sie eine angemessene Form in einem angemessenen Leben finden, und das hatte im von Nationalismus und Korruption zerfressenen Serbien keinen Platz.

Ich packte meine Sachen und verschwand in einer Nacht-und-Nebel-Aktion. Erst als ich in Wien angekommen war, meldete ich mich bei meiner Mutter. Sie flehte mich an, wieder nach Hause zu kommen. Dann drohte mir mein Vater, die Botschaft einzuschalten. Nichts geschah. Insgeheim waren er und seine Familie froh gewesen, den spätpubertierenden Störenfried, diesen Vaterlandsverräter, endlich losgeworden zu sein.

Doch ihre abstruse Wut richtete sich wie immer gegen den Falschen. Vater, seine Brüder und Cousins, seine Arbeitskollegen und sein Präsident, alle wollten sie diesen Krieg, dieses Monstrum mit den Gesichtern der Arkans und Mladićs und Tudjmans und Karadžićs und Gotovinas und Miloševićs. Sie hatten es geschafft, ihre eigenen Fressen in die Geschichtsbücher einzutragen und die Zahl der Opfer so weit in die Höhe zu treiben, dass die einzelnen Namen im Begriff waren, in den Tiefen der Bedeutungslosigkeit zu versinken. Was wir aber, die Kinder und Erben der Verbrecher, auf unseren Weg mitbekamen, war das unmaskierte Leid: ein sich auf dem heißen Asphalt dahinschleppendes Stück Aas in Richtung Unbekannt, gezimmert aus Krieg, Hunger und Einsamkeit.

Der Bus rattert und scheint auseinanderbrechen zu wollen. Ich kann mich an keine Zeit erinnern, in der diese knallroten Schrottkolosse der Belgrader Linien nicht auseinanderzubrechen drohten. Ich höre die Musik aus meinen Kopfhörern nicht – das Handy zeigt an, dass Megadeth läuft. Vorbei an den grauen Blocks von Vidikovac. Das verwahrloste Viertel liegt auf dem Weg zwischen dem Košutnjak-Wald und meiner Schule, die sich auf einer Anhöhe am äußersten Rand der angrenzenden Schwanensiedlung befindet.

Durch das vom Smog beschlagene Fenster gleicht alles einem Sepiafoto aus den Familienalben meiner Eltern. Eine scheinheilige Nostalgie, die mein Vater, die Mistsau, zu Hause immer wieder beschwört, kommt mir beim Anblick dieser hässlichen Gebäude hoch. Ich stelle mir vor, wie sie wohl vor vierzig Jahren ausgeschaut haben mögen, die neuen und sehr geräumigen Wohnungen, die damals sicher ein Vermögen gekostet haben und heute vor sich hin faulen und um wenige Euros zu mieten sind – falls man diese wenigen Euros besitzt.

Vor einer Woche wohnte Zujke noch in einem dieser Blocks, in der Nummer 45. Miloš und ich hatten zwei ganze Jahre lang unser Gras bei ihm gekauft. Dann, es war letzten Dienstag, öffnen wir die schwere verrostete Eingangstür zu seinem Block, betreten den Lift und schrauben uns zum achten Stockwerk hoch, wollen gerade an seine Tür klopfen, als wir die ein wenig unterhalb des Gucklochs angebrachte Todesanzeige bemerken. Auf ganze vierundzwanzig Jahre hat es Zujke gebracht – eine Überdosis Amphetamine in Kombination mit Alkohol hatte ihn dahingerafft, wie wir später von einem seiner Kunden aus dem Viertel erfuhren. Nun stehen wir da, starren wie Idioten auf die Todesanzeige des Jungen und fangen schließlich an zu lachen und zu fluchen. Dieser gierige Bastard hatte uns durch sein Abkratzen die einzige Möglichkeit genommen, für wenig Geld passables Gras zu kaufen. Wir kennen zwar einige Dealer, wissen aber nicht, woher wir das Zeug sonst für 500 Dinar bekommen könnten. Die meisten verlangen das Doppelte. Im Zentrum soll es günstigeres Gras geben, wir wollen das Viertel aber nicht verlassen. Die Fahrt mit dem Bus ins Zentrum dauert eine Dreiviertelstunde – bei dieser Hitze eine halbe Ewigkeit.

Hat man einmal in Belgrad ein Plätzchen für sich gefunden, bleibt man auch dort. In den Vierteln gibt es alles, was man zum Überbrücken der Vorstadtlangeweile braucht: die Kühlschränke unserer Eltern, wenn mal jemand aus der Clique Hunger bekommt, 24/7-Läden für die Alkoholversorgung, Nachttrafiken für Zigaretten und Papers, den Dealer im Park bei den Bänken, in der Nähe irgendwelcher Büsche, oder, wie in unserem Fall, hinter den Wänden verranzter Wohnungen, in denen der Gestank, der Dreck, die Jointstummel und die Spritzen ein trostloses Dasein fristen. Wir machen es wie die Russen: Gegen sieben Uhr treffen wir uns beim *Schwimmbecken* – ein rohes Betonfundament irgendwelcher Bauten, die es während der Neunziger nicht geschafft haben –, sammeln das Geld für den jeweiligen Abend und gehen dann, meist zu zweit, einkaufen: 500 Dinar das Gras, 150 die Zweiliterflasche Bier, der Rest für Papers und Tabak.

So geht das jeden Tag. Die Besetzung wechselt nie: ich, Miloš, Anton und Mata. Falls jemand nicht kommt, bedeutet das, er hat es geschafft, irgendwo eine kleine Arbeit zu finden – was in Belgrad wiederum bedeutet: Er ist in weniger als einem Monat wieder bei uns. Als einmal ich an der Reihe war und zweieinhalb Monate lang fürs Internationale Radio vom Serbischen ins Deutsche übersetzen durfte, sah ich genau 300 Dinar von dem ganzen Beschiss. Geld, das mir der Chef nach einem Monat persönlich aus seinem Portemonnaie gegeben hatte, um Essen zu holen. Mehr war nicht drin!

Und beschweren hilft wenig. Sogar mein Vater, der Drecksack, hat seit drei Monaten kein Gehalt mehr gesehen. Mutter jammert das Haus voll, weil die mickrigen Ersparnisse von ihrer Behindertenrente immer mickriger werden. Dazu kommt eine ganze Handvoll Beschimpfungen, die sie jeden Tag, bevor ich das Haus verlasse, für mich parat hält. Meinen Vater, diese falsche Kröte, kann sie schließlich nicht fertigmachen, er ist ja kaum da.

Und doch habe ich meine Mäzenin und heimliche Förderin: Großmutter. Jeden Tag steckt sie mir ein paar Hunderter zu. Insgeheim weiß sie, wofür ich das Geld verbrauche, doch ihr macht das nichts aus. Sie sagt dann Sätze wie: »Mir macht es nichts aus, wenn du es für den Alkohol ausgibst, mein Sohn … Niemand in deiner Familie hatte je ein Problem mit dem Alkohol, alle haben sie viel getrunken … Die Probleme deiner Familie liegen ganz woanders! So Gott will, wirst du eines Tages weggehen, um dein eigenes Geld zu verdienen … Geh weg von hier, so schnell du kannst! Hier kannst du nicht glücklich werden … Erst wenn du weg bist, werde ich auch glücklich sein!«

Ich beobachte ausdruckslos die verzerrten Umrisse der Gebäude. An irgendeiner Wand meine ich, den alten *tag* von Anton zu erkennen. So ist es mit vielen Wänden in Vidikovac: Unsere Väter haben sie hochgezogen, wir haben sie verziert, die Reviere abgesteckt und markiert.

Zusammen mit den angrenzenden Vierteln wurde Vidikovac irgendwann Ende der Siebziger als architektonisches Vorzeigeprojekt gefeiert. Sogar Tito persönlich soll, laut einem der Spiegeltrinker vor dem 24/7-Laden, die Siedlung eingeweiht haben. Sie war eigentlich für die Familien der Soldaten und hohen Armeeoffiziere gebaut worden. Als diese in den neunziger Jahren *bessere Dinge* zu tun hatten, überließen sie die Wohnungen und damit das ganze Viertel ihrer wilden, außer Kontrolle geratenen Brut. Während *Papa* also im Krieg Frauen schändete und namenlose Dörfer anzündete – oder, wie mein Vater, dieser

Bastard, in irgendwelchen Archiven dem institutionalisierten Ganoventum diente –, marodierten hier die Söhne und sicherten sich die Herrschaft über die Vorstädte – Schwarzmarkt, Auftragsmord und Heroin inklusive. Belgrad während der Neunziger war ein Paradies für Leute, die unter der Hand mit Treibstoff, Waffen, Drogen und gebrannten CDs handelten.

Die Waffen sind seit der Ermordung des Premiers vor drei Jahren weniger geworden, doch niemand kann sagen, was sich noch alles in den Schränken der Ratten befindet. Die Beretta meines Vaters jedenfalls steht demonstrativ in der Glasvitrine unter der kleinen, stehenden Serbien-Fahne.

Auch Luxusartikel wurden damals nur schwarz verkauft: Ich erinnere mich noch sehr gut an die vielen Kondome, die um die Zeit der Sanktionen immer zum Trocknen rausgehängt wurden. So hingen neben den ganzen Unterhosen und BHs bunte, frisch gewaschene Gummis. Kondome waren zwar teuer, doch wer möchte in diesem Land schon Kinder zeugen? Vor allem damals. Also kaufte man drei oder vier Stück und wusch sie. Als Kinder haben wir die Dinger von den Wäscheleinen der Erdgeschosswohnungen gepflückt, um sie mit Wasser zu füllen. Heute gibt es in jedem Laden Kondome in allen Formen, Farben und Geschmacksrichtungen zu kaufen. Ein Überfluss, der die Leute komplett zu überfordern scheint.

Einzelne Viertel in Belgrad haben immer schon ihre eigenen Klans gehabt. Auch heute noch. Meist handelt es sich um eine Gruppe junger Leute, kaum älter als ich, die es schneller in die Todesanzeigen schaffen als ich meinen Schulabschluss. Auf sie folgen neue, meist noch brutalere und hässlichere Gestalten.

Momentan steuern Korać und sein Klan alle zwielichtigen Geschäfte in Vidikovac und der Schwanensiedlung. Ein neunzehnjähriger muskulöser Klotz mit pechschwarzem Haar, das mehr einem ausgefransten Mopp gleicht, und dunklen glatten Augen, die einem immer Angst machen, egal wie Korać gerade drauf ist.

Er geht in die Parallelklasse von Miloš und mir und begann seine Laufbahn früh mit kleineren Delikten wie Diebstahl und Hooliganismus. Alle beginnen sie als Hooligans, schließlich geht es in Serbien um Sport. Ins Gefängnis musste Korać nie.

Unter seinem Schutz stehen auch Miloš, Mata, Anton und ich. Wir kaufen meist in demselben Laden ein, vor dem er und seine Bande rumhängen. »Die beiden Jungs sind in Ordnung«, sagt er zu seinen Bulldoggen, wenn er uns sieht, »das sind Metaller und gescheite Leute, die tun keinem was, also tun wir ihnen auch nichts!« Dann plustert er sich zu Tony Montana auf und verschwindet mit seinen Schoßhunden um die nächste Ecke.

Auf eine schräge Art und Weise ist Korać ganz in Ordnung. Ich habe aufgehört zu zählen, wie oft ich schon von den Hooligans im Viertel in Ruhe gelassen worden bin, nur weil ich seinen Namen erwähnte. Insofern bin ich ihm etwas schuldig. Vielleicht verdanke ich ihm sogar mein Leben, wenn ich bedenke, dass sie letzte Woche wieder eine arme Sau zu Tode geprügelt haben! Doch im Grunde will ich gar nicht wissen, wo in der Belgrader Nahrungskette Korać steht. Das Wichtigste, was ich und meine Freunde wissen müssen, ist, dass wir uns irgendwo ganz unten bewegen, das Kanonenfutter sozusagen.

Zujke, dieser gierige Bastard, hat nie für Korać gearbeitet, sonst könnten wir heute Abend locker was aufstellen – Korać hätte gewusst, wie mit Zujkes Sucht umzugehen ist. Keiner seiner Dealer ist süchtig. Allesamt aufgepumpte Kampfmaschinen, gemeißelt hinter den dicken Mauern eines illegalen Kraftklubs, in dem es außer Anabolika und teurem Whiskey noch ein Wettbüro gibt. Korać und seine Jungs dealen aber nicht mit Gras: entweder Heroin oder gar nichts.

Der Wald ist jetzt weit entfernt. Die Hitze im Bus steht wie eine Wand. Es hat den Anschein, als würde dieser so laut auf den Belgrader Straßen dahinschlitternde Schrottbaron lediglich von den unzähligen Kaugummis, die sein Inneres zieren, zusammengehalten. Die ganze Karosserie scheint lose, Metall reibt an Metall. Alles pfeift und quietscht und rumpelt und klappert. Überall sind Liebesbekundungen oder die Namen aller Fußballklubs des Landes in die Sperrholzsitze eingeritzt. Der Fahrer hat die vorderste Tür aufgemacht, um etwas Luft in den Bus strömen zu lassen, aber es hilft nichts. Draußen ist es einfach zu heiß. Sogar der Motor stöhnt wie ein trächtiges Walross bei solch einer Hitze. Im Fernseher haben sie angekündigt, dass es heiß werden würde – aber so heiß? Wahrscheinlich sitzt mein Vater, das Ferkel, irgendwo unten in seinem Keller und gibt den Amerikanern und den mit Uran angereicherten Bomben die Schuld an diesen Temperaturen.

Draußen wird es an die vierzig Grad im Schatten haben. Die wenigen Leute, die im Bus sitzen, haben die Fenster bis zum Anschlag aufgemacht und beten still um einen kühlen Hauch, der sie aus dem Koma erwecken soll, in das sie zu Beginn des Sommers gefallen sind.

Nichts geschieht. Der Bus rattert immer noch Richtung Endstation. Die kleinsten Unebenheiten auf der Straße schaukeln uns noch tiefer in den Sommerschlaf, den wir später in die Stadt hinaustragen. Das kollektive Schwitzen treibt die Luftfeuchtigkeit in die Höhe. Den Gestank dieser garenden Masse könnte man in Einmachgläsern sammeln, sie mit Etiketten versehen und den wenigen Touristen aus Westeuropa verkaufen – ein paar finden sich immer, die sich an solch einer Art von Kuriosität aufgeilen! Zu Hause könnten sie dann erzählen, wie anders die gastfreundlichen Barbaren doch sind, die Behälter vor der Verwandtschaft auspacken und sich wie Paviane über sie hermachen.

Meine Gedanken sind wieder abgeschweift. Gut so, denke ich und merke, dass ich den Übergang zwischen den Blocks von Vidikovac und der Schwanensiedlung verpasst habe. Die Gebäude hier sind niedriger und klobig, nicht so dicht gedrängt wie in Vidikovac. Zwischen den Klötzen wurden breite Mauern hochgezogen. Die Siedlung sieht von außen abgeschottet aus. Die Ventilatoren unzähliger Klimageräte prangen unter den Fenstern wie ins Leere glotzende Augen. Kein Mensch zu sehen. Am Ende der Straße, kurz vor der Endstation der Linien 23 und 53, neigt sich auf der gegenüberliegenden Seite ein grüner Hang Richtung Osten, von dem aus man die restlichen Siedlungen der Peripherie sehen kann. Ein riesiges Mosaik, gesetzt in den monotonen Farben der Dürre, erstreckt sich bis an den Fuß des Avala, den höchsten Berg Belgrads. Von hier aus kann man die wahre Größe dieser Stadt erahnen. Ihre Arme ragen weit bis über die Grenzen der Vorstädte, fressen sich vor wie ein resistenter Virus. Belgrad ist groß, und die Dörfer sterben aus.

Ich nehme den Ärmel meines T-Shirts und wische mir den Schweiß von der Stirn. Es ist Viertel vor eins. Die Sonne versteckt sich für einen kurzen Augenblick hinter einer hohen Wand, auf der immer noch die Wahlplakate von vor zwei Jahren kleben. Mehr als hundert falsche Präsidentenlächeln versauen mir mit einem Mal die Laune. Der Bus biegt ab und öffnet alle Türen, noch bevor wir anhalten. Ich habe mich nicht getäuscht: Im Bus ist es viel wärmer als draußen! Der Motor muss richtig heißgelaufen sein, denn er pfeift immer noch, obwohl der Fahrer ihn abgestellt hat.

Ich steige an der pissgelben, pilzförmigen Haltestelle aus und gehe Richtung Schule. An der Ecke sehe ich Miloš, wie er gerade sein schulterlanges lockiges Haar zu einem Pferdeschwanz bindet. Er trägt sein ausgeblichenes Cannibal-Corpse-Shirt. Er trägt immer dieses Shirt, wenn wir Religion haben, um den Professor mit der blutigen Cunnilingusszene, die drauf abgebildet ist, zu verarschen. Eigentlich schaut er lächerlich aus: Das Shirt ist ihm zu groß, seine Beine sind nadeldünn, und seine Nase lugt aus dem Gesicht wie eine Kuh aus ihrem Stall. Wenn er die Straße entlanggeht, sieht er wie ein verdammter Pinguin aus – obwohl es bei mir wahrscheinlich um keinen Deut besser aussieht.

Nebeneinander schauen wir wohl wie *zwei* verdammte Pinguine aus.

Als er mich bemerkt, dreht er sich zu mir um und hebt die rechte Hand zum Hitlergruß. Der Wichser macht das in letzter Zeit immer, wenn er mich sieht. Er ist kein Nazi, hört aber zu viel Slayer und macht gerne einen auf Jeff Hanneman. Er ist auch nicht der Einzige, der diesen Scheiß treibt. Viele in der Klasse begrüßen mich so – weil Deutsch mein bestes Fach ist. Sie nennen mich Švabo oder Hans oder Adolf oder Rudolf oder Schwanz. Idioten! Was kann ich dafür, wenn ich *einmal* in etwas gut bin? Ich lasse es über mich ergehen und denke mir nichts dabei. Wir haben schließlich alle unseren Teil abbekommen.

»Was für ein Scheißtag! Die Hitze bringt mich noch zum Kotzen. Und das Grinsen dieses Bastards macht es nicht besser«, sage ich zu Miloš und deute auf die Wand mit den vielen Wahlplakaten der Demokratischen Partei.

»Ach, halt die Fresse. Glaubst du, bei mir ist es besser? Mein Alter hat die Klimaanlage immer noch nicht repariert. Meine Mutter dreht schon halb durch. Alter, wir leben im obersten Stock. Weißt du, was für eine Hitze das ist?«, gibt er böse zurück und versucht mir einen Tritt zu geben, dem ich jedoch zuvorkomme.

»Ich weiß, wo du wohnst, Idiot. Geh halt schwimmen, leck ein Eis und jammere nicht wie eine Bitch! Was haben wir in der Ersten?«

»Englisch, glaube ich.«

»Scheiße, ich kann da nicht hin. Vicky, die Schlampe, hat mich gestern beim Schwänzen erwischt. Die wird mich fertigmachen. Gehen wir lieber in die Zweite, da haben wir Geschichte bei Marko.«

»Ha, als ob das besser wäre. Also Vidik?«, fragt er, auch wenn er meine Antwort schon kennt.

Vidik ist unsere Stammkneipe. Wir wissen, dass keiner der

Professoren dort hingeht, weil das Lokal von außen ziemlich schäbig aussieht. Uns kann das nur recht sein. Günstiges Bier, und ein Schnaps geht immer aufs Haus. Nur die Musik könnte besser sein, aber wir sind dort auch nicht, um Musik zu hören. Als uns Mara – eine pompöse Erscheinung mit kurzgeschnittenem grauen Haar und Hüften wie ein Schiffsrumpf – das erste Mal im Vidik sah, wollte sie uns zunächst nicht bedienen: »Geht doch in die Schule, Kinder, wieso tut ihr euch das an?«, ungefähr so lauteten ihre Worte. Wir lachten nur und bestellten trotzdem, erklärten ihr, wir seien in der roten Woche, die Schule schon zu Ende, was natürlich nicht stimmte.

Mara hat den Laden von ihrem Mann übernommen, der letzten Sommer an Krebs gestorben ist. Innen ist die Kneipe eigentlich nicht schäbig. Viel Licht strömt durch die breite Fensterfront, die sich linker Hand von der Eingangstür bis zur vorderen Wand zieht. Eine alte kastanienbraune Holzvertäfelung reicht im ganzen Raum vom Boden bis zur Hälfte der Wand – in die Vertäfelung sind von einem feinlinierten Eichenblattmuster umrahmte Löwenköpfe geschnitzt. Acht Tische, immer mit frischen weißen Tischdecken gedeckt, und der kalte Gestank abertausender Zigaretten unterstreichen die positive Trinkeratmosphäre. Hinzu kommen alle möglichen Arten von Devotionalien, die an der Wand gegenüber des Eingangs hängen: zwei gekreuzte Guslen, eine Gitarre, eine ziemlich ramponierte Geige, einige getrocknete Kürbisse sowie drei Flaggen – an den Seiten zwei serbische, eine russische in der Mitte.

Die Abartigkeit unserer Stammkneipe Vidik sitzt aber woanders: Da ist beispielsweise Kuki, der sich jeden Tag volllaufen lässt wie drei Russen und uns bei jeder Gelegenheit erklären will, wie die Amerikaner durch irgendwelche Frequenz-Systeme serbische Gehirne manipulieren. Dass diese schon längst durch anderen Schrott manipuliert worden sind, scheint Kuki weniger zu stören. Während seiner betrunkenen Monologe hat er uns schon zweimal auf den Tisch gekotzt. Das erste Mal hatte er zu viel vom billigen Industrie-Šljivo getrunken, den Mara zum Schleuderpreis an ihre Kundschaft ausschenkt. Das zweite Mal war er mitten im Satz eingeschlafen, und als Miloš ihn wecken wollte, übergab er sich im selben Moment. Neben Kuki gibt es noch das Kartell: drei Stammgäste, die immer am Tisch in der hintersten Ecke vor der Devotionalienwand sitzen. Wir kennen ihre Namen nicht, deshalb haben wir sie einfach *das Kartell* getauft, auch weil ihre aufgedunsenen Gesichter einander bis in die Backenröte ähneln. Was wir vom Kartell kennen, sind die Gesprächsthemen, die die drei Herren ab einer gewissen Promillezahl lauthals verhandeln. Dann wird um die Wette geflucht, Politiker werden zu Zigeunern erklärt, Milošević zum Märtyrer, Radovan Karadžić zum Volkshelden und Srebrenica zur notwendigen Heldentat. Auch wenn mein Vater ein riesiges Arschloch ist – das Kind von einem aus dem Kartell möchte niemand sein. Einer von ihnen, der mit den markant aufgeplatzten Kapillaren an der unförmigen Nase, gibt sehr gerne mit seinen Kriegsgeschichten an. Er gebärdet sich wie ein edler mittelalterlicher Krieger, doch sein Hass und seine Obszönitäten kennen keine Grenzen. Ob seine Geschichten stimmen, ist im Grunde egal, denn diese Abscheulichkeiten sind hier allgemein anerkannt und seit meiner Geburt mit diesem Land eng verwoben. Ich kenne es nicht anders.

»Schau, Alter, niemand da! Wo ist denn das Kartell? – Ach so, ist ja nicht mal zwei. Aber Kuki müsste doch längst hier sein! Kuuukiiii?« Miloš schaut sich um, findet seinen Liebling aber nicht. Er liebt es, Kuki zu verarschen, genau wie das Kartell. Er nimmt vieles von dem, was diese Leute sagen, nicht ernst, macht sich aus allem einen Spaß. Ich sage es ihm immer wieder: Genau das ist sein Fehler, das fällt eines Tages alles auf ihn zurück. Er haut mir dann mit der Faust auf den Kopf und lacht mir ins Gesicht, sagt Sachen wie: »Alter, glaubst du, ich bin blöd? Mein Alter ist das größte Schwein von allen. Du hast keine Ahnung, was sich bei uns zu Hause abspielt!« Ich weiß nicht, ob er recht hat oder sich nicht doch irgendwie in etwas verrennt. Sein Vater war in den Neunzigern bei einer der oppositionellen demokratischen Parteien, die nach dem Krieg schnell ins ultranationalistische Lager wechselten. So wie mein Vater ist auch seiner *nur* ein Mitläufer, der sich nach der Wende zu einem leidenschaftlichen Demagogen gemausert hat und überall den Einfluss des Westens wittert.

»Kuki ist echt nicht da. Auf dem Klo ist er auch nicht, der kleine Penner. Mara, wo ist Kuki?«

»Ich weiß es nicht, mein Kind. Ich will es auch nicht wissen. Ich hab es schon schwer genug mit euch allen. Was wollt ihr?«, fragt Mara, in der einen Hand den Lappen, in der anderen einen der schweren gläsernen Aschenbecher.

»Das Übliche«, sage ich und setze mich an einen Tisch neben dem Fenster, mit dem Rücken zur Tür.

»Ich weiß echt nicht, wieso du das immer machst, Alter!«

»Das weißt du ganz genau! Weil ich seine Fresse nicht sehen will.«

»Ja, Alter, aber dann muss ich immer seine Fresse sehen. Glaubst du, ich will das? Glaubst du das? Du willst mich doch manipulieren, du kleiner Wichser, genau wie mein Alter, ich wusste es, ich wusste es!« Er schiebt seine Faust vor. Ich haue meinen Kopf dagegen und bestrafe mich selbst, obwohl er nicht recht hat. Oberhalb der Eingangstür hängt ein Brustbild von Ratko Mladić. Ich möchte diesem Schwein nicht die ganze Zeit ins Gesicht schauen, und wenn ich Miloš' zartes Gemüt dafür opfern muss.

Im ganzen Lokal herrscht eine unheimliche Stille, die wir so nicht gewohnt sind. Miloš schaut sich um. Einige Sonnenfetzen fallen direkt auf sein Gesicht, er schiebt intuitiv die rechte Hand vor seine Augen und verharrt einige Momente wie eine Wachsfigur vor dem Fenster. Seine dünne lange Nase steht halb im

Schatten, halb in der Sonne. Dann dreht er sich zu mir und räuspert sich: »Hast du Maja gestern gesehen, Alter? Hast du gesehen, was sie anhatte? Alter, sie hat so einen geilen Arsch, ich dreh langsam durch.«

Gestern hatte ihm Maja, ein Goth-Mädchen aus der Dritten, wieder einen Korb verpasst. Die beiden hatten schon mal auf einem Konzert miteinander rumgemacht – das war aber schon einige Monate her. Gestern hatte er es dann irgendwie geschafft, Maja und eine ihrer Freundinnen ins Schwimmbecken zu locken. Dass sie nicht sehr angetan waren von unseren *bescheidenen Räumlichkeiten*, liegt auf der Hand. Schließlich gibt es angenehmere Orte als einen dunklen, feuchten und verlassenen Rohbau mitten im Nirgendwo. Irgendwann waren Mata und Anton dann besoffen und fingen an, Majas Freundin zu verarschen, was natürlich bei beiden einen bleibenden Eindruck hinterlassen haben muss. Die Freundin packte Maja am Arm, und sie verschwanden, ohne ein Wort zu sagen. Miloš war natürlich stinksauer und legte sich mit Anton an.

»Gib es endlich auf«, sage ich zu Miloš, »du laberst immer so eine Scheiße. Als ob du sie bald ficken wirst. Dabei ist sie viel gescheiter als du. Wenn, dann fickt sie *dich*. Außerdem wird sie nach der Aktion gestern kaum mehr mit dir reden wollen. Da kannst du dich bei den zwei Idioten bedanken. Gestern hatten sie wieder eine ihrer Sternstunden!«

»Solche blöden Wichser. Alter, eigentlich ist Anton ja ganz in Ordnung, aber ich schwöre dir, gestern wollte ich ihm so gerne eine in die Fresse hauen. Er ist mir so auf den Sack gegangen«, antwortet er mit einem Zittern in der Stimme, das er immer bekommt, wenn ihn etwas stört oder nervös macht.

»Ist auch egal«, erwidere ich, »vergiss die beiden, vergiss Maja. Du strengst dich zu sehr an für nichts und wieder nichts.« Ich drehe mich kurz um, weil ich glaube, jemanden an der Tür gehört zu haben. Da ist aber niemand. Die trügerische Ruhe macht auch mich nervös: »Ich habe heute so gar keinen Bock auf die Schule, vor allem nicht auf Marko und sein beschissenes Gelaber.«

»Alter«, antwortet Miloš, »noch zwei Tage, dann wirst du den Schwanz nie wieder sehen. Und du musst zugeben, lustig kann er schon sein – und er ist belesen.«

»Lustig und belesen am Arsch. Er ist ein Schwein. Da helfen kein Dostojewski und kein Tolstoi, auch wenn er sie ständig zitiert. Und ich weiß genau, dass er heute wieder seinen Bosniendreck abziehen wird, das macht er immer am Ende des Schuljahres. Ich kann das einfach nicht.« Ich haue mit der flachen Hand auf den Tisch. Mara schaut zu uns rüber und fragt, ob alles in Ordnung ist. Miloš hebt seine Hand und streckt seinen Daumen raus, ohne sich umzudrehen.

»Fängst du schon wieder damit an, Alter? Irgendwie siehst du in letzter Zeit so fertig aus. Was ist los mit dir?«, fragt Miloš.

»Keine Ahnung. Die Hitze wahrscheinlich. Mein Vater ist seit Tagen weg, und meine Mutter pöbelt mich die ganze Zeit an, ich soll einen Job finden. Wo? Woher? Soll ich mir eine Arbeit aus dem Arsch ziehen? Vorhin im Wald musste ich dann wieder an das Scheißbombardement denken.«

»Alter, du gehst mir langsam echt auf den Sack damit. Was gibt's da nachzudenken, du hast es doch überlebt, oder? Das können manche nicht von sich behaupten! Du tust immer so, als wäre eine der Tomahawks in dein beschissenes Wohnzimmer gefallen.« Mara stellt uns die Getränke auf den Tisch und streift beim Weggehen mit ihren breiten Hüften meinen Arm. Miloš zündet sich eine Zigarette an und schaut mich erwartungsvoll an.

»Hey, checkst du's nicht, oder willst du's nicht checken?«, erwidere ich, den Blick auf einen unscheinbaren Wachsfleck auf der Tischdecke gerichtet, »unsere Alten haben uns von vorne bis hinten verarscht, die ganze Zeit. Wir haben damals nichts kapiert und wollen auch heute nichts kapieren. Für uns war alles immer nur ein Spaß, ein Witz, hahaha! Aber weißt du, was damals hier abging? Ich habe Basketball gespielt und bin Fahrrad gefahren, während anderswo Menschen krepiert sind, in unserem Namen. In deinem und meinem! Eine riesige Scheiße ist das! Ich weiß, ich geh dir auf den Sack, aber ich kann nicht aufhören, darüber nachzudenken. Und mit wem soll ich sonst reden? Mata und Anton sind verloren. Du hast doch gesehen, was die gestern wieder von sich gegeben haben, von wegen Kroaten die Hurensöhne und wir Serben die größten Krieger, das älteste Volk und so. Ich habe keinen Bock mehr auf diesen Scheiß. Seit unserer Geburt hören wir das jeden Tag von unseren Eltern. Irgendwann reicht es einfach.« Ich seufze und nehme einen großen Schluck von meinem Bier. Währenddessen bläst Miloš zum Gegenangriff: »Kennst du Bora Ćosić?«

»Du meinst Dobrica, ja, natürlich kenne ich ihn!«

»Nein, nicht Dobrica, Alter, Bora. Boooraaa! Kein Wunder, niemand kennt ihn, Alter. Die Wahrheit ist, sie wollen ihn nicht mehr kennen. Dieser Mensch ist einer unserer größten Schriftsteller! Aber weil er gegen *das Regime* war und lieber ins Exil gegangen ist, als sich von den Idioten schikanieren zu lassen, haben sie ihn kurzerhand aus unserem Gedächtnis gelöscht, peng, peng! Er ist einer der wichtigsten europäischen Autoren, und er schreibt auf Serbisch, Alter, doch bei uns liest ihn nur noch eine Handvoll Leute. Da hast du noch ein Verbrechen für deine Sammlung! Du aber willst die ganze Zeit was ändern, jammerst wie eine Bitch! Was willst du denn an dieser Scheiße bitte ändern, wenn nicht mal ein Bora Ćosić, einer unserer Größten, das konnte? Du bist zu klein und zu jämmerlich.« Ich versetze ihm mit meiner Rechten einen Schlag in den Oberarm, woraufhin er anfängt zu lachen: »Ja, Alter, schlag mich, so lange du willst. Du hast in diesem Land nun mal zwei Möglichkeiten: Entweder du schluckst die ganze Scheiße, oder du verschwindest!«

»Wieso? Wieso müssen es immer diese zwei Möglichkeiten sein? Jeder redet nur von diesen zwei Möglichkeiten. Mein ganzes Leben lang zwei Möglichkeiten. Wieso kann es nicht drei oder vier geben? In anderen Ländern gibt es immer mehrere Möglichkeiten, nicht nur zwei.«

»Alter, laber nicht so eine Scheiße! Jetzt fängst du schon wieder an: Du redest, als ob du etwas ändern könntest. Wer will hier was ändern? Kuki und das Kartell etwa? Du und ich? Wir gehen nicht mal wählen. Willst du jetzt eine Partei gründen oder was? Eine Partei der linkischen Nichtwähler?! Wenn wir etwas in diesem Land ändern wollen, dann müssen wir erst uns und vor allem unsere Eltern ändern. Glaubst du, das geht so einfach? Wir sind ein faules Pack, und das sind wir gerne! Alter, du kennst doch die serbische Devise: Man lebt bis fünfunddreißig bei den Eltern, dann sind die Eltern tot, und dann? Ja, was dann … scheißegal! Gestern waren wir noch komplett besoffen im Schwimmbecken, und heute willst du das ganze Land ändern. Alter, ich kenne diese Geschichten. Mark Twain, dieser geniale Hurensohn, hat auch gesagt: *Man kann die Welt ändern oder sich selbst. Das Zweite ist wesentlich schwieriger* – oder so ähnlich. Wir aber haben nicht mal gescheit Haare am Sack! Und verdammtes Gras haben wir auch nicht. Wie willst du bitte ohne Gras etwas ändern?« Er grinst mich blöd an und nimmt einen Schluck aus der Bierflasche, kippt den Gratisschnaps hinunter und atmet scharf aus.

Mara hat die Klimaanlage eingeschaltet, und ein kalter Hauch weht uns plötzlich entgegen, der mir die Haare am Arm aufstellt. Ich erwarte nicht von Miloš, dass er mich versteht, schließlich sind wir beide auf unsere eigene Art jämmerlich und klein. Vielleicht aber versteht er mich doch, und ich sträube mich zu sehr gegen manche Wahrheiten. Was ist in diesem Land so falsch gelaufen? Ich betrachte mein volles Schnapsglas und ziehe vorsichtig das Etikett von der Bierflasche. Miloš' Zigarette brennt unberührt vor sich hin. Einige Sekunden lang rühren wir uns nicht, und irgendwo zwischen diesem und jenem Augenblick, in dem

Miloš sich vorbeugen will und Mara ein Glas auf den Boden fallen lässt, platzt es aus mir heraus: »Ich glaube, ich verschwinde wirklich. Meine Großmutter würde mir das Geld geben!«

»Sollst du auch, Alter!« Er schiebt seine Hand vor, und ich schaue verwundert zu ihm auf.

»Schau mich nicht so an. Alter, du kannst drei Fremdsprachen. Du könntest locker in Deutschland leben. Du wärst sicher nicht der erste Serbe, der nach Deutschland auswandert«, er lacht kurz auf und redet unvermindert weiter, »scheiß doch auf alles hier. Es ist doch scheißegal, wo auf dieser Welt wir gerade sind, Serbien können wir eh nicht entkommen. Aber was spricht gegen ein geileres Leben? Ich will auch nicht mein ganzes Leben lang arbeitslos im *Schwimmbecken* versauern. Sobald sich eine Gelegenheit ergibt, bin ich auch weg, so viel kann ich dir sagen, Alter.« Mara, die unserem Gespräch anscheinend zugehört hat, kichert hinter dem Tresen und schüttelt leicht den Kopf.

»Ach, komm mir jetzt nicht mit dieser Good-Will-Hunting-Scheiße!«, ich fange an zu lachen und versuche an seinem Pferdeschwanz zu ziehen, »soll ich jetzt anfangen zu weinen und zum Mathematikgenie mutieren.«

»Verarsch wen anderen, Alter. Für Mathe bist du zu dumm! Komm, trink das Bier aus, in zwanzig Minuten haben wir Marko. Dann kannst du mit ihm über dieses beschissene Land diskutieren«, sagt er und nimmt noch einen kräftigen Schluck. Ich tue es ihm gleich, ziehe mit einem leichten Ruck das Etikett von der Flasche und stehe auf. Eine unerklärliche Euphorie hat mich plötzlich gepackt. Meine trübe Stimmung, die ich aus dem Wald hierher getragen habe, ist verflogen, und ich atme kurz auf, bevor ich zum Tresen gehe, um Mara die Biere zu zahlen.

Miloš schaut mich misstrauisch von der Seite an: »Jetzt ist der Wichser auf einmal gut drauf?! Du hast echt einen Schaden, Alter!«

»Gehen wir, sonst verpassen wir Marko, den großen Meister,

und seine wichtigen Lebenslektionen.« Ich gebe ihm die Hand. Er schlägt ein, und ich ziehe ihn hoch. Mara hat sich an einen der Tische gesetzt, raucht eine Zigarette und starrt die Devotionalienwand an. Sie will uns nicht bemerken, als wir uns verabschieden und ihr einen schönen Tag wünschen. Selber schuld, denke ich: Wahrscheinlich würde jeder bei so viel fleischgewordener Vaterlandsliebe, die einem in Form von hohlen Gegenständen und versoffenen Gästen tagein, tagaus das Leben vermiest, depressiv werden. Mara sollte umdekorieren.

Auf halber Strecke vom Vidik zur Schule kommt uns Kuki torkelnd entgegen. Ein kleiner schlanker Mann, dessen Gesicht deutliche Spuren seines exzessiven Alkoholkonsums trägt. Er ist gerade mal vierzig, doch die vielen Falten und Pusteln verzerren sein eigentliches Alter. Er hält eine Bierflasche in der linken Hand und sieht von weitem aus wie immer: verschwörerisch, besoffen.

»Kuuukiii«, ruft ihm Miloš entgegen und streckt die Arme weit von sich, als ob er ihn umarmen möchte. Kuki jedoch bleibt stehen und blickt ihn misstrauisch an. Wie immer scheint er uns nicht zu erkennen. Das Kurzzeitgedächtnis dieses Mannes muss komplett im Arsch sein. Lange wird er es nicht mehr machen, wobei sich schon einige Schülergenerationen vor uns dasselbe gedacht haben müssen.

Miloš lässt sich nicht beirren, geht zu ihm hin und wirft seinen Arm um ihn. Er fragt Kuki, was er denn heute so vorhabe. Dieser stammelt zuerst unverständliches Zeug, dann sagt er plötzlich klar und deutlich, als hätte der Suff ihn für einige Augenblicke vergessen: »Jungs, ich kann es kaum erwarten, nüchtern zu werden, um mich dann wieder zu besaufen!« Ruckartig hebt er an, stößt sich den halben Flaschenhals in die Gurgel und trinkt das Bier in einem Zug aus. Miloš, dem einen Moment lang sichtlich mulmig zumute wurde, fängt an, wie wild loszulachen, und kippt dabei fast um. Auch ich muss lachen und sage Kuki noch, er soll auf seiner geheimen Mission auf Mara achtgeben, sie ist heute nicht so gut drauf. Er schaut mich, den Oberkörper eigenartig nach vorne gerenkt, verwirrt an und sagt: »Du kannst mich mal am Arsch lecken, du amerikanischer Bastard. Ich weiß genau, woher du kommst. Ich kenne deinen Vater. Auch er ist ein Spion, ein verfickter Jude!«

So ist Kuki: eine gehörige Dosis an Misstrauen gegenüber dem unsichtbaren Feind, der es sich in Gestalt von Amerikanern und des Weltjudentums zur Aufgabe gemacht hat, sein kostbares Gehirn aufzusaugen. Die Hitze lässt nicht nach, alle drehen langsam durch.

Wir lassen Kuki hinter uns und schleppen uns den Weg zur Schule hinauf. Wie aus Albträumen zusammengetragen steht das Gebäude des XVI. Belgrader Gymnasiums auf einer Anhöhe, umgeben von kahlen Flächen einstiger Basketballfelder. Das Gebäude diente in den siebziger Jahren als Frauengefängnis, bevor es in den frühen Neunzigern zur Schule wurde. Ein langgezogener grauer Klotz mit einer breiten, vergitterten Fensterfront und zwei brückenförmigen Aufgängen. Der mit dichtem Maschendraht umzäunte Seitenarm, an dem in breiter Schrift das Graffiti *So ein schöner Tag, als ich meiner Drogensucht erlag* prangt, beherbergt die Sporthalle.

Der Direktor der Schule hört es nicht gerne, wenn jemand über die Gefängnisvergangenheit redet, jedoch kann er die Hässlichkeit der zellengleichen Innenräume nur schwer verbergen. Bis zu fünfzig Schüler werden in eine Klasse gepfercht. Zwei Schichten, die zwischen roten und blauen Wochen wechseln: Blau bedeutet nachmittags Schule, rot vormittags. Das Gefängnis dringt aus jeder Mauerpore. Auch in den Gängen fühlt man sich ständig beobachtet. Wie ein Atrium öffnet sich die große Halle im Inneren. Umrundet wird sie von den balkonähnlichen Gängen, von wo aus man das Geschehen auf jedem der drei Stockwerke gut im Blick hat.

Das XVI. Belgrader Gymnasium ist auch ein Abbild dessen, wie die Korruption in diesem Land funktioniert. Erst Anfang dieses Jahres, kurz vor Weihnachten, wurde das Dach fertiggestellt. Seit mehr als drei Jahren gab es lediglich Plastikplanen zum Schutz vor der Witterung. Unser Klassenraum liegt zwar im zweiten Stock, doch kann es durchaus vorkommen, dass bei starkem Regen Wasser durch die Steckdosen läuft und Kurzschlüsse verursacht. Letzten Winter hat jemand aus der Parallelklasse mit einer Kamera das überflutete Klassenzimmer gefilmt, die nassen Wände und die knöchelhohen Pfützen. Später kursierte das Video in der ganzen Stadt und schlug solche Wellen, dass der Oberschulrat persönlich auf Geheiß des Bürgermeisters die Bauarbeiten am Dach inspizierte. Wohin das ganze Geld von den bisherigen Arbeiten verschwunden war, konnte niemand zurückverfolgen. Der Direktor wurde für drei Monate suspendiert und konnte danach erfolgreich in sein Amt reintegriert werden. Dieses bis ins Mark korrupte Arschloch kriegt noch bezahlten Urlaub, während wir Regenschirme für den Unterricht brauchen.

Wir betreten den Innenhof, es riecht nach Verbranntem. Obwohl unsere Schule eine Brutstätte der Faulheit ist, würde ich sie gegen keine andere tauschen wollen. Ich kenne die Geschichten von den anderen Gymnasien und ihren strikten Arbeitsplänen. Hier dürfen wir uns aussuchen, was uns interessiert, der Rest wird geschwänzt, und am Ende des Schuljahres wird ordentlich um eine positive Note gebettelt. Wir scheißen gehörig auf unseren Stolz, schließlich bringt er uns in Mathe keine gute Note ein, und wenn ich ehrlich bin, wird das mit der Astrophysiker-Karriere wohl ohnehin nichts mehr bei mir.

Ein wohliges Gefühl packt mich, und ich vergesse für einen Augenblick die Hitze. Miloš kickt eine leere Dose über den rissigen Asphalt des Basketballplatzes.

»Alter, gehen wir zum Spielplatz, wir haben noch eine Viertelstunde«, sagt er, während er der Dose hinterherläuft und nochmal nachtritt. Obwohl die erste Stunde noch nicht zu Ende ist, tummeln sich draußen etliche Maturanten, als würden sie auf etwas warten. Es ist immer das Gleiche: Niemand weiß, worauf gewartet wird, alle sind nervös und aufgekratzt.

Neben den ehemaligen Basketballfeldern, im Schatten einer massigen Kiefer, liegt im Halbkreis angeordnet ein ziemlich ramponierter Kinderspielplatz. Belgrad ist übersät mit solchen Spielplätzen, Relikten aus glorreicheren Zeiten.

Miloš bleibt stehen und schaut abermals umher, als würde er nach einer Gelegenheit suchen – wofür nur, frage ich mich. Ich setze mich auf einen der Betonblöcke, die den Spielplatz umranden, und rülpse laut, Miloš aber rührt sich nicht. Wieder beschleicht mich das Gefühl, jemand würde hinter mir stehen. Ich drehe mich um und erkenne in der Ferne einen Mann, reglos sitzt er auf einer Parkbank und beobachtet uns. Ein leichter Schmerz durchzuckt meine Schläfen, ich drehe mich wieder zu Miloš, der immer noch lauert.

In der hintersten Ecke des Hofes, unter dem kalkweißen Brückenaufgang, haben sich wieder die Sniffer versammelt. Wie Zombies stehen sie im Kreis um einen angebrannten Plastikkugelschreiber und inhalieren den rußschwarzen Dampf, versuchen irgendetwas wegzuätzen. Die Hitze drückt auf meinen Schädel, ich könnte kotzen. Nur weg aus diesem Land der Infantilen! Das Sniffergrüppchen setzt sich in Bewegung. Vielleicht bin ich selbst der Infantile … So viele verrecken am Scheißheroin, die Zubereitung ist viel zu einfach für uns Idioten: Zitronensaft, das Ganze ein wenig aufkochen, ein wenig Watte … In unseren Köpfen geht das Bombardement weiter. Eine ganze Generation unter Beschuss, im Krieg gegen sich selbst. Ich will etwas zu Miloš sagen, doch meine Zunge ist taub geworden.

Wir beide, Miloš und ich, unzertrennlich. Er kickt Bierdosen über den rissigen Asphalt, ich verstumme hinter seinem Rücken. Am Eingang der Schulkantine, wo man für wenige Münzen einen recht guten türkischen Kaffee kaufen kann, liest die Kantinenfrau einem in den Bodensatzablagerungen kostenlos die Zukunft. Eine schlanke Roma mittleren Alters – alle sind verrückt nach ihr. Die dunkelbraune Masse hinterlässt feine Kaffeeadernstränge an der Tassenwand, wenn man sie einige Sekunden umgedreht stehen lässt. Diese Adern sind das Abbild des eigenen Lebens – wenn man sich auf das Spiel einlassen will, und das tun viele. Der Kopf setzt aus, und eine verquere Hollywoodromantik übernimmt. Doch Selma, die Kantinenfrau, liegt nie richtig. Das passt zu einem Land, in dem die eigenen Kinder durch rußschwarze Dämpfe irgendetwas wegätzen, vergessen oder verdrängen wollen. Stunde null also für alle: für Mara, für Kuki, das Kartell, für die Sniffer, die Wahrsagerin aus der Kantine, für Miloš und für mich, und für Zujke, diesen gierigen Bastard, sowieso. In einem Land, in dem die Spielplätze so ausschauen wie dieser hier.

Gegenüber von uns steht noch ein rostiges Bogenreck, ein Rahmen für zwei Schaukeln, eine fehlt, die andere baumelt an nur einer Kette im Nachmittagswind. An der Rutsche, deren Oberfläche immer noch glatt und makellos aussieht, fehlen die zweite und die vierte Sprosse. Das Klettergerüst hat die Form eines Quadrats, aufgeteilt in sechzehn kleinere Quadrate. Schließlich wieder das Bogenreck – an der höchsten Stelle an die zwei Meter hoch. Von dieser Höhe, vor der man sich als Kind immer am meisten gefürchtet hat, ist heute nur ein Schauer übrig, ein dünner und kalter Schweißfilm an den Handflächen. Die dunkelgrüne Farbe aller Geräte vom Rost zerfressen – nur an manchen Stellen ist ihre Einheit noch erkennbar.

Zu einem bestimmten Zeitpunkt setzte dann die Veränderung ein, die Verformung. Und drüben am Bogenreck scheitert gerade wieder jemand an den zwei Metern … Die Leute werden unruhig, schmeißen zuerst mit Steinen und wehren sich gegen ein schweinsgesichtiges Etwas, das mit Schlagstöcken und Tränengas und Panzern und Armee antritt. Ungleiches Spiel: Während der eine sich kurz umdreht, sticht der andere zu, hackt ihm von hinten den Kopf ab, das Blut sickert in den Boden und dringt bis ins Grundwasser vor …

»Alter? AAALTEEER«, Miloš tritt mir hart gegen das Bein, »was ist denn los mit dir, Alter? Scheiße, du hast mir einen Schrecken eingejagt!«

Ich beachte ihn gar nicht: »Siehst du den Typen da?« – Die Gestalt auf der Bank hat sich keinen Zentimeter bewegt und schaut noch immer zu uns herüber.

»Du hast echt einen Schaden, Alter!«, Miloš spuckt aus, »ich gehe jetzt pissen, dann müssen wir los.« Ich grinse ihn verkrampft an, er grinst zurück und wendet sich sogleich ab, um Dane aus unserer Klasse zu grüßen. Ein seltsamer Tag, mehr nicht. Der Gestank von verbranntem Müll steigt mir wieder in die Nase.

Am Treppenaufgang haben sich einige Maturanten um ein aus zwei flachen Sperrholzstücken zusammengeklebtes Kreuz versammelt. Miloš fängt an zu lachen, ich trete ein wenig näher, um die Schrift lesen zu können. Auf dem Kreuz steht der Name des Direktors geschrieben, Jahreszahlen, schließlich: *Gestorben als Jungfrau.* Mir ist zum Weinen zumute. Ich lache mit.

»Wenn ich mir eine Frage erlauben darf: Worin besteht die Schuld Ihrer Eltern?« Ich erwachte gerade aus einem seichten Schlaf, als mir mein Nachbar schon wieder Fragen an den Kopf warf, die ich unmöglich beantworten konnte. Nach unserem letzten Gespräch war er aufgestanden und nach hinten verschwunden – ich war erleichtert und nutzte die Gelegenheit, ein wenig die Augen zu schließen. Nun ärgerte ich mich umso mehr, weil er keine Rücksicht nehmen wollte, obwohl er genau wusste, wie schwer es für jemanden unserer Statur ist, in diesen engen Sitzen einzuschlafen.

Im Bus war es immer noch ungewohnt still. Aus den Boxen über uns war lediglich ein Rauschen zu hören, leise und unscheinbar wie die Monotonie der bereits achtstündigen Fahrt. Ein scharfer Gestank halbverdauter Nachtjausen vermischt mit anderen Ausdünstungen stand wie ein ungebetener Gast im Raum – abgestandener Alkohol, die verdreckte Toilette, deren Tür lediglich angelehnt war und immer wieder gegen den Rahmen schlug, der aufgewirbelte Staub der Filzsitze.

Ich versuchte mich an einen kurzen Traum zu erinnern, der mich vorhin wieder in meine Schulzeit zurückgeholt hatte. Doch es wollte mir ums Verrecken nicht gelingen: Aufflackernde Bilder von Miloš vor einem brennenden Kreuz führten mich in die Irre, weil ich wusste, dass sie nicht zum Traum, sondern zu einer Erinnerung gehörten.

Obwohl mein Sitznachbar eine Antwort von mir erwartete, schwieg ich. Er schien ohnehin guter Laune zu sein, packte einen in fettiges Papier eingewickelten, unansehnlichen Klumpen Brot aus und biss genüsslich hinein. Ich schaute schlaftrunken umher. Ein schales Licht durchflutete den Bus, fahrende Schatten streiften die Sitze und die fettigen Haare ruhender Passagierköpfe.

Vorne wackelte Zorans Hinterkopf im Takt der Schlaglöcher. Er schien nicht zu schlafen. Zählte er die Autobahnstreifen, oder ließ er nach dem Säbelrasseln mit meinem Sitznachbarn seinen Rausch ausklingen? Seltsamerweise hatte ich ein schlechtes Gewissen. Mein Widerwille gegen diese Fahrt breitete sich immer weiter aus. Die Nacht hatte sich nun vollends über die Landschaft gelegt, die weite Ebene war nur mehr erahnbar. Plötzlich ein grober, durch Autoscheinwerfer verursachter Riss in der Nacht. Vor die Dunkelheit schob sich nun mein verschwommenes Spiegelbild, mein wartender Nachbar im Hintergrund.

»Sie sind doch Schriftsteller, oder? Woran schreiben Sie denn gerade?«, fragte ich ihn im Flüsterton, ohne auf seine vorherige Frage einzugehen.

»Nochmal – es wäre wirklich zu viel, mich einen Schriftsteller zu nennen, betrachten Sie mich mehr als Elektriker mit einem Faible fürs Wort, als einen arbeitslosen Verbrechensbekämpfer«, gab er lächelnd zurück, von meinem Themenwechsel sichtlich unbeeindruckt.

»Also gut«, antwortete ich, »arbeitsloser, elektrischer Verbrechensbekämpfer, woran schreiben Sie gerade?«

»Haha! Sehr gut, mein Lieber«, er klopfte mir auf die Schulter und fuhr fort, »ich schreibe an einem Buch über den Balkan, seine Bewohner – die Herkunft meiner Familie. Es soll aber weniger von meiner Familie handeln, sondern mehr einem gesellschaftlichen Panoptikum gleichen, oder einer Topografie – ich bin dahingehend immer unschlüssig. Alles vor dem Hintergrund der großen Schweinerei der Neunziger. Ein Komplex, der viele Themen durch Fallbeispiele vereinen soll: Opfer, Täter, Korruption, Sitte, Mentalität, Geschichte, Sozialismus, Nationalismus – Stolz, Ehre, Männlichkeit. Natürlich darf auch die Diaspora nicht zu kurz kommen! Sie sind naiv, wenn Sie denken, ich hätte nichts übrig für diese armen Schweine hier. Schließlich bin ich derjenige, um nicht zu sagen der Einzige, der diesen Menschen geduldig zuhört, ihnen aufs Maul schaut, wie man so schön sagt. Ich verstelle und verbiege mich für jede gute Anekdote, gehöre quasi zur Einrichtung jedes ordentlichen, balkanischen Nostalgievereins. Folklore, Reigentänze, stundenlange Akkordeon-Orgien, Flaschen über Flaschen an Hochprozentigem, das ganze Gelaber über die verlorene Heimat, obwohl die meisten in Wien oder München oder Göteborg oder Rom oder Istanbul oder Buenos Aires oder Melbourne oder Chicago geboren wurden: Der Balkan ist klein, unsere Diaspora aber ist groß!« Er schnappte nach Luft, als wäre er sich selbst vorausgeeilt und müsste sich nun wieder einholen. Mir aber wurde zum ersten Mal klar, dass ich keinem Elektriker, keinem Schriftsteller oder Verbrechensbekämpfer gegenübersaß – dieser Mensch hatte einfach einen Schuss!

Unterdessen fuhr er mit seinem Lamento fort: »Es ist nämlich so: Mal hassen die Kroaten die Serben, die Serben die Bosniaken, die Bosniaken die Serben, die Serben die Kroaten, mal lieben sich alle abgöttisch, das kommt auf die Promille an. Irgendwann erwischt man sich selbst dabei, wie man grölend mit der Masse tanzt, die drei gespreizten Finger in der Luft! Es ist ekelerregend, doch es ist notwendig, sowohl für mich als auch für die Leben, die ich beschreiben möchte. Wen haben wir denn schließlich sonst, der sich um uns kümmert? Wer sonst kümmert sich um das Nachleben derer, die tagtäglich vergiftet werden von den Narrativen, die dieser Inzestverein namens Politik in ihre anfälligen Köpfe pflanzt? Ich kenne diese Leute, ihre Sehnsüchte, ihre Ängste, ihre irrationale Nostalgie gegenüber einem Land, das es gar nicht mehr gibt. Was ich damit sagen will – die meisten von uns sind doch schon verloren! Das bedeutet aber nicht, dass die anderen es nicht wert sind, gerettet zu werden. Es ist ein schwieriges Unterfangen: Schließlich muss ich die Balkanesen als blutrünstiges Pack entlarven und die Westler als vorurteilsbeladene Affen, die denken, Balkanesen wären ein blutrünstiges Pack! Meine Aufgabe ist es, all diese Widersprüche zu entlarven – vor allem auch meine eigenen! Das ist keine klassische Recherche, die ich da betreibe, das ist blutige Feldarbeit: Wissen Sie, wie viele exjugoslawische Kulturvereine es allein in Österreich gibt? Von den Recherchearbeiten in den Heimatländern ganz zu schweigen. Ich gleiche mehr einem Ackermann: Bei mir werden nicht die Finger wund, sondern der Cortex! Ich bin, wenn Sie so möchten, ein Chronist! Auf jeden Fall stehen die Bewohner der vier großen balkanischen Hauptstädte Zagreb, Belgrad, Sarajevo und Wien im Mittelpunkt meines Buchs, vorzugsweise das, was sie selber über ihre Städte zu erzählen haben, über ihre Abhängigkeiten und ihre Abgründe.«

»Wie meinen Sie das?«, fragte ich.

»Na, Sie sind doch in Belgrad aufgewachsen, oder? Und Sie haben mir doch vorhin von Ihrem Vater erzählt.« Ich nickte misstrauisch, ohne zu wissen, worauf er hinauswollte.

»Da haben Sie *Ihre* Abhängigkeit und *Ihren* Abgrund«, sagte er, »und das Verhalten Ihres Vaters ist doch nur das Symptom einer von vorne bis hinten verarschten Gesellschaft, der man seit Jahrzehnten die richtige Medizin für ihre Gebrechen verwehrt: einen gehöriger Tritt in den Arsch! Früher haben die Väter uns mit dem Gürtel erzogen, jetzt liegt es an uns, unsere Väter zu erziehen – und die Gürtel gleich mit!« Gleichzeitig lachten wir los, ohne auf die Passagiere Rücksicht zu nehmen. Diese aber beachteten uns, wie es schien, schon lange nicht mehr. Der Bus fuhr in aller Ruhe seinem Ziel entgegen.

»Da sind wir mal ganz einer Meinung«, erwiderte ich, »ich glaube aber, mein Vater wäre strikt gegen eine solche Umerziehung, was gibt es schließlich umzuerziehen: Wissen Sie denn nicht, dass die Serben das älteste und weiseste Volk der Welt sind? Als man die Menschen von Vinča ausgrub, fand man sie mit drei gespreizten Fingern vor!« Das amüsierte ihn sichtlich. Sein Atem pfiff durch den Raum, und sein herzhaftes Lachen zwang ihn, die Hand vor den Mund zu nehmen.

»Sie sind wirklich gut«, sagte er, »vielleicht schreibe ich ja ein Buch über Sie! Über Sie und Ihren Vater, Ihre verkorkste Jugend in Belgrad! Dazu Anekdoten über Schicksale von Bekannten und Verwandten und ein paar eingestreute Diasporakapitel, in denen am Rande ruhig auch die Zaungäste aus Afrika und Nahost vorkommen dürfen, das verlangt die Mode – das kommt immer gut! Das Ende wiederum ganz klassisch, eine Versöhnung von Vater und Sohn in der Heimat. Ha, ich sollte Romane schreiben – realistische Romane!«

Obwohl er scherzte, wurde mir plötzlich schwer ums Herz: In Wien hätte ich die Möglichkeit einer Versöhnung mit meinem Vater als idiotische Vorstellung abgetan, schließlich gab es nichts, das versöhnt werden musste. Ich verschwand eines Tages einfach, ohne etwas verbrochen zu haben – *ohne dass er etwas verbrochen hätte*. Die Angst vor der Begegnung mit meinem Vater flammte wieder auf, die Angst vor der Begegnung mit meiner Großmutter als Leichnam.

Um meine Gedanken zu zerstreuen, wandte ich meine Aufmerksamkeit wieder meinem Sitznachbarn zu, der meine kurze Abwesenheit gar nicht mitbekommen hatte – er war in der Zwischenzeit wieder dort unterwegs, wohin ich ihm unmöglich folgen konnte: »Die Kultur muss sich dem bedingungslosen Realismus, und daher dem Leben, unterordnen! Wir brauchen die Geschichten, wir brauchen die Schicksale! Sie kennen das: Da liest man einmal im Leben die *Karenina* und ist anschließend für diese Welt verloren: *Jede unglückliche Familie ist …*«

»Warten Sie – ich kenne mich damit nicht aus! Ich lese nicht gerne, in der Schule wurden wir immer dazu gezwungen. Unser Geschichtsprofessor hat uns ununterbrochen terrorisiert: Tolstoi, Dostojewski, Turgenjew, Gogol … als gäbe es sonst niemanden auf der Welt! Ich fand das scheißlangweilig.«

»Na, da schau her!«, antwortete er hämisch, als würde er das Gespräch zur persönlichen Belustigung führen, »habe ich Sie und Ihre verkorkste Jugend am Ende etwa doch unterschätzt: Turgenjew, Gogol, Tolstoi! Ich stimme ausnahmsweise mal nicht mit Ihnen überein und bleibe dabei: Nur der Mensch und sein mickriges Leben sind – wie Sie so schön formulierten – *scheißlangweilig*! Umso mehr müssen wir versuchen, eine Bedeutung zumindest dazuzuerfinden. Und nur der Realismus kann uns dabei anspornen, die richtigen Fragen zu stellen! Er verpflichtet zum Schönen und Höheren, zu ureigenen Wahrheiten, die jedes noch so lächerliche Leben aus seinen Angeln heben und erschüttern können. Dass Sie Tolstois Literatur scheißlangweilig fanden, sagt schließlich mehr über Sie aus als über die Karenina.«

Er war während seines Einakters immer euphorischer geworden, gestikulierte inzwischen wild und schien wie besessen von einer fixen Idee zu sein, die in den Tiefen seiner rasenden Gedanken hauste. Zum ersten Mal wirkte seine Ernsthaftigkeit nicht aufgesetzt. Es imponierte mir, wie er den Realismus und Tolstoi verteidigte, auch wenn er wusste, dass ich ihm nichts entgegenzuhalten hatte.

Miloš kam mir dabei wieder in den Sinn. Er war derjenige von uns gewesen, der all die Dostojewskis und Tolstois und Turgenjews und Gogols gelesen hatte. Doch er verbarg diese Neugier stets. Der raue Belgrader Slang wollte nie so richtig zu seinem Wissensdrang passen, den er der geerbten Bibliothek seines Großvaters verdankte. Er sprach und fluchte wie ein Totengräber. Die Lehrer an unserer Schule hassten ihn für seine Unverfrorenheit, wäre er ihrem Bullshit auf die Schliche gekommen. Immer wieder sprach er davon, nach Kanada oder Amerika ausreisen zu wollen, doch über diese Floskeln kam er nie hinaus. Irgendetwas hatte ihn für immer an diese dreckige Stadt gebunden.

Und nicht nur ihm ging es so – es glich eher einer Volkskrankheit: eine Mischung aus Furcht und Ungewissheit, Furcht vor der Verbannung durch die Familie und Ungewissheit über die Ferne, die es auf eigene Faust zu entdecken galt. Das hätte Verantwortung bedeutet, etwas, wozu meine Generation nicht erzogen worden war.

Ich konnte Miloš damals gut verstehen, weil ich selber jahrelang mit dieser Furcht zu kämpfen hatte: Die exjugoslawische Diaspora in Österreich war zu groß und meine Abneigung ihr gegenüber zu klein, als dass ich überhaupt jemals hätte entkommen können. Zwar lebte ich von nun an im *Westen*, doch das Misstrauen und die Angst führten auch hier in dieselbe Richtung wie im ehemaligen Jugoslawien vor dreißig Jahren: in Richtung Zerfall.

Bei meinem Freund Miloš jedenfalls staute sich der Frust über die Dauerarbeitslosigkeit. Der politische Selbstmord seines Vaters und dessen Partei kam hinzu. Miloš wurde zum Sündenbock der Familie, zum Boxsack, an dem sein kranker Vater all seine Wut auslassen konnte. Und er beschwerte sich nicht. Im Gegenteil, er ließ alles über sich ergehen, machte dort weiter, wo wir eigentlich nach der Schule aufhören wollten – im Vidik. Mit kaum vierundzwanzig Jahren war er ein weiterer Kuki geworden, ein Spiegeltrinker.

Als ich ihn vor etwa fünf Jahren das letzte Mal hörte, klang seine Stimme matt und müde. Wie ein ausgezehrter Schatten, der sich von der Rente seiner Mutter ernährt und nachts den Kneipenwirten das Leben zur Hölle macht. Die alte Bibliothek war verkauft worden. Er lese, so meinte er damals mit schwerem Sarkasmus in der Stimme, kaum mehr, schnorre Geld bei den Jugendlichen aus seinem Viertel und versuche, schwere Kater zu meiden, indem er nicht aufhöre zu trinken …

Ich schickte ihm damals all mein Erspartes, was nicht viel war, und erklärte ihm, dass ich ihn nicht wiedersehen könne, zumindest nicht in diesem Zustand. Er protestierte nicht, er verblieb stumm am anderen Ende des Hörers, während ich mit den Tränen kämpfte. Ich hasste mich dafür – und insgeheim, das wusste ich, rechnete Miloš auch mit meinem Selbsthass.

Doch der Selbsthass währte nicht lange. Es waren keine Almosen gewesen, die ich ihm damals schickte, schließlich brauchte ich das Geld genauso dringend wie er – es war ein Freischein, den ich mir erkauft hatte: die Gewissheit, ihn tatsächlich nicht wiedersehen zu müssen. Wie bei meinen Eltern musste ich auch gegenüber Miloš eine Gleichgültigkeit an den Tag legen, die in Wien überlebensnotwendig war. Aber die Gleichgültigkeit ihm gegenüber schmerzte mehr. Von meinen Eltern konnte ich mich nicht freikaufen.

Ich hatte in den vielen Jahren, in denen ich jetzt schon in Wien lebte, eine *gesunde* Abneigung gegen Menschen entwickelt, und zwar aufgrund einer *gesunden* Abneigung gegen mich selbst. Ein Teil von mir versuchte krampfhaft, mein bisheriges Leben in Serbien zu vergessen, während ein anderer Teil ununterbrochen daran erinnert wurde, wie sehr Wörter wie Sehnsucht oder Heimat zur Falle werden können. Ich war die Geisel einer seltsamen Art von Nostalgie geworden – einer Nostalgie, die mit Folklore, Tracht, Volksmusik, Stolz, Ehre und Vaterland nichts zu tun hatte.

Nicht Belgrad oder Serbien waren für mich verlorengegangen, nicht Menschen wie Miloš oder meine Eltern. Es war eine gewisse Form von leisem Pathos, die nur mir gehört hatte und die nun, da ich wieder nach Hause kam, aus dem Dunkel hervorkroch: Ich hatte den warmen Asphalt unter meinen Füßen und den Geruch angebrannter Mülltonnen verloren, die smogbeschichteten Sonnenuntergänge über der Save und den Dächern zerbeulter Neu-Belgrader Häuserblocks. Ich hatte den Wald meiner Kindheit verloren, die von mir eigens gestampften Wege im Dickicht, die brütende Hitze von über neunhundert Tagen des Belgrader Sommers, die Ausdünstungen abgestandener Pisse in irgendwelchen dunklen Straßenecken vermischt mit dem Geruch zahlloser Grillstände, die ausgegilbten Farben der Vorstädte wie in den 35-mm-Filmen aus dem ehemaligen Jugoslawien. Bilder von klebstoffschnüffelnden Straßenkindern mit Pusteln im Gesicht und einer dickeren Haut als meiner, Streunerbanden, die keinem Herrchen und keinem Befehl folgten. Überreste von Tauben, Ratten, Mäusen, Kühen, Hühnern, Hunden und Katzen, die im strengen Rhythmus des Verkehrs zu Straßenbelag plattgefahren wurden, vom Košava-Wind aufgewirbelte Abfälle auf verschmutzten, buckeligen Straßen. Großmutters gütiges Gesicht, gekerbt wie der Querschlag eines Baumstammes.

Der elektrische Schriftsteller redete immer noch über Tolstoi, über eine Geschichte oder ein Buch, das von einem sprechenden Pferd handelte. Auch von Tolstoi selbst schwärmte er, dessen Erscheinung, dessen streng religiösem Blick und dem buschigen Bart. Seine eigene Erscheinung hatte nichts Grobes mehr an sich, vielmehr wirkte er liebevoll, fast kauzig: »Ein Mensch wie Tolstoi war ein Vorbild! Aber nur im literarischen Sinne, versteht sich. Was das Leben selbst anbelangt, so sollte man sich lieber nicht an Künstlerbiografien orientieren. Moralisch waren die wenigsten, erbärmlich wäre wahrscheinlich das passendere Attribut …«

Er hielt plötzlich inne und schloss seine Augen. Es hatte den Anschein, als wäre er mit einem Mal müde geworden in der schlammigen Finsternis: Erst jetzt bemerkte ich, dass das große Licht abgeschaltet worden war. Ich machte die Leselampe über mir an. Die Stille hatte sich wie ein schwerer Mantel über uns gelegt, umgeben von den Widersprüchen wackelnder Passagierköpfe auf der Fahrt zur ungarischen Grenze, wo noch größere Widersprüche seit unzähligen Monaten warteten – gut verstaut hinter Stacheldraht. Ich seufzte tief, das schien ihn aufzurütteln: Er drehte sich wieder zu mir und sprach ungewohnt leise, fast andächtig: »Nun – worin besteht die Schuld Ihrer Eltern, wenn ich nochmal fragen darf?«

Ich schaute ihn lange Zeit an, ohne eine Antwort parat zu haben. Ich hatte keine Lust, ihm weitere Geschichten über mich zu erzählen. Ungeordnete Gedanken flackerten kurz auf und verschwanden hinter einer Wand von wirren Assoziationsketten. Was sollte ich ihm noch erzählen?

Wie meine Eltern in unserer kleinen Belgrader Wohnung seit Jahren versauern, ihre Nachmittage meist einsam und schweigend verbringen. All die ausgeschöpften Gesprächsthemen, das Nichtgesagte, das wie schweres Geröll im Raum herumliegt und dieses Leben langsam unter sich begräbt. Da mein Vater inzwischen pensioniert wurde, ist es wahrscheinlich noch stiller als früher. Man arrangiert sich, mehr nicht. Doch die Ruhe ist trügerisch: Wut dominierte das Zusammenleben seit jeher. Vater ist derjenige, der wütend ist, Mutter betrachtet lediglich die alten Fotos ihrer längst verstorbenen Eltern. Das hat sie immer schon getan, auch als ich noch zu Hause wohnte. Im Grunde kenne ich es nicht anders, diese tief eingefurchte Trauer über die vielen Verluste in ihrem Leben. Und da ist noch Großmutter – nein, da war sie: Meine Eltern hören sie nur, wenn sie abends aufs Klo geht oder ihre einzige Mahlzeit des Tages aus dem Kühlschrank holt. Sie sehen sie nicht. Ihre Schritte sind leise. Wie ein edles, greises Raubtier bewegt sie sich durch das dunkle Zimmer. Betrachtet, wenn niemand zu Hause ist, den versoffenen Nachbarn übers große Fenster im Wohnzimmer. Ihr Geist ist scharf wie ein Damaszenermesser, nur ihr Körper will nicht mehr. Im Wohnzimmer läuft der Fernseher ununterbrochen, ohne dass jemand wirklich hinschaut oder zuhört: Der Flimmerkasten ist zum Ersatz für den Sohn geworden, dementsprechend wird er auch behandelt. Auch mein Geist ist scharf. Wie eine Papierkante durchschneidet er den leeren Raum zwischen meinen Eltern. Grelles Jännerlicht strömt durchs Erkerfenster und fällt direkt auf den Esstisch. Die Kristallschale ist gefüllt mit fauligem Obst und Nüssen. In der winzigen Küche stapelt sich dreckiges Geschirr. Punktgroße Fruchtfliegen umschwirren die Tristesse eines Stilllebens. Im Ofen bildet ein aufgeblähter Hefeteig gerade seine goldene Kruste. Ein trockenes Bündel Eichenzweige mit herbst-

braunen, gewellten Blättern unterm Tisch: der Blickfang. Es ist Heiligabend. Meine Mutter versucht mich über den alten Computer zu erreichen. An der Wand in meinem Jugendzimmer prangen die Zeilen Tell me, is something eluding you, sunshine? Is this not what you expected to see? *Vater liegt im Nebenzimmer, liest Protokolle. Er musste zwar die Arbeit verlassen, doch die Arbeit wird ihn nie verlassen. Mutter versucht erneut, mich zu erreichen, klickt zum wiederholten Male auf das grüne Anrufzeichen. Dreizehn Anrufe insgesamt. Irgendwann aber ist die Zeit gekommen, das Brot zu brechen. Mein Vater ruft meine Mutter in die Küche. Er klopft auch an Großmutters Zimmer, bekommt aber nur ihr Schweigen zur Antwort. Es wird für vier Personen gedeckt, auch wenn mein Vater leise protestiert. Die Münze, die zu Weihnachten ins Brot eingebacken wird und demjenigen, der sie findet, Glück verheißen soll, war dieses Jahr in meinem Teil des Brotes.*

Meine Augen tränten. Die Gedanken an vergangene Weihnachten machten mich müde und traurig: In Wien waren Märkte und Festbeleuchtung schon wieder abgebaut worden – nun hatten die orthodoxen Kirchen ihre Gemeinde zum Gebet gerufen. Die vielen Anrufe meiner Mutter hatten mir ein schlechtes Gewissen bereitet. Doch ich war bei meiner Sturheit geblieben, hatte mir äußerlich nichts anmerken lassen, während etwas in mir langsam wieder zu toben begonnen hatte. Ich war wieder mittendrin.

Draußen zog eine schwere Dunkelheit auf. Auch die Lichter der kleinen Siedlungen in den Feldern waren endgültig erloschen. Ich sah hinunter zu meinem Finger, an dem der Goldring meiner Großmutter wie ein Vorwurf blitzte: Ich hatte damals auch sie verlassen. Ob sie durch meinen Auszug wirklich glücklich geworden war, wie sie mir gegenüber immer behauptet hatte, bezweifelte ich. Sie war nur verstummt, hatte sich wie ein Mönch zurückgezogen und wartete zwischen diesen und jenen Tagen auf ein schmuckloses Ende. Ich hatte noch nie etwas für Geschichten übrig, die in einem natürlichen Tod endeten, aber im Falle meiner Großmutter musste ich es hinnehmen: Meine Eltern hörten noch, wie sie die Klospülung betätigte und die Zimmertür hinter sich schloss. Zwei Tage später hatten sie sie dann gefunden, bleich, mit angestrengten Augenbrauen und verkrampftem Mund. Es war ein natürlicher Tod gewesen, sie schlief einfach ein, und ihr Herz hörte auf zu klopfen. Mehr war da nicht.

Ich gähnte in die Dunkelheit, und jedes Autobahnschlagloch wiegte mich tiefer und tiefer in den Schlaf. Eine große Müdigkeit legte sich über mich, Halbsätze in meinem Kopf formend, Taubheit in meine Glieder schüttend. Und gerade in dem Moment, als diese große Müdigkeit mich endgültig in den verdienten Schlaf zu wiegen drohte, begann ich meinem Nachbarn zu erzählen:

»Schon mein Urgroßvater, müssen Sie wissen, war ein Feigling. So zumindest erzählte es mir meine Großmutter immer – und wer könnte so etwas wohl besser wissen als seine Tochter! Meine Großmutter war ein sehr zartes Wesen, gleichzeitig strotzte sie vor Kraft. Ich kann mir überhaupt nicht vorstellen, dass diese Frau irgendjemandem etwas Böses hätte tun können, auch wenn mein Vater und seine beschissenen Brüder immer ihr die Schuld für ihre missratenen Leben gaben. Ein *Vater* dagegen muss ja stets geehrt werden! Einem falschen Heiligen kann man nicht so einfach die Schuld geben – was für ein Bullshit! Das war das größte Verbrechen dieser Bande. Meine Großmutter war der Sündenbock, und sie ließ alles stumm über sich ergehen, sie beschwerte sich nie! Dafür war sie zu stolz – oder zu einsam. Sie hatte auch niemanden, bei dem sie sich beschweren hätte können! Sie war zeit ihres Lebens gefangen, zuerst zwischen den Kindern und ihrem Ehemann, danach zwischen mir und meinen Eltern. Nach der Geburt ihrer vier Söhne wurde sie von meinem Großvater in Zöllnermanier abkommandiert, an die winzige Küche gekettet und zum Schweigen verdonnert. Mehr zu sein als eine Geburtsmaschine wollte ihr keiner zugestehen, wozu auch – sie hatte männliche Nachkommen gezeugt und großgezogen, das Erbe der Familie war gesichert. Mittelalterliche Zustände, bis heute! Großmutter trug aber keine Schuld an der Verkommenheit dieser Sippschaft. Sie war wie so viele Frauen eingekerkert im eigenen Haus, stimmlos, von ihrer Umgebung alleingelassen. Aber insgeheim wusste sie, wie ein glückliches Leben aussehen hätte können! Sie war schließlich diejenige, die mir den Mut gab, von zu Hause abzuhauen – und das Geld. Meine Großmutter hat mir das Leben gerettet! – Aber zurück zu ihrer Familie: Die stammt aus einem kleinen Dorf im Osten Serbiens, direkt an der rumänischen Grenze. Bergbauern, die nichts zu fressen hatten und Kinder aus reinem Pragmatismus zeugten. Aus demselben Grund heirateten meine Großmutter und mein Großvater auch, schließlich sind zwei Häuser mehr wert als eins! Keine fünfzig Meter trennten die beiden Familien, sie waren seit Jahrzehnten Nachbarn. Durch die Heirat konnten sie den Hof vergrößern – das brachte aber auch nicht viel, das ganze Dorf ist heute verlassen und trist. Die Familie meines Großvaters war nicht arm und nicht reich, Generationen von Armeeangehörigen und Zollbeamten, die von den Balkankriegen bis zum Zweiten Weltkrieg wohl an jedem Frontabschnitt Europas gekämpft hatten – wenn man den aufgeblähten Geschichten meines Vaters glaubt. Vielleicht sehen mein Vater und seine Brüder sich auch als die *edlen* Nachfahren, zumindest würde das ihre durch und durch verbrecherische Ader erklären! Auch sie waren auf die eine oder andere Art in unsere Kriege involviert: Mein Vater und sein ältester Bruder arbeiteten im Innenministerium, die zwei anderen schlachteten in Teilen Kroatiens und Bosniens. Meine Großmutter jedenfalls wusste genau, dass ihre Söhne nichts Heldenhaftes erben konnten! Sie glaubte fest daran, dass ihre Kinder verflucht seien, weil ihr eigener Vater ein Feigling gewesen war: Als die Nazis 1941 in Serbien einmarschierten, bekam es mein Urgroßvater mit der Angst zu tun. Er war ein bescheidener Mann, der in seiner Freizeit der kleinen Tochter Holzpuppen schnitzte und mit den Hunden spielte – keiner verstand das, die Köter waren schließlich zum Hüten des Hofes da! Ein baumgroßer, bulliger Milchbauer mit dem Gemüt einer Pfauenfeder, der nicht wie alle seine Nachbarn für so etwas Lächerliches wie ein Vaterland vor die Hunde gehen wollte: Geschichten machten die Runde, dass die deutschen und österreichischen Einheiten im ganzen Landkreis mit äußerster Härte gegen die lokalen Bauern vorgingen. Auch von Massendeportationen war die Rede. Eine Truppenmobilisierung für den Widerstandskampf fand auf beiden Seiten statt. Doch mein Urgroßvater hielt nichts von den Partisanen, und von den Četniks noch weniger. Ein naiver und doch kluger Mann, der sich nicht für Ideologie interessierte, nur für das Leben selbst – und das Überleben seiner Familie. Also beschloss er im Jänner 1942, sich so lange zu verstecken, bis die Besatzer die Gegend wieder verließen. Tagsüber versteckte er sich unter einem Heuhaufen in einem eiskalten Schuppen. Nachts, wenn die Gefahr am geringsten war, lief er schweißgebadet und halb erfroren zum Haus zurück, um etwas zu essen und sich ein wenig aufzuwärmen. Im Schutz der Morgendämmerung schlich er sich wieder fort. So ging das den ganzen Winter über, und weder die Nazis noch die Partisanen oder Četniks erwischten ihn. Meine Urgroßmutter empfing ihren Mann jedes Mal kopfschüttelnd und versuchte vergeblich, ihn davon zu überzeugen, das Versteckspiel endlich sein zu lassen. Einige Frauen aus dem Dorf wussten ja, dass er sich unterm Heu versteckt hielt, es wurde getuschelt, und die Gefahr des Verrats war groß. Doch die Angst meines Urgroßvaters war größer! Im Grunde wusste niemand wirklich, warum er sich versteckt hielt – die Partisanen und Četniks hatten die Männer schon vor vielen Monaten abgeholt, und die Nazis waren nur einmal noch durch das Dorf gefahren, hatten einige Häuser durchsucht.

Eines Morgens stieg er dann keuchend aus seinem Heuballen, die Hand an die Brust gepresst. Er rannte nicht wie sonst, sein Schritt war gleichmäßig und langsam, der Dorfplatz war leer, wie die vielen Wochen zuvor auch. Mein schwacher, schweißgebadeter, durchgefrorener, verängstigter Urgroßvater öffnete die Tür zur Küche, wo seine Frau und seine Tochter am Tisch saßen, und brach noch an der Türschwelle zusammen. Zwei Tage später starb er an der Schwindsucht – und denken Sie nicht, seine Frau wäre traurig darüber gewesen! Sie verfluchte den Tag, an dem sie meinen Urgroßvater geheiratet hatte. Der Krieg ging vorbei, sie meisterte den kleinen Haushalt auch ohne die Hilfe ihres *feigen* Mannes und mauserte sich zu einer angesehenen Frau im Dorf – aber auch zu einer Despotin und kaltschnäuzigen Geschäftsfrau, die keine Gelegenheit ausließ, bei der leisesten Erwähnung ihres Ehemannes ordentlich auszuspucken. Als meine Großmutter achtzehn Jahre alt wurde, heiratete sie den ihr verhassten Nachbarsjungen – meinen Großvater. Dass sie ein schlimmes Los gezogen hatte, zeigte sich erst nach der Geburt des jüngsten Sohnes, als der hartherzige Ehemann noch hartherziger wurde und anfing, seine Söhne zu ebenso hartherzigen Idioten zu erziehen. Es wundert mich nicht, dass meine Großmutter zu glauben begann, alles Übel in ihrem Leben sei das Resultat dieser großen Angst und Feigheit ihres Vaters gewesen! Und ich bin der festen Überzeugung, dass Angst, Feigheit und Schuld einander bedingen, über alle Generationen hinweg. Leiden die Leute in Serbien nicht gerade daran am meisten? – Ich bin heilfroh, dass mir meine Großmutter immer wieder diese Geschichte erzählt hat! Nun, da sie tot ist, gibt es außer mir niemanden mehr, der sie erzählen könnte.«

»Und das ist auch gut so«, sagte mein Sitznachbar, der steif wie ein Holzklumpen dasaß und mich kalt anschaute. Meine Schulter zuckte, und ich fühlte mich, als wäre ich abermals geweckt worden.

»Was soll am Tod meiner Großmutter gut sein? Diese Frau war eine Heilige!«

»Ach, wissen Sie, der Tod eines geliebten Menschen ist notwendig – ja, er ist überlebenswichtig! Sonst könnten wir Hinterbliebenen noch auf den dummen Gedanken kommen, uns selbst für unsterblich zu halten.« Ich spitzte die Lippen und begann zu kichern. Zum ersten Mal fühlte ich mich wohl in seiner Gegenwart.

»Wo haben Sie den Spruch denn her, aus einem Glückskeks?«, gab ich zurück, »Sie sind ein Klugscheißer – aber es ist keine langweilige Fahrt mit Ihnen! Wir sollten öfter gemeinsam reisen.« Die Leselampe ging plötzlich aus, und ich hatte nur mehr seine verschwommenen Umrisse vor mir. Die Dunkelheit hielt uns vollends umschlossen. Ein kalter Schauer lief mir den Rücken hinunter, zählte jeden Wirbel einzeln. Ich versuchte die Leselampe über mir noch einmal einzuschalten, ohne Erfolg. Mein Reisepartner saß immer noch starr in seinem Sitz, den Kopf zu mir gewandt. War sein Mund offen, war da ein großer dunkler Schlund? Waren das seine Zähne, die da so blitzten? Ich drehte mich wieder zum Fenster und versuchte meine Müdigkeit zurückzugewinnen.

Mein Traum setzte im Sitz eines Busses voll schaukelnder Passagiere ein, mitten im Nirgendwo, ein wahnsinniger Elektriker, der sich in seiner Freizeit als Autor versuchte, sprach zu mir: »Der Spruch ist viel zu gut für einen Glückskeks«, sagte er mit der Stimme meines Vaters, »was mich jedoch wirklich wundert, ist *dein* Wunsch. Wo du doch wissen müsstest, dass du nie etwas anderes in deinem Leben getan hast, als mit mir auf Reisen zu gehen!«

»Dass gerade ihr beiden Pfosten als Letzte kommt! Wieso wundert mich das nicht?« Professor Marko sitzt vor dem aufgeklappten Klassenbuch und will gerade die fehlenden Schüler eintragen, als wir hereinkommen. Wie immer kratzt er nervös seinen Nacken, er schwitzt, als hätte jemand literweise Wasser über seinen geschwollenen Körper geleert. Obwohl noch drei Minuten Pause bis zum Beginn der Stunde übrig sind, sitzen die meisten schon an ihren Tischen – die durch vier Jahre XVI. Belgrader Gymnasium zerschundenen Federmappen vor ihnen.

Marko pflegt immer ein wenig früher in die Klassen zu kommen – dabei geht es ihm nicht um Pünktlichkeit: Der Bastard will diejenigen, die zu spät kommen, vor der ganzen Klasse demütigen! Und wir Rückgratlosen lassen uns von ihm verarschen. Er ist einer der beliebtesten Professoren an unserer Schule, und wenn er die Hand hinhält, fressen wir. Eigentlich mochte ich seinen Unterricht, doch nach vier Jahren Geschichte bei ihm muss man zwangsläufig anfangen, sich Fragen zu stellen. Er verkörpert vollends diese seltsame Kombination aus Zynismus und Lust an der Demütigung, die die meisten Lehrer hier aus purer Langeweile betreiben. Bei Marko jedoch ist es ein Machtspiel, die Noten ein Druckmittel gegen alle, die ihm verhasst sind oder blöd kommen wollen. Wie alle Professoren an den öffentlichen Schulen ist er gnadenlos unterbezahlt. Aber ich kenne niemanden, der in dieser beschissenen Lage so eine Motivation an den Tag legt, wenn es um das Verbreiten des eigenen Schrotts geht: Irgendwann brannte bei ihm eine Sicherung durch – vielleicht während der Bosnienkriege, als er seinen älteren Bruder verlor und selbst als Reporter des Regimes an der Belagerung Sarajevos teilnahm. Heute jedenfalls wird er nie müde, uns zu erzählen, was er und seine *tollen* Freunde damals aufgeführt haben.

Zugegeben, in der ersten Klasse amüsierte ich mich köstlich. Mit der Zeit aber wuchs meine Abneigung gegenüber diesen Zweideutigkeiten, die er immer wieder mit Zitaten von Tolstoi oder Dostojewski spickt, um uns Schülern, vor allem aber sich selbst, den Krieg zu erklären. Dennoch bleiben es immer billige Rechtfertigungsversuche. Am Ende des Tages scheißt Marko gehörig drauf, ob er irgendwelche Verbrechen begangen haben könnte – darin gleicht er meinem Vater, diesem Abschaum. Ich verabscheue sie beide. Schade, denke ich mir immer wieder, weil Marko ein wirkliches Vorbild hätte sein können. Dieses Land macht auch die Besten unter uns fertig.

Ich gehe zu meinem Platz und setze mich neben Ana, die gedankenverloren aus dem Fenster in die Nachmittagshitze schaut. Ich fühle mich ausgelaugt. Müdigkeit hält die ganze Klasse in Gewahrsam, die meisten meiner Leidensgenossen starren wie Ana leblos vor sich hin. Hie und da höre ich ein Gähnen aus den hinteren Reihen. Es ist erstaunlich ruhig für *den* vorletzten Schultag! Marko bleibt vorne bei Miloš stehen und zählt ihm die fehlenden Schüler auf:

»Davidović eins und zwei?«

»Beide da, Professor!«

»Danilo?«

»Da.«

»Daničić?«

»Aber natürlich, Professor, die verpasst doch keine Stunde von Ihnen!« Miloš grinst Jelena in der zweiten Reihe an, die ihn, den Kopf zur Seite geneigt, keines Blickes würdigt.

»Popović, ich hab dich nicht nach deinen dummen Kommentaren gefragt. Einfach da oder nicht da, verstanden?!«

»Ja, Professor.« Er rollt mit den Augen und wirft mir einen Blick zu, den ich ganz genau kenne. Er bedeutet: Blas mir doch einen, Wichser!

»Dann als Nächste Dimitrijević?«

»Da.«

»Dinić?«

»Selbstverständlich!«

»Živković?«

»Da.«

»Zelenović?«

»Der ist krank, Professor.«

»Krank? Dass ich nicht lache! Wen verarschst du hier eigentlich, Popović? Der ist schon das ganze Jahr über *krank*. Was hat er denn? Krebs? Oder ist er etwa vom Baum gefallen? Ich weiß es! Er ist schlichtweg dumm, und weißt du, wieso, Popović?«

»Nein, Professor.« Miloš stößt einen leichten Seufzer aus, weil er ahnt, was jetzt kommt.

»Weil er fallen wird – wie ein vergammeltes Stück Obst! Ein dreister Hund, das ist er! Der glaubt wohl, ich sei so dumm und würde ihn am letzten Tag noch begnadigen. Nichts da, der fällt wie der Muselmann im Minenfeld. Weiter! Janković, wo ist sie?«

»Da, Professor, in der hinteren Reihe.«

»Janković, was frisst du denn da?«

»Nichts, Professor!« – Jovana hält ein Papierknäuel fest in der Rechten und schluckt ihren letzten Bissen krampfhaft runter.

»Um Gottes willen!«, Marko bekreuzigt sich langsam, das tut er immer, wenn er einem von uns an die Gurgel will, »verschluck dich bloß nicht an deinem fettigen Börek, Jovana. Wieso lügst du mir ins Gesicht, wenn ich dich etwas frage? Ich sehe dich doch, deine fettigen Finger haben dich verraten, Jovana!« Die Klasse bricht in beschämtes Gelächter aus. Sogar Jovana stimmt mit ein – und Marko genießt es sichtlich. Egal wie erniedrigend seine Späße sind, die Leute lachen, und sein Arsch ist gerettet! Jeder andere Professor wäre schon längst auf die Schnauze gefallen – nicht so Marko. Ihn dem Direktor zu melden wäre Vatermord: Die Schüler lieben ihn, weil er ein Arschloch ist und dazu steht.

Ich lache mit. Aber wegen Jovana, der dummen Bonzentochter.

Irgendwann einmal zwischen der dritten und vierten Klasse begann ich sie zu hassen. Die meisten von uns wissen, dass das viele Geld, das sie tagtäglich von ihrem Vater in den Hintern gesteckt bekommt, nicht durch *gute Investitionen* verdient wurde, wie uns Jovana immer wieder zu erklären versucht. Wenn ihr Vater irgendwo auftaucht, weiß man sofort, woher der Wind weht: Die breiten Schultern und der Kurzhaarschnitt in Kombination mit den teuren Sportklamotten sagen schon einiges über sein Profil aus – und das daumendicke, goldene Kreuz um seinen Stiernacken vervollständigt das Bild. In Belgrad gibt es einen bestimmten Code, ein bestimmtes Aussehen, das den Bewohnern der Stadt zeigt, in welche Schublade sie dich zu stecken haben. Jovanas Vater fällt definitiv in die Kategorie *Mafia*. Und wer könnte da besser Auskunft geben als unser Schutzpatron Korać. Seinen Aussagen nach muss der alte Janković während der Neunziger ordentlich die Schlampe gespielt haben, zuerst für die Mobster, später dann für die Bullen. Sonst wäre er heute nicht auf freiem Fuß und noch am Leben. Als die meisten seiner Blutsbrüder tot oder im Knast waren und die Luft rein, baute Jovanas Vater sich umgehend sein eigenes Business auf. Schließlich hatte er von *den Besten* gelernt – so hatte er überhaupt das vierzigste Lebensjahr erreicht. Nun verdarb er jeden Tag seine einzige Tochter ein Stück mehr, die wiederum nicht müde wurde, mit ihren neuen Kleidern, Hosen, Schuhen, CDs und sonstigem Schrott anzugeben, während Mitschüler wie Ana oder Đile jeden Tag mit ihren Familien ums nackte Überleben kämpfen mussten. Und trotzdem schafft es dieses Aas irgendwie, die beste Schülerin in der Klasse zu sein. Bei Jovana muss ich mich zusammenreißen, jeden Tag aufs Neue in Geduld üben.

Die Klingel ertönt, noch bevor Miloš und Professor Marko die ganze Liste durch haben. Bis auf die üblichen Verdächtigen sind heute erstaunlich viele anwesend. Wie Schafe sitzen wir in unserer Klasse zusammengepfercht, nahezu fünfzig Schüler auf wackeligen Holzsesseln, hinter mit abertausenden Namen und Liebesbekundungen eingeritzten Tischen, an denen wahrscheinlich schon unsere Eltern gesessen sind. Wenn in Belgrad nicht bald neue Schulen gebaut werden, werden sie uns wohl stapeln müssen, mehr Platz gibt es nicht! Kein Wunder, dass so viele die Schule schwänzen. Im Sommer lässt sich die Hitze drinnen kaum aushalten. Im Winter wird zwar wie blöde geheizt, doch bei den durchlässigen Fenstern könnte man sich das Geld genauso gut sparen. Außerdem wirkt das intensive Krankenhausgrün der Wände nicht auf jeden so beruhigend wie auf mich!

Trotzdem sind heute die meisten da. Wahrscheinlich wollen sie noch einen letzten Blick auf Markos Fresse werfen, bevor sie für die nächsten fünf, sechs Jahre hinter dicken Fakultätstüren verschwinden. Ohne mich! Diese Türen können meinetwegen verschlossen bleiben. Ich denke lieber über den Wald nach, meinen Spaziergang, und werfe innerlich die Münze: Kopf ist Wien, Zahl Berlin. Also Zahl! Jetzt muss nur noch das Geld her. Und Miloš zerre ich auch mit, prügle ihm Deutsch ein, wenn es sein muss. Ist auch nicht so schwer: nur vier Fälle, einfaches Konjugieren, am nervigsten ist die Zuordnung der Artikel. Da sind *wir* mit unserem Konsonantenwust und den sieben Fällen ärmer dran. Die meisten meiner Klassenkameraden verbinden mit dem Deutschen eine Aussprache wie die von Hitler, dazu kommen die ganzen Ausdrücke, die sie aus irgendwelchen deutschen Pornos gelernt haben, und schon entsteht so ein Scheiß wie: *spritz mi gusen zwei minuten* oder *ja das ist meine grosse schwanz.* Vollidioten! Das muss viel weicher klingen, genau so wie Professor Lukić es immer vormacht. Kopf! Also doch Wien?

Ich schaue ins Heft von Ana, auf ihren letzten Eintrag: *Die Schlacht von Cer* – das stößt etwas in mir an: »Hatten wir das letzte Woche?«, frage ich Ana verwundert.

»Ne, vor zwei – letzte Woche hatten wir ja nicht. Aber ist doch egal, heute ist eh die letzte Stunde.«

Ana ist immer nett. Wahrscheinlich gibt es keine nettere Person in dieser Scheißklasse! Gleichzeitig ist das Anas größter Fluch: In einem solch widerwärtigen Land aufzuwachsen, wo die lautesten unter den Geschöpfen die Wahrheit für sich beanspruchen, muss sehr hart für sie sein. Ein strenger dunkelblonder Zopf fällt immer über eine ihrer spindeldürren Schultern. Sie schaut mit ihren winzigen blauen Augen etwas verschlafen aus, ist aber immer ordentlich, wirkt fast überkorrekt. Sie kam mit ihrer Familie Mitte der Neunziger nach Belgrad, nachdem sie aus Kroatien geflohen waren. Ihr Vater wurde damals sofort als Deserteur eingestuft und wieder an die Front geschickt, von der er dann ohne Hüfte zurückkehrte – in jene *Heimat*, die nicht seine Heimat war! Nun liegt er da, liegt den ganzen Tag wie ein Sack Kartoffeln rum, weil sich die Familie die künstliche Hüfte nicht leisten kann, während Anas Mutter als Putzfrau und Marktschreierin die Familie erhalten muss, denn die mickrige Invalidenrente des Vaters reicht natürlich bei weitem nicht. Dabei war sie damals in Kroatien Physiklehrerin gewesen.

Ab und an begegne ich Ana auf dem Markt, wo sie zusammen mit ihrem kleinen Bruder billige Galanteriewaren und Seifen verkauft. Kein Wunder, dass sie schon zweimal durchgefallen ist. Niemand hat so viel Zeit, auch wenn mein Vater, der Trottel, mir das immer wieder einbläuen will. Dann sagt er so etwas Überflüssiges wie: »Jeder kann Zeit für alles finden. Man muss nur lernen, sie richtig einzuteilen!« Solche Sprüche können nur von jemandem kommen, der nie gezwungen wurde, Haus und Hof zu verlassen. Der nie gezwungen war, zu warten. Er kann sich diese dummen Sprüche leisten. Ana und ihre Familie nicht. Sie müssen warten, ständig warten. Warten auf Arbeit, auf die staatliche Unterstützung, auf die überfällige Rente, auf das nächste, kaum erwähnenswerte Gehalt. Auf bessere Zeiten. Man könnte meinen, dass jemand beim Warten viel Zeit zur Verfügung hätte. Doch das Warten frisst die meiste Zeit auf!

Es werde nicht besser, sagt Ana immerzu, weil da draußen niemand auf einen warte. Irgendwann hat man die Schnauze voll, und wenn man die Schnauze voll hat, muss man zu drastischeren Mitteln greifen – Schwarzarbeit, Müllsammeln, Drogenhandel, Prostitution, Überleben. Dann lacht Ana herzhaft auf, wenn sie meine verdutzte Fresse sieht, und beruhigt mich: »Keine Sorge, zur Nutte werde ich nicht. So schlecht geht es uns dann doch nicht!«

Als ich meinem Vater, dem falschen Stachelschwein, einmal die Geschichte von Anas Familie erzählte, lenkte er sofort ab, erinnerte mich daran, dass meine Mutter ebenfalls eine Invalidenrente bezieht und es uns mindestens genauso dreckig geht, wenn nicht dreckiger! Dass er Mutter diese Invalidenrente nur mithilfe seiner dubiosen Beziehungen beschafft hatte, blendet er in seiner Version der Geschichte aus. Er würde nie ein fremdes Leid über sein Gejammere stellen! Gewisse Sachen wird dieser dumme Mensch nie einsehen. Sein ewiger Fehler! Und die Angst in mir, denselben Fehler zu begehen, ist groß. Die Münze wird wieder geworfen. Wieder Zahl!

»Was gibt es da zu tuscheln? Habt ihr euch etwa heimlich wieder ineinander verliebt? Und das am vorletzten Tag, mein deutscher Freund?« Wieder lacht die ganze Klasse. So wie er es liebt, Jovana zu verarschen, nimmt er auch mich regelmäßig in die Mangel: Mal ist es meine offensichtliche Zuneigung zu Ana, mal sind es meine Deutschkenntnisse, auf die er sich stürzt. Meistens spiele ich sein Spielchen mit, doch heute geht es mir gehörig auf den Sack! Ich schweige und schaue ihn scharf an.

»Švabo, du brauchst nicht gleich so böse zu schauen. Du weißt doch, dass dir hier niemand was tun kann. Bist ja schließlich einer meiner Besten! Und wenn du eine Frage hast, kannst du sie ruhig mir stellen, anstatt mit Ana zu palavern.«

»Entschuldigen Sie, Professor«, sage ich kalt, ohne ihn dabei anzusehen, »ich wollte nur schauen, was wir in der letzten Stunde gemacht haben – da war ich ja krank.«

»Du warst genauso krank wie Zelenović! Wenn du schon lügst, mein deutscher Freund, dann schau mir dabei wenigstens in die Augen! Ich sehe doch, wie du und Popović immer im Vidik abhängt. Glaubst du, ich bin auf beiden Augen blind?«

Ich grinse ihn doof an und erwidere: »Nein, Professor, Entschuldigung.«

»Spar dir das für den Jüngsten Tag. Der Herr wird schon wissen, wie mit dir umzugehen ist. Nun sag mir, was du in Anas Heft gelesen hast.«

»Die Schlacht von Cer, Professor, am 16. August 1914 …«

»Gut, kannst du aufhören zu lesen und mir sagen: Wie hieß der General auf der feindlichen Seite?« Jetzt ist er scharf wie ein Bluthund, und eine verdächtige Stille kehrt in der Klasse ein. Wenn ich nicht aufpasse, kann ich mir mein Sehr gut abschminken. »Ich weiß es nicht, Professor, ich war ja krank!«

»Mein deutscher Freund«, sagt er bestimmend, »du willst dich also mit mir anlegen?! Pass bloß auf, sonst begrabe ich dich und deine Noten unter mir! Was hast du bei mir?« Er lehnt sich wieder vor und öffnet das Klassenbuch: »Ein Sehr gut? Wie konnte das passieren? Da stimmt doch was nicht!«

»Sie sagten ja selbst, Professor, ich bin einer der Besten«, antworte ich schnell, noch bevor er seinen Stift in die Hand nehmen kann. Schließlich rechne ich mit dieser Note.

»Ich weiß, was ich gesagt habe, und sehe selbst, was hier steht. Trotzdem kann da was nicht stimmen, wenn du mir nicht mal den Namen des Feindes sagen kannst.« Zwei Reihen hinter uns versucht Danilo, mir etwas zuzuflüstern, doch ich höre es nicht deutlich genug.

»Danilo! Halt deine Klappe, sonst setzt es einen Albaner! Nun, Švabo, das musst du doch wissen, schließlich bist du hier der Deutschexperte! Soll ich Professor Lukić sagen, dass er deine Note auch nochmal überdenken soll?« Wie eine gottverdammte Maus sitze ich zwischen seinen Katzenkrallen und muss mich jetzt übel zurichten lassen, wenn ich weiterleben will.

»Ich weiß es nicht, Professor, tut mir leid!« Ein leises Kichern geht durch die Klasse, alle wissen, dass meine Entschuldigung einen Dreck wert ist.

»Potiorek, mein deutscher Freund«, sagt er sehr langsam und mit triumphierender Geste, als müsste er mir beweisen, dass er der Schlauere ist, »Potiorek heißt die Ratte, der Verbrecher! Aber unsere Jungs wussten schon, was sie ihm entgegenzusetzen hatten ...« Er hält inne, den Ausdruck in seinem Gesicht kenne ich gut. Ich wittere eine letzte Chance: Jedes Mal, wenn es um serbische Militärgeschichte geht und Marko andächtig wird, tendiert er dazu, in seinem Patriotismus zu ersaufen. Dann vergisst er sich und fängt an zu monologisieren: »Der Feind wollte über die Donau mit Belgrad und Smederevo als Zielen. Nach drei Tagen schwerer Artillerie im Nacken rückten sie schließlich über Pontonbrücken immer weiter ins Land vor. Doch der Serbe ist schlau – Analphabet, aber trotzdem schlau! Wir wussten, dass der Feind seine Kräfte in Bosnien mobilisierte. Diese kleineren Manöver der Österreicher wurden weitgehend vom Oberkommando ignoriert. Als zwischen dem 12. und dem 14. August der Feind die Drina und die Save überquerte und weiterzog Richtung Belgrad, befahl Feldmarschall Putnik den Gegenangriff. Zehn ganze Tage kämpften sie. Wie viele Nächte sie in diesen Gräben verbringen mussten, bevor sie den Feind in die Knie zwangen! Kaum älter als ihr, tief eingegraben in der Dunkelheit, bei Tag und bei Nacht! Kein einziger Stern am ganzen Himmel, nur der Rauch von den Artilleriegeschützen, der Gestank von vollgeschissenen Hosen und verdorbenen Körpern. Trotzdem kämpften sie, auch wenn einem vieles in solchen Momenten sinnlos erscheint, das könnt ihr mir glauben! Und wer erinnert sich noch an sie, diese Helden, die wie der erste Mensch, aus Schlamm und Dreck gemacht, für unseren Frieden kämpften, wer? Und jetzt? Jetzt lesen wir Kiš und sind auf einmal alle Pazifisten, große Demokraten! Verwöhnte und undankbare Luschen, das sind wir geworden! Aber auch das wird sich rächen: Gott und die Geschichte sind auf unserer Seite! Lasst euch nichts anderes einreden … Noch gehen wir vor die Hunde, sind die ewigen Verlierer, trotz aller Verbrechen, die an unserem Volk begangen wurden! Und warum? Weil es der Hegemon so will! Sie wollen uns klein halten. Denkt ja nicht, ihr könntet daran etwas ändern. Dafür müsstet ihr schon einen weiteren Bürgerkrieg anzetteln. Studieren! Ja, studieren könnt ihr, und euch später mit eurem Universitätsdiplom ordentlich den Arsch abwischen. Schaut euch doch mal um! Glaubt ihr, wir hätten nicht studiert?«

Keiner rührt sich. Alle starren wie gebannt auf Marko, der komplett den Faden verloren hat. Ich drehe mich zu Miloš, er zuckt mit den Schultern und weiß selber nicht recht, was hier vor sich geht. Marko redet unterdessen weiter – und versucht den Faden wiederzufinden: »Dostojewski sagt es doch selbst, wenn er Raskolnikow die Waffe in die Hand drückt und ihn zum Mord zwingt: Das Ziel rechtfertigt die Mittel! Und Ehre, Stolz, Vaterland, nein, ein starkes und großes und reines Vaterland, das sind Ziele, für die es sich zu kämpfen lohnt! Glaubt nicht, ich hätte im Krieg meinen Verstand gelassen. Mein Gewissen ist rein wie die Verse Lermontows. Unsere Helden, die aus dem Schlamm und dem Schmutz und dem Krieg unsere Welt geboren haben, ausgerechnet sie sollen in Vergessenheit geraten, nur weil sich jemand Demokratie auf die Fahnen geschrieben hat? Verräter, einer nach dem anderen, das sage ich euch!«

Ich frage mich, ob Marko das, was er sagt, ernst meint, oder ob er nicht doch seinen Verstand in Sarajevo gelassen hat. Vielleicht sieht er auch den Schlamm und den Schmutz nicht, in dem wir *jetzt* leben. Vielleicht aber leben wir ja doch in diesem großen

Vaterland, das er beschwört, und *ich* bin derjenige, der nichts von alledem versteht. Kopf, Kopf, Kopf!

Plötzlich fällt mir ein, weshalb mich die Überschrift in Anas Heft aufhorchen ließ. Ich zeige vorsichtig auf, was Marko jedoch nicht davon abhält, weiterzuschwadronieren: »Nun denn, leben müssen wir damit! Und doch dürft ihr die Namen unserer Feinde nie und niemals vergessen. Das ist es, was am Ende übrig bleibt: Unsere Feinde haben uns erst zu dem gemacht, was wir heute sind! Im Ausland werden sie nicht müde, die Namen unserer Helden durch den Dreck zu ziehen, also werdet auch ihr nicht müde, dasselbe mit ihren Verbrechern zu tun. Vielleicht gibt es doch noch so etwas wie eine Gerechtigkeit in der Vergeltung. Mehr kann ich euch nicht geben an eurem letzten Tag bei mir. Nehmt es und tut damit, was ihr wollt. Von nun an gilt: Meine Schäfchen – hütet euch selbst!«

Er streicht sich mit der Hand durch die mattgrauen Haare, während ein leises Raunen und Kichern die Klasse langsam aus ihrer Blase schält. Professor Marko hält kurz inne und stößt einen tiefen, fast verzweifelten Seufzer aus. Ich halte meine Hand noch immer halb in der Höhe, obwohl ich weiß, dass es schon lange nicht mehr um meine Note und deren Rettung geht: Marko spielt einfach mal wieder sein Spiel. Heute jedoch hat er einen traurigen Höhepunkt erreicht. Als wäre Serbien das Thema Nummer eins bei den Westlern, dabei interessieren die sich einen Scheißdreck für uns! Keiner schert sich mehr um den wütenden Zwerg. Ich weiß nicht, ob ich Mitleid oder Verachtung für Marko empfinden soll, vielleicht beides. Das Schlimmste an der ganzen Sache ist jedoch, dass die meisten hier zwar kapieren, was für einen Schwachsinn er von sich gibt – aber wir wurden zum Schweigen erzogen. Wir sind hier in keiner Schule. Wir waren nie in einer. Vier Jahre Geschichtsunterricht bei Marko fühlen sich heute, an diesem vorletzten Schultag, wie der Abschluss eines Ausbildungslagers für Verrückte und Zwangsgestörte an.

Diese ewige Litanei, diese ewige Wiederholung: die Helden, das Leid, das Pathos, mit dem sie beschworen werden, all das wird auf meiner Stirn wie ein ekliger Rußfilm kleben, wenn ich die Grenze erst einmal passiert habe und ankomme in einer neuen Stadt: Eine Entscheidung muss her, und zwar schnell!

Plötzlich hat mich Marko wieder fest im Visier. Er sieht die verstohlene Geste, mit der ich meine Hand wieder runternehme. Als hätte ihn diese unscheinbare Bewegung aus seiner faschistischen Melancholie geweckt, spitzt er seine Lippen: »Also, mein deutscher Freund, was machen wir nun, da du nicht mal den Schergen Potiorek kennst? Retten kannst du dich nicht mehr. Ich glaube, eine Drei ist deinem Versagen angemessen. Oder hast du mir noch etwas zu sagen?«

»Bitte, Professor«, erwidere ich nervös, »ich wollte nur erklären, wieso ich Ana nach der letzten Einheit gefragt habe!«

»Nun denn, erkläre es mir. Vielleicht widerfährt dir ja so etwas wie Gnade …« Er steht auf und dreht der Klasse seinen breiten Rücken zu, sodass die grüne ausgefranste Armeejacke, die er immer trägt, in ihrer ganzen Schäbigkeit sichtbar wird.

Ich hole noch einmal tief Luft und beginne mit dem letzten Rettungsversuch: »Die Überschrift, Professor, die Schlacht von Cer, die hat mich an irgendetwas erinnert … Ich weiß, ich habe es irgendwo schon mal gehört. Dann ist es mir wieder eingefallen: Der Urgroßvater meines Vaters ist bei dieser Schlacht gefallen, Professor! Als Kind war ich sogar dort. Damals wurden feierlich die Namen aller Gefallenen vorgelesen, sogar die der Österreicher!«

Ich spüre, wie einige meiner Klassenkameraden mich gerade in der Luft zerreißen. Manche von ihnen wollen mich einfach bluten sehen, das weiß ich. Schließlich bin ich der Švabo, der deutsche Freund. Doch diesen Gefallen tue ich ihnen nicht. Nicht am vorletzten Tag. Wenn ich schon auf die Schnauze fallen muss, dann will ich wenigstens den Sturz abfedern – auch wenn das bedeutet, mit billigen Tricks zu arbeiten! Ich drehe mich nochmal zu Miloš, der mir zunickt und mir damit so etwas wie einen kleinen Triumph bescheinigt. Daneben formt Dane mit Zeigefinger und Daumen ein Arschloch, durch das er seine Zunge fahren lässt. Ich wende mich ab, während sich vorne Marko wieder der Klasse zuwendet, ein kümmerliches Kreidestück in seinen Händen: »Wieso sagst du das nicht gleich, mein deutscher Freund«, fragt er mit unüberhörbarem Spott in seiner bassigen Stimme, »das ändert natürlich alles, dein Ururgroßvater war schließlich ein Held! Vielleicht sollte von nun an jeder von euch, der einen Veteranen in der Familie hat, sich die Note selber eintragen, was meint ihr?« Jemand aus den hinteren Reihen lacht laut auf, und eine Welle der Euphorie erfasst plötzlich die Klasse. Wie sechsundvierzig Grenzdebile beginnen die Schüler durcheinanderzureden: »Mein Großvater war bei den Partisanen, Professor!«

»Mein Urgroßvater war unter den Befreiern Belgrads.«

»Professor, zählt mein Großvater auch zu den Kriegshelden? Er war vier, als der Krieg anfing. Immerhin hat er's überlebt!«

»Ich trage mir gleich ein Sehr gut ein, Professor, machen Sie sich keine Mühe!«

Auch Miloš steht auf und lässt sich mitreißen. Schließlich liebt auch er es zu sehr, mich zu verarschen: »Mein Ururgroßvater hat genau wie sein Ururgroßvater an der Schlacht von Cer teilgenommen, Professor. Wenn mich nicht alles täuscht, haben sie sogar einen Nachttopf geteilt!«

»Haltet jetzt endlich die Klappe!«, dröhnt es aus Markos lautem Organ. Nichts Bösartiges steckt in seiner Ermahnung, mehr etwas Väterliches, etwas Zufriedenes. Schließlich provozierte er diesen Ausnahmezustand: »Popović, du pflanzt sofort deinen Hintern auf den Sessel, sonst darfst du den Sommer neben mir im Lehrerzimmer verbringen! Und du, mein deutscher Freund«, sagt er mit Nachdruck und sehr langsam, seinen Blick jetzt vollends auf mich gerichtet, »nur weil dein Vorfahr ein großer Mann war, der unserem Vaterland durch seinen Tod die größte Ehre erwiesen hat, bleibst du trotzdem eine treulose Laus! Dass du es überhaupt wagst, dich durch seine Tat hier aus der Schlinge ziehen zu wollen. Was hast du schließlich in deinem Leben erreicht, das sein Heldentod nicht sofort aufhebt!?«

Nun habe *ich* den Faden verloren und glotze Marko mit großen Augen an. Dieser bleckt mir die Zähne entgegen und schwitzt noch immer wie ein Schwein. Draußen stapeln sich die Celsiusgrade zur größten Hitze seit Anfang des Sommers, und er steht da in seiner dicken giftgrünen Armeejacke! Kein Wunder, dass er schwitzt. Und Marko scheint es ernsthaft auf mich abgesehen zu haben. Viele Schüler schon hat er verrissen, manche zum Teil noch schlimmer als mich heute, doch mir gegenüber war er wegen meiner guten Leistung immer gnädig gestimmt. Vielleicht riecht er ja, dass ich abhauen will. Zahl! Wieso jetzt auf einmal wieder Zahl?

»Entschuldigen Sie, Professor, ich wollte mich nicht rechtfertigen. Es war nur eine Anmerkung, weil Sie mich gefragt haben, wieso ich mit Ana geredet habe. Dass mir das eingefallen ist, war reiner Zufall.«

»Zufall! Zufall? Also jetzt wirst du auch noch zum Häretiker«, er spielt den Empörten, »heute enttäuschst du mich wirklich! Was für ein gottloses Pack wir doch hier heranzüchten. Ich erkläre euch jetzt etwas, hört mir genau zu. Auch du, Švabo, schließlich hast du es provoziert. Wisst ihr, Kinder, das Schönste an einem Krieg, vorausgesetzt, man hat selber daran teilgenommen und ihn überlebt, ist, dass man ohne weiteres sagen kann: Ich erzähle euch jetzt mal eine Anekdote aus dem Krieg!« Und wieder ist es ruhig in der Klasse, eine dumpfe Stille wie unter einer Membran. So stelle ich mir die Stille am Grunde des Meeres vor oder im Inneren eines Steins. Ich spüre, wie alle Augen auf mich gerichtet sind, als wollten sie mich fragen, was hier vor sich geht. Auch Ana schaut mich verwirrt an und wispert mir zu: »Was hast du getan?« Ich zucke mit den Schultern, frage mich aber doch, was ich mit all dem zu tun habe.

Plötzlich kommt mir der tote Zujke wieder in den Sinn. Kein Gras also, das diesen Wahnsinn irgendwie vergessen machen könnte. Und das ist erst die zweite Stunde heute! Als ich mich umdrehe, schüttelt Miloš nur den Kopf. Ich forme mit der Hand eine Pistole, halte sie mir an die Schläfe und drücke ab.

»Ich kannte mal einen Mann«, hebt Marko wieder an, »mit dem ich in Sarajevo einige Wochen auf einem Aussichtsposten verbracht hatte, ein unangenehmer, grobschlächtiger Zeitgenosse, eine monströse Erscheinung, vor der man sich ordentlich anscheißt. Gott behüte, jemand käme ihm vor die Linse, ein Schuss, und die Lichter gehen aus! Eines Tages, es herrscht die berühmte *Demokratie* bei uns im Land, und der Mann ist schon längst wieder in der Heimat – eines Tages also sitzt er in seiner Stammkneipe am Tresen und nippt an seinem Glas, und ein Schmächtling mittleren Alters setzt sich neben ihn. Umgehend bestellt mein Freund dem Neuen ein Glas des besten Cognacs, den dieser aber dankend ablehnt, mit der Begründung, dass er überzeugter Muslim sei. Mein Freund lacht herzhaft auf, klopft ihm auf die Schulter und fordert ihn ein weiteres Mal auf, zu trinken – *sich selbst zuliebe*. Der Muslim aber, sichtlich verwirrt, lehnt ab und fragt ihn, wieso er so etwas von ihm verlange. Daraufhin schaut ihm mein Freund, dieser einst so vortreffliche Schütze, tief in die Augen und sagt: ›Du sollst trinken und dein Leben feiern – damals in Sarajevo, als ich gerade dein Gesicht, ja: dein Gesicht!, vor der Linse hatte … Normalerweise hätte ich unter solch perfekten Bedingungen sofort abgedrückt, doch irgendetwas hielt mich davon ab … Ich habe dein Leben verschont und fühlte mich gut dabei! Deshalb, *mein Freund*, vergiss deine Religion, erinnere dich daran, dass wir einmal keine Freunde waren, und feiere verdammt nochmal dein jämmerliches Leben!‹«

Marko macht eine Pause. Sein Blick ruht über der verstummten Klasse wie das Urteil gnadenloser Väter. In diesen Momenten fühlt er sich am mächtigsten, wenn er denkt, er hat alles unter Kontrolle. Jemand räuspert sich. Über den Köpfen der Schüler in den vorderen Reihen flirren die Umrisse einiger Mücken – wie die Vorboten einer sich anbahnenden Ohnmacht. Jetzt ist mir endgültig schlecht. Ich will nach Hause. In Träumen kommt es mir oft so vor, als würde alles um mich erstarren und das einzig Bewegliche bleibe ich – nun ist es nicht anders. Die immer gleiche Hilflosigkeit. Ich kann diese Geschichten, die Marko oder mein Vater jeden Tag aufs Neue beschwören, nicht mehr hören! Ich will sie nicht mehr hören! Ich will weg!

Plötzlich bewegt sich jemand hinter uns – ohne aufgerufen worden zu sein, fragt Dane: »Und, Professor, hat der Mann den Cognac getrunken?« Voller Wut und halb gelähmt vor Hitze, drehe ich mich zu ihm und fauche ihn an: »Was ist das denn für eine bescheuerte Frage, du Idiot!«

»Was willst du, du Wichser?«, faucht er zurück, und wir plustern uns auf wie zwei Hähne. Ich weiß nicht, was ich hier mache. Sonst berührt mich so schnell nichts. Marko, der sichtlich Gefallen an der ganzen Lächerlichkeit gefunden hat, steht wieder auf und ermahnt uns: »Seid ruhig! Švabo, dreh dich um und halt endlich deine Klappe, du hast heute schon genug von dir gegeben. Vergiss dein Sehr gut, hier hast du ein Gut, und damit hat es sich!« Er nimmt den roten Stift in die Hand und trägt mit sicherem Schwung in das Klassenbuch die Note ein. So viel Scheiße – und weswegen, frage ich mich und verstumme. Das dumme Spiel ist damit zu Ende, während Marko für die letzten fünf Minuten einen Nachschlag austeilt: »Und du, Dane! Sag mir stellvertretend für unseren deutschen Freund hier, was ist das für eine bescheuerte Frage?«

»Das ist überhaupt keine bescheuerte Frage, Professor«, er hat sich immer noch nicht hingesetzt und steht gekrümmt da,

»Sie haben doch selbst gesagt, dass er ihm den teuersten Cognac spendiert hat. So etwas lässt man doch nicht stehen!«

»Dane«, erwidert Marko bedächtig, den Ausdruck falscher Väter im Gesicht, »würdest du einmal in deinem Leben zuhören, wüsstest du, dass es in meiner Geschichte nicht um den Cognac geht. Es geht ja nicht einmal um den Krieg!«

»Um was geht es dann, Professor?«

»Um Gott, mein lieber Junge, um Gott und nichts anderes. Ich wollte unserem deutschen Freund hier beweisen, dass es so etwas wie seinen *Zufall* nicht geben kann. Es gibt nur eins, nämlich die Gnade unsres Gottes. Und diejenigen, denen sie widerfährt, dürfen sich zu den glücklichen unter den Wirbeltieren zählen. Glaubt mir, ich habe einige Menschen gesehen, denen diese Ehre nicht zuteilwurde!« Er bewegt seine Hände ruckartig, als würde er ein Gewehr ansetzen und auf Dane feuern, und schon sind wir wieder in unserer Dauerschleife gefangen: Die Klasse lacht wie auf Abruf, Dane lässt sich auf das Spiel ein, fällt theatralisch auf seinen Sessel. Auch ich stimme diesmal mit ein, nun habe ich ja meine Note und will zumindest einem kleinen Teil meiner Verwirrung Raum geben. Marko kann sich wieder bestätigt fühlen in diesem Meer an überschwappender Dummheit. Eine ganze Generation für den Arsch! Und weit und breit ist niemand da, der uns sagen könnte, dass unsere eigenen Kinder nicht genauso debil werden wie wir. Schade, denke ich mir immer wieder, aus Marko hätte genau das werden können, was vielen von uns fehlt: ein Vorbild.

Und während wir so vor uns hindämmern in der Nachmittagshitze, setzt Marko noch ein Letztes obendrauf: »Ja, Kinder, jetzt lacht ihr, aber im Krieg lernt man einiges – ich bin erst im Krieg zum Musiker geworden!«

»Was spielen Sie denn, Professor«, fragt Jovana, die dumme Bonzentochter, noch ein letztes Mal.

»Was wohl, Jovana, Cello natürlich.« Und wie ein Irrer, der

im entscheidenden Augenblick seinen Verstand verliert, lacht er tief in die Klasse hinein und streicht wie mit einem Bogen seine rechte Hand über die steife linke. Durchschneidet unsichtbare Kehlen mit unsichtbarem Messer.

Southern trees bear a strange fruit,
blood on the leaves and blood at the root …
ABEL MEEROPOL

Wie eine Säule stand die Nacht vor uns. Als wir gegen vier Uhr in der Früh den ungarischen Grenzposten erreichten, war ich von einigen sich lautstark in der Dunkelheit streckenden Körpern geweckt worden. Der Fahrer ließ das Licht im Bus aus, sodass ich nicht erkennen konnte, ob die Gestalt, die neben mir saß, immer noch der Elektriker war oder mir die Finsternis seine Umrisse vorgaukelte.

Wir standen in Sichtweite des Grenzübergangs, der zu meinem Erstaunen menschenleer war. Keine kilometerlangen Kolonnen, wie sie heute Nachmittag von den Fahrern angekündigt worden waren, keine wartenden Lastwägen am Pannenstreifen, keine kettenrauchenden Männer vor ihren mit westlicher Ware gefüllten Vehikeln. Vor allem aber konnte ich nichts von dem erkennen, wovon die Nachrichten und Zeitungen seit Jahren beinahe täglich Bilder lieferten und damit ihre Newsfeeds füllten: Nichts wies darauf hin, dass sich gleich hinter dem Stacheldrahtverhau das Elend stapelte, Menschen seit unzähligen Monaten, Tagen, Stunden auf irgendjemandes Gnade warteten, Kinder geboren wurden, frische Gräber unterm Nachtfrost erstarrten. Nicht einmal der Wind blies – die Dunkelheit hatte alles geschluckt. Und ich konnte nur noch raten, ob es sich bei den aufblitzenden Lichtern jenseits des Grenzzauns um Taschenlampen handelte oder ob mir meine Müdigkeit einen Streich spielte.

Im Grunde wunderte es mich nicht, dass ich nichts und niemanden sah, ich war viel zu spät angekommen, als alles schon vorbei war, die Menschen seit langer Zeit eingepfercht, zum Warten verdonnertes Mastvieh – aus den Augen, aus dem Sinn. Irgendwann hatte jemand das Licht ausgemacht, und nun saßen wir hier ganz allein im Dunkeln, eine zu Klumpen erstarrte Körpermasse, ein gesichtsloser Trupp, der im Gegensatz zu den Menschen da draußen ohne viel Mühe Grenzen passieren durfte, um – wie man so schön sagte – *Heimat zu tanken*, billige Ware für Freunde zu schmuggeln, sich einen ordentlichen Rausch mit selbstgebrannten Schnäpsen anzutrinken oder die Leichen geliebter Verwandter zu begraben.

Der Unterschied lag allein in der Selbstverständlichkeit, mit der wir all diese Dinge taten, während andere wie gelähmt auf irgendwelchen Territorien verharrten. War es doch bei uns vor kurzer Zeit nicht anders gewesen: Alle, von Zoran vorne bis zum verängstigten Kind in der hinteren Reihe, alle wussten wir, dass nichts an unserer Situation selbstverständlich war. Der Krieg hatte es uns eingebläut, die Diaspora unter die Haut gestochen. Wir selber waren nur Geduldete, die ihre inneren Kalender nach der nächsten Visumsverlängerung ausrichteten. Und in unseren Pässen prangten wie zum Beweis die Daueraufenthaltsgenehmigungen mitsamt den Arbeitsmarktzugängen, die uns unsere geliehenen Identitäten bescheinigten. Insgeheim hatten wir auch Schiss vor dem, was hinter der vertrauten Grenze auf uns wartete: Obwohl wir die Heimat nie und nimmer hätten vergessen können – vielleicht hatte die Heimat uns vergessen! Vielleicht aber ging es auch nur mir so, ich war jahrelang nicht mehr hier gewesen – andere passierten diesen Grenzabschnitt jeden Tag!

Beim Anblick dieser dicken, undurchlässigen Dunkelheit wurde mir jedenfalls klar, dass ich viel mehr mit jenen gemeinsam hatte, die draußen auf Schlupflöcher warteten, als mit den Leuten hier drinnen: Für uns alle war Serbien zu so etwas wie einer Sackgasse geworden, einem Niemandsland, in dem keiner von uns bleiben wollte, und trotzdem waren wir unweigerlich und für immer mit ihm verbunden. Es gab kein Entrinnen, nur die

Flucht in die Gleichgültigkeit. Und diese Gleichgültigkeit sprach letzten Endes das aus, wogegen mein Gewissen sich stemmte: Ich konnte mir mein Mitleid in den Arsch stecken, denn es war scheißegal geworden. Das Land, die Eltern, ihr Präsident, ganze Familien, irgendwelche Elektriker und Hobbyautoren, die Menschen hier drinnen, die Menschen da draußen. Sie alle waren von der Dunkelheit geschluckt worden. Sie existierten nicht!

Stille. Um die grellen Flutlichter draußen bildeten Insektenschwärme eine Traube. Vorne beim Schranken bewegte sich etwas: War da jemand, ein Mensch vielleicht oder gar mehrere? Vielleicht war es auch niemand, und die Müdigkeit gaukelte mir wieder etwas vor.

Noch acht Stunden bis zu Großmutters Beerdigung, dachte ich mit dem Blick auf mein Handy. Mein Widerwille gegen diese Fahrt schwand langsam wieder. Nun, da das Niemandsland so nah war und Wien so weit weg, setzte der Ekel ein.

Weil ich mir kein Zimmer in der Stadt leisten konnte, musste ich zwangsläufig bei meinen Eltern unterkommen. Zwar würde zwischen Zeremonie und eigentlichem Begräbnis nicht viel Zeit sein – was mir nur recht war –, doch bei dem Gedanken an eine Begegnung mit meinem Vater stieß es mir sauer auf. Ich wollte nicht mit ihm reden, worüber auch? Ich wollte ihm nicht einmal die Hand schütteln – er hatte nur Urteile für mich parat, absolute und unumstößliche Antworten. Insgeheim aber überwog in mir die Angst, etwas, das allein mir gehörte, bei ihm wiederzufinden. In seinen Gesten, in seinem Sprechen, in seiner ganzen Art.

Zwei Tage, dann würde ich wieder verschwinden. Übermorgen fuhr ein Bus über Timişoara nach Szeged und dann weiter Richtung Wien. Zwei Tage, mehr wollte ich mir nicht zumuten. Meine Mutter, die vieles zwischen Vater und Sohn abfedern und wieder richten wollte, war zwar da, das beruhigte mich aber wenig.

Außerdem ließ mich das lange und groteske Gespräch mit

meinem Reisepartner nicht los. Auch wenn er immer erträglicher geworden war, stutzte ich dennoch beim Gedanken an ihn: die Vertrautheit seiner Sätze, die er wie mein ehemaliger Geschichtslehrer herunterbetete, diese Hinterfotzigkeit gepaart mit einer wilden Vorstellung vom Leben. Jede Regung dieses Hobbyberserkers empfand ich als feindlich, obwohl er nur die allerbesten Absichten verfolgte, wie er mir immer wieder klarzumachen versuchte. Das bitterböse Grinsen und die Kanten seines anämisch blassen Gesichts verfolgten mich. Bis in die verwinkelten Abgründe eines Traums, dessen Ausgang ich in dieser Dunkelheit nicht nachzeichnen konnte, war ich ihm ausgeliefert. Oder waren es seine toten Augen, die mich an Automaten denken ließen?

Ich schloss meine Augen und atmete langsam ein und aus, um mich zu beruhigen. Als ich sie wieder öffnete, streckte Zorans Frau sich gerade und suchte im Dunkeln nach ihrem in jeder Hinsicht verlorenen Ehemann. Ansonsten blieb alles verdächtig still. Auch nachdem einer der Fahrer vor uns auftauchte und im Flüsterton erklärte, dass an der Grenze gerade Schichtwechsel sei und wir noch eine ganze Stunde warten müssten, geschah nichts.

Misstrauisch blickte ich umher. Es war zu ruhig für eine sonst so laute Reisegesellschaft. Als hätte die Stilllegung des Motors auch zur Stilllegung der Businsassen geführt. Oft geschah es, dass in meinen Träumen alles um mich herum erstarrte. Nun war es nicht anders. Sosehr ich meine Augen anstrengte, sie wollten sich nicht an die Dunkelheit anpassen.

Mein Sitznachbar schlief, er atmete schwer. Vielleicht hatte sich unsere Konversation auch in seinen Träumen festgesetzt. Schon der Gedanke daran wirkte beruhigend auf mich. Dennoch saß ich in meinem Sitz wie einzementiert und wartete, dass etwas passierte, jemand das Licht anmachte oder wenigstens das knarzende Radio – schließlich mussten wir uns alle auf den Grenzübertritt vorbereiten, Pässe und Visa auspacken, den Halbschlaf von unseren Mienen schütteln, damit der Abgleich mit den erschrocken dreinblickenden Gesichtern auf den Passfotos reibungslos ablaufen konnte. Alle wussten, wie unangenehm die ungarischen Zollbeamten an diesem Grenzabschnitt waren. Und trotzdem störte diese trügerische Ruhe niemanden, mehr noch: Alle verharrten stur auf ihren Sitzen, als wäre ein stummer Protest im Gange. Fast wollte ich aufstehen und das Licht anmachen, das Radio laut aufdrehen, die Leute wachrütteln, an ihren Kleidern zerren, sie anbrüllen und ihnen ins Gesicht schreien: Was ihr da tut, ist Unrecht gegenüber denjenigen, die vorbereitet so eine Grenze passieren!

Doch ich hielt mich zurück. Dies war nicht der richtige Augenblick, um Revolutionen loszutreten, vor allem nicht für mich. Wer war ich denn in den Augen derer, die in diesem Bus die Regeln machten? Hatte ich mir nicht selbst von Anfang an einen Platz im durchdachten System *Gastarbeiterexpress* zugeteilt? Der, dem man die Schuld in die Schuhe schieben konnte, egal wofür, genau der wollte ich sein! Also saßen wir da: der Sündenbock und der selbsternannte Märtyrer, Elektriker, Sohn eines verbrecherischen Vaters und Chronist einer Gesellschaft, die wir beide zutiefst verachteten und gleichzeitig hemmungslos verehrten, der wir unweigerlich angehörten – der wir nicht entkommen konnten.

Früher oder später würden sie das Licht einschalten und uns alle aus dem Bus zerren. Dann käme von irgendwo der Befehl, und wir alle, ausnahmslos, würden tanzen, im Kreis, wenn es denn sein musste.

Tatsächlich: Vorne beim Schranken bewegten sich mehrere Gestalten, bildeten eine Traube wie die zahllosen Insekten ums Licht. Ich konnte nicht genau erkennen, wie viele es waren, aber irgendetwas schien ihre Gemüter in Wallung gebracht zu haben, sie bewegten sich unnatürlich, geradezu spastisch. Zwischen den vielen Männern in Uniform und ihren schweren Stiefeln tauchte ein Mann mit kurzärmligem Hemd und Flipflops an den Füßen auf. Obwohl mir die Szene nicht ganz geheuer war – etwas Anmutiges lag in der Luft. Ich kniff meine Augen zusammen: Ein kleiner grauer PKW stand vor dem Schranken, alle Türen des Wagens waren offen, die Scheinwerfer an. Eine Kontrolle, dachte ich, und versuchte zu erkennen, weshalb die Leute am Weiterfahren gehindert wurden. Kein Laut drang ins Innere des Busses, meine Mitreisenden schien die Szene nicht zu interessieren. Sie dämmerten immer noch vor sich hin wie Schafe in der Mittagssonne.

Draußen indessen lichteten sich die Reihen, und ich sah wieder den sommerlich gekleideten Mann, wie er gerade seine Hände faltete und sich auf den Boden warf. Eine rundliche Frau mit losem Schleier um den Kopf versuchte ihn davor zu bewahren, zu hart auf dem Asphalt aufzuschlagen – doch es gelang ihr nicht. Ihre Gesichter waren verschwommen – ich setzte dem Mann eine tränenüberströmte und der Frau eine verzweifelte Miene auf. Die Situation hatte etwas Aussichtsloses, fast Jämmerliches an sich.

Die Zollbeamten schienen über diese Aussichtslosigkeit amüsiert zu sein, geradezu entzückt. Einer hielt sich den fetten Wanst, während sich seine Kollegen zufrieden auf die Schultern klopften. Ihre Zähne blitzten. Es war wirklich ein Vergnügen, ihnen dabei zuzuschauen, mit welcher Gelassenheit sie diese armen Schweine malträtierten: Sie waren Zöllner und hatten alles unter Kontrolle. Die anderen blieben kleine Menschen, und ich hier drinnen eine ehrlose Made. Die Welt war nicht im Gleichgewicht. Das beruhigte mich ungemein. Ich blieb auf meinem Sitz und stieß einen kurzen, aber dennoch kräftigen Lacher aus.

Doch plötzlich kippte die heitere Stimmung der Beamten. Sie hielten einen Augenblick lang inne und schauten herüber zu unserem Bus. Dort war einer aufgetaucht, und als er weiter ins Licht rückte, sah ich, dass es noch ein Beamter war, jedoch in einer strengeren Uniform und mit einer Militärkappe auf dem Kopf. Er ging strammen Schritts auf das Fahrzeug zu, während die anderen sich in Reih und Glied aufstellten – ihre Angst war bis hierher spürbar. Sogar die zwei auf dem Asphalt kauernden Gestalten schauten auf und versteinerten bei seinem Anblick.

Nun war ich mittendrin, stand neben den anderen Zöllnern, die ich als meine Kollegen und guten Freunde wiedererkannte, und schiss mir vor unserem Vorgesetzten gehörig die Hosen voll. Als er beim Fahrzeug ankam, schaute er, die Mütze tief in sein Gesicht gedrückt, zuerst in unsere Richtung und nickte – wir antworteten mit einer steifen Geste. Daraufhin drehte er sich um und zog mit einiger Anstrengung ein Kind aus dem Wagen. Der kraushaarige Junge zitterte am ganzen Körper, einen grünen Stoffbären fest an sich pressend. Die Schreie, die er ausstieß, ließen auch den Mann am Boden wieder wach werden. Er protestierte laut in einer mir fremden Sprache und fuchtelte mit den Händen, ich verpasste ihm mit der Selbstverständlichkeit eines Beamtensohnes einen Schlag in die Eingeweide.

Als unser Vorgesetzter sich wieder an uns wandte, hatte er bereits seine Kappe abgelegt, und ich erkannte, dass er bis in die feinsten Züge das Gesicht meines Vaters trug. Er schaute jeden von uns scharf an. Und wir konnten nichts weiter tun, als kerzengrade dazustehen und die Fresse zu halten, zu sehr überwog die Angst, von ihm in die Dunkelheit gezerrt zu werden. Diese Dunkelheit war sein Zuhause, und wir waren treue Wachhunde. Der Junge wurde panisch, bekam kaum noch Luft und würgte verkrampft den Schleim und die Tränen in sich hinein. Er regte sich zwar kaum mehr, dennoch wurde es unserem Vorgesetzten zu viel – schließlich wollte er während seiner Maßregelungen absolute Ruhe haben!

Er hob das Kind mit einem Mal hoch und ließ es mit voller Wucht auf dem Boden aufschlagen. Der Junge, der mit seiner linken Hand immer noch den Bären festhielt, war bewusstlos. Er atmete aber noch, gleichmäßig und leise, als würde er schlafen. So mochte der Herr sie am liebsten: wenn sie noch atmeten. Und er würde dafür sorgen, dass sie noch atmeten. Wir alle grinsten zufrieden. Auch die Reißzähne unseres Herrn blitzten kurz auf. Hinter uns war kein Laut zu vernehmen, doch wir alle wussten, dass den Eltern der Horror in den Gesichtern stand, ihre Mäuler weit aufgerissen. Es würde ein wahrer Genuss werden, sie ein wenig zu verprügeln, sobald der Herr verschwunden wäre.

Dieser beendete seine Visite mit einer Demonstration seines strenggeschorenen Schnauzers, indem er die Oberlippe nach vorne schob. Er rückte seine Uniform zurecht, griff nach der freien Hand des Kindes und schleifte es über den vom einsetzenden Regen schon nassen Asphalt. Wir sahen ihm noch einige Sekunden zu – voller Erleichterung, weil er das Kind mit in die Dunkelheit genommen hatte und keinen von uns. Langsam verschwamm sein Umriss, und er verschwand hinter der dicken Wand, die die Nacht für uns und unsere Verbrechen errichtet hatte – dann verschwand auch der Körper des Jungen.

»Sie scheinen sich ja genüsslich zu amüsieren!« Mein Reisepartner saß im dünnen Lichtkegel der Leselampe. Ein breiter Schatten fiel über seinen Mund, sodass es den Anschein hatte, als würde er gähnen.

»Kennen Sie das«, sagte ich zu ihm und versuchte, gleichgültig zu wirken, »wenn im Traum alles um einen herum erstarrt? Ich träume oft von meiner Großmutter, wie sie am Fenster sitzt und die letzten Lichtstrahlen des Tages auffängt. Sie kleben an ihr wie etwas Unnatürliches, wie Blattgold an Ikonen. Sie bewegt sich nicht, keinen Zentimeter, gar nichts bewegt sich. Ein Stillleben, und meine Großmutter ist darin eine Vase oder ein Apfel oder eine erloschene Kerze. Verstehen Sie, was ich meine?«

»Ich schätze Sie ja«, erwiderte er nachdenklich, »wir müssen aber endlich weiterkommen, finden Sie nicht? Die Väter, die Verbrecher, die Präsidenten, das ist doch Schnee von gestern! Vielleicht sollten wir alle nicken, wenn jemand uns zu Kanonenfutter verarbeiten will. Und der Schlaf – das Leben ist zu kurz und diese Fahrten viel zu spannend, um sie mit so etwas Überflüssigem wie Schlaf zu vergeuden. Das ist wie Schummeln!« Ich sah ihn unschlüssig an.

»Ach, vergessen Sie es!«, sagte er, »oder, nein, sparen Sie es sich für unsere nächste Begegnung auf! Uns beiden ist mit Sicherheit ein Wiedersehen beschert – ich muss Ihnen ja noch verraten, wie mein Buch ausgeht! Dann können Sie mir auch erzählen, wie tief so ein Grab in Wirklichkeit ist.« Er beugte sich vor und fing an, seine Sachen hervorzukramen.

»Wie? Sie gehen schon?«

»Natürlich, mein Lieber, was denken Sie? Ich muss dringend los. Die Morgenschicht nimmt gleich ihre Arbeit auf. Ich möchte unbedingt der Erste sein!«

»Aber wo wollen Sie denn hin? Die Fahrt ist noch nicht vorbei. Wir haben doch noch Zeit!«

Ich war erstaunt, dass in meiner Stimme etwas Verzweifeltes mitschwang. Unruhe erfasste mich, so, als ob etwas aus den Fugen geraten könnte. Ich wollte nicht, dass er geht – er war der Einzige, der all das hier verstand. Doch er ließ sich nicht beirren: »Ach, mein Lieber. Machen Sie sich keine Sorgen. Für mich endet diese Fahrt hier. Letztendlich folgt jeder seinem eigenen Ritual. Oder haben Sie nicht genug von diesem Gesindel hier?« Er lachte energisch auf.

»Spaß beiseite – auch ich kann nicht genug von all diesen Geschichten bekommen, ich bin schließlich immer noch Chronist! Aber meiden Sie Friedhöfe: Bei so vielen unerzählten Geschichten an einem Ort kann einem nur übel werden. Machen Sie es gut!«

»Aber wieso jetzt?«, fragte ich. Ich wollte mich nicht so leicht geschlagen geben.

»Eine alte Regel von mir«, antwortete er mit einem Zwinkern, »schließlich gehört eine ordentliche Grenze zu Fuß überschritten. Und wer weiß, vielleicht erheische ich ja eins von diesen Tieren, die dort hinter dem Zaun gehalten werden!«

Er streckte mir seine große, schwere Hand entgegen. Und seltsam, als ich sie ergriff, spürte ich zum ersten Mal seit langer Zeit ein wohliges Gefühl in meinem Körper – als hätte jemand ein schiefes Bild geradegerückt, alle Fenster einer verstaubten Wohnung aufgerissen. Ich holte tief Luft und hatte plötzlich den Geruch von angebrannten Mülltonen und trockenem Gras in der Nase.

Als er draußen war, schaute ich ihm noch eine Weile zu, wie er sich dem Grenzposten näherte, er wankte wie ein gottverdammter Pinguin. Alles war ruhig. Niemand war zu sehen.

Als ich die Augen wieder öffnete, musste plötzlich alles schnell gehen: Zorans Frau händigte ihren Pass dem ungarischen Grenzbeamten aus – und schon stand dieser wie ein Baum vor mir und knurrte, weil ich meinen nicht bereithielt. Schlaftrunken beugte ich mich zu meinem Rucksack und suchte nach der Mappe, in der ich die Dokumente verstaut hatte. Der Sitz neben mir war leer. Nichts deutete mehr auf die Anwesenheit meines Reisepartners hin. Erst jetzt begannen widerstrebende Gefühle in mir aufzukochen, und Fetzen eines sonderbaren Traums schoben sich vor meine Gedanken. Schmutz und Schweiß klebten wie ein Verbrechen an mir.

Ich schaute nach draußen, wo Leute vor ihren Autos warteten und stumm den Zigarettenqualm aus ihren Lungen pusteten. Vorne beim Schranken lief die Abfertigung auf Hochtouren: Im Sekundentakt kamen uns Fahrzeuge entgegen – die Unerträglichkeit des Grenzbetriebs. Zwischen den Zöllnerhäuschen stand ein breitschultriger Mann in Militäruniform und mit einem Sturmgewehr in seinen Händen, die Leine eines unruhigen Spürhundes um seinen dicken Arm gewickelt. Er schaute gelangweilt umher und zog alle paar Sekunden wie ein Roboter an der Leine, um den neugierigen Labrador zu beruhigen. Sein Hund und er waren die einzigen Hinweise auf den Ausnahmezustand an den Grenzen, der Rest vermittelte trügerische Routine.

Als der Beamte seine Hand nach meinen Dokumenten ausstreckte, entdeckte ich den Zettel. Weil ich ihm nicht in die Augen schaute und er so mein Gesicht nicht mit dem Passbild abgleichen konnte, ermahnte mich der Zöllner harsch, doch ich reagierte nicht. Er packte mich an der Schulter – erst jetzt schreckte ich auf und entschuldigte mich mehrmals. Angefixt von meiner Dreistigkeit, fing er an, auf Ungarisch auf mich einzureden – und seine Köpersprache gab mir unmissverständlich zu verstehen, dass alle Beamten aus demselben Holz geschnitzt waren: Mein Vater hatte dieselben Drohgebärden perfektioniert, beherrschte sie weitaus besser als diese Witzfigur hier. Er konnte mich mit seinem Gelaber nicht kleinreden, was mich überaus zufrieden stimmte.

Als er endlich weiterging, nahm ich vorsichtig den Zettel aus dem Netz des Vordersitzes meines Nachbarn – es war eine alte, zerfranste Postkarte. Auf der Rückseite stand in krakeliger Schrift der Satz *Wir ordnens. Es zerfällt. Wir ordnens wieder und zerfallen selbst.* Den Namen und das Datum darunter konnte ich nicht mehr entziffern, lediglich die Nummer 22 war erkennbar. In der linken Ecke der Karte stand in gedruckten Lettern als Überschrift *Lynching of Jesse Washington 1916,* auf der Vorderseite eine schwarzweiße Fotografie: Im Hintergrund standen einige Männer aufgereiht, mit Hüten auf den Köpfen, und blickten streng in die Kamera. Ihre Blicke hatten etwas Aufwühlendes, als hätte sie etwas erregt. Über ihnen, aufgeknüpft an einem Pfahl, hing ein verkohlter Körper, dem Hände, Füße und Genitalien fehlten – die Überreste von Jesse Washington. Die Männer zu seinen nicht vorhandenen Füßen mussten Teil des Lynchmobs gewesen sein.

Ich blieb ruhig, obwohl das Bild einen weitaus größeren Schrecken bereithielt: Im Vordergrund standen nämlich mehrere Kinder, und sie hatten denselben Ausdruck auf ihren Gesichtern wie die Erwachsenen hinter ihnen. Ihre weit aufgerissenen Augen spiegelten den Horror wider, dem sie wenige Augenblicke zuvor ausgesetzt gewesen waren. Nun standen sie da, den Ausdruck ihrer Väter in den verdutzten Fressen, und verunstalteten auf ewig diese Postkarte. Alles an ihnen war tot. Zwei Generationen zum Teufel gejagt. Lediglich der angekohlte Körper über ihren Köpfen schien mit seinem verzerrten Maul nach so etwas wie dem Leben zu greifen. Der Rest versank im Stumpfsinn einer Welt, die ich nicht verstand, die mir aber auf eine sonderbare Art und Weise vertraut war: Das Einzige, das diese Väter ihren Kindern hinterlassen hatten, war der Anblick dieses verkrampften, genitallosen Fleischstumpfes, zu dem sie Jesse Washington in einer Art Prozession gemeißelt hatten. Das Abbild ihrer eigenen Abart – das war das einzige Erbe dieser Kinder.

Der Fahrer schmiss den Motor an, und der Bus erwachte zu neuem Leben. Zoran fing wieder an zu fluchen – seine Jünger reagierten sofort! Von hinten drang Kindergeschrei bis zu mir, und ich lachte kurz auf, schüttelte den Kopf, die Postkarte immer noch zwischen meinen Fingern.

Die serbische Grenze passierten wir ohne viel Aufhebens. Niemand hatte Fragen nach meiner fast zehnjährigen Abwesenheit gestellt. Niemand hatte mich vermisst. Nichts Verdächtiges haftete mir an. Ein Bus voller Niemande – und hinter dem Stacheldraht unzählige, sich im Morgentaumel bewegende Zelte. Ein violetter Schlitz am Horizont kündigte den anbrechenden Tag an. Bis Belgrad war es nicht mehr weit. Und plötzlich spürte ich wieder das Gewicht von Großmutters Ring an meinem Finger. In kaum vier Stunden würde ich vor der Haustür stehen, dann vor ihrem Sarg. Und schließlich vor ihrem Grab.

Die große Pause verbringen wir damit, Đile, der von einigen grimmigen Gestalten aus Koraćs Umfeld wieder einmal übel zugerichtet wurde, aus einer der großen, verdreckten Mülltonnen zu fischen. Die Hitze lässt nicht nach, und der saure Gestank, in dem Đile zusammengekauert wie ein Fötus liegt, zwingt uns, unsere Shirts auszuziehen und sie um Mund und Nase zu wickeln. Ein paar Schülerinnen aus der Parallelklasse schauen uns aus sicherer Entfernung zu und kichern. Sie sollen sich verpissen, brülle ich sie an, doch sie rühren sich nicht vom Fleck, zeigen uns den Vogel, antworten nur: »Fick dich!«

Den Rest des Schulhofes scheint das alles nicht zu interessieren, sie haben sich die Jahre hindurch daran gewöhnt, dass manche Leute wie Abfall behandelt werden. Unsere Väter haben es nicht anders gehandhabt und jene, die nun verscharrt unter irgendwelchen Wäldern in ihren Massengräbern liegen, derart entstellt, dass nicht mal ihre Hinterbliebenen sie noch erkennen würden. Dieses Land ist zu einer Art narrenfreien Zone geworden. Stumpfe Gewalt steht über allem, was auch nur den Anschein von Anstand vorgaukelt, niemand muss die Konsequenzen befürchten, nicht ich, nicht mein Vater, das Stachelschwein, auch nicht meine Mutter, nicht einmal Korać, der Möchtegernmobster – und schon gar nicht Miloš mit seinem federfeinen Gemüt.

Miloš und ich verabschiedeten uns nach Markos Stunde in die Toilette im dritten Stock, um zu rauchen. Andere Maturanten standen schon im Halbkreis: Stevan, ein Blondschopf von schmächtiger Statur, ließ einen Flachmann herumgehen, der mit scharfem Šljivo gefüllt war. Auf Miloš' Frage, was wir denn feiern, antwortete jener verwundert: »Na, die Freiheit! Morgen ist alles vorbei, Bruder!«

Verfassungskunde ging wie eine belanglose Busfahrt an mir vorüber. Nur meinen Namen und meine Note vernahm ich. Die elendige Hitze ließ einfach nicht nach. In der Klasse stank es nach Schweiß und allerlei billigem Deodorant, hartnäckiger als an allen bisher durchschwitzten Sommertagen zusammen – auch die geöffneten Fenster änderten wenig daran. Der Mathelehrer meinte, dass wir viel trinken müssten, woraufhin jemand aus den hinteren Reihen angestrengt furzte und die gesamte Klasse wieder in ihren jämmerlichen, von Lachkrämpfen und Grunzlauten geprägten Ausnahmezustand verfiel.

Das war das Spiel, seit der ersten Klasse: Kaum machte jemand einen Schritt nach vorn, ging es auch schon wieder drei Schritte zurück. Das würde auch mit dem morgigen Tag nicht aufhören. Das schweinische Gehabe setzt sich überallhin fort. Aber irgendwo weiter nördlich lebten die Leute anders, redete ich mir ein. Oslo oder Göteborg oder Wien oder Berlin oder das verfickte München, es ist scheißegal. Diese Schweinereien und der schwerfällige serbische Sommer brachten mich zur Raserei. Ich konnte einfach nicht mehr. Ausrasten, ja, das wollte ich, von einem Moment zum nächsten, wahllos um mich schlagen, egal ob Miloš, Ana oder die Professoren: einfach nur in die Fresse! Mir meine Haut abziehen, eine neue wachsen lassen. Diese Kloake entweder ordentlich durchspülen oder mit ihr weggespült werden. Die ganzen Jahre des Drecks aus mir rauskotzen. Meinen Vater, die Missgeburt, töten!

Wenn schon alle durchdrehen, dann werde ich dasselbe tun, aber wenigstens für eine gute Sache, dachte ich, während die schmutzige Soße mir in Strömen die Schläfen runterlief. Vor allem aber wollte ich fliehen. Und trotzdem war die Angst in mir groß, dass dieses Spiel hier schon alles gewesen sein könnte, ein sich immer und immer und immer wiederholender Spuk, und die Menschen anderswo dieselben wären, mit denselben Regungen, denselben Schweinereien im Kopf.

Meine Entscheidung war da schon längst gefallen. In einem Anfall von Selbstverliebtheit ritzte ich in der Mathestunde mit Anas Zirkel meinen Namen in die Bank, darunter in Großbuchstaben *WIEN*. Als mich Ana fragte, wieso gerade Wien, antwortete ich: »Ach, irgendeine Entscheidung musste ja her!«

Dem Getöse auf dem Schulhof haftet etwas Unnatürliches an – als hätte jemand eine Glasglocke über das gesichtslose Treiben der Schüler gelegt, mit dem Versprechen, sie seien dadurch sicherer. Doch im Grunde brauchen Kriegskinder keine Sicherheit.

Kein einziges Sportgerät auf dem Schulgelände ist ganz. Jede einst gerade Linie an den Fußballtoren, den Volleyballstangen oder Basketballkörben ist entweder verbogen oder vom Rost zerfressen. Das Geschrei der rund hundert Maturanten ist durchsetzt vom Quietschen einer alten, drahtigen Windmühle, die Schüler vor Jahren mit einem längst verstorbenen Werklehrer gebaut hatten. Irgendjemand hat das Kreuz angezündet, das im Andenken an unseren korrupten Schweinedirektor aufgestellt wurde, aber es brennt weniger, als dass es raucht. Der Qualm kräuselt sich im leichten Wind, der, wäre er etwas stärker, zumindest ein wenig Abkühlung bringen könnte. Zertretenes Plastik längst unkenntlich gewordener Flaschen und Chipstüten säumt die wenigen Grünflächen, die uns die Stadtverwaltung zugesteht. Eine halbgeronnene Flüssigkeit aus den Abfalltonnen der Kantine bahnt sich langsam ihren Weg quer durch den Hof und verströmt einen süßlichen Duft, der an Verwesung und Sommer denken lässt. Die Kaffeesatzleserin muss wieder einmal die Filter des Müllschluckers gereinigt haben, denke ich, während ich Đіles Hand loslasse und er sich langsam vor uns aufbäumt.

»Alles in Ordnung Alter?«, fragt ihn Miloš. Đile nickt, sagt aber nichts, zupft vorsichtig und mit allem ihm sich bietenden Ekel halbverrottete Müll- und Essensreste von seiner Kleidung. Sein Kopf ist gesenkt, er schämt sich und versucht den Würgereiz zu unterdrücken. Miloš und ich sehen uns an, aber uns fehlen die Worte, die jemandem in solch einer Lage helfen könnten. Feiglinge vor dem Herrn, das sind wir, waren wir schon immer.

Đile sieht, dass sich an seinem jämmerlichen Zustand nicht viel ändern lässt, er hebt seinen Kopf und sagt mit heiserer Stimme: »Dank euch, Brüder! Heute haben sie mich ordentlich gebumst, die Schweine. Und das bei der Hitze!« Seine Augen sind glasig, und es sieht so aus, als würde er jeden Augenblick zusammenbrechen.

»Brauchst du was, Alter?«, fragt Miloš erneut.

»Passt schon, Bruder«, antwortet Đile zögerlich, fährt aber gleich mit mehr Wut in der Stimme fort, »und wo soll ich das bitte jetzt waschen? Scheiße, ich hab echt keinen Bock auf diese ganze Kacke hier! So kann ich doch nicht zurück in die Schule! Ich hab jetzt Lust auf ein Bier, wollt ihr mit? Ich lad euch ein.«

»Alter, wieso flippst du nicht aus?«, sage ich im selben Augenblick – Miloš schaut mich verwundert an, und auch Đile fixiert mich jetzt neugierig.

»Du hast doch so 'ne große Familie! Hol deine Cousins und Brüder und haut die Wichser gemeinsam kaputt!« Miloš nickt vorsichtig, als wären ihm meine Worte nicht ganz geheuer. Đile jedoch fängt leise an zu kichern und schüttelt den Kopf. »Und«, erwidert er, »was soll ich deiner Meinung nach machen, wenn meine Cousins sie zusammengeschlagen haben, Bruder? Hm?« Ich schaue Miloš kurz an, der die Lage anscheinend besser durchschaut hat als ich. Er geht ein Stück auf Đile zu, doch dieser wendet sich stur ab.

»Alter«, sagt Miloš, »lass gut sein …«

»Was soll ich gut sein lassen, Bruder«, fährt ihn Đile harsch an, »was soll an dieser Scheiße gut sein? Seid ihr wirklich so dumm, wie ihr immer tut? In welchem Land lebt ihr Hurensöhne eigentlich? Meine Siedlung hat dieses Jahr schon zweimal gebrannt? Wer, glaubst du, war das, Bruder, hm?«

»Was ist dein beschissenes Problem, Alter?«, erwidere ich aufgebracht, »wir sind auf deiner Scheißseite!«

Ich stelle mich vor Miloš und plustere mich in meiner ganzen Lächerlichkeit auf. Đile aber bleibt kühl, tritt ganz nah an mich heran: »Mein beschissenes Problem, Bruder, ist, dass du und dein Kumpel und ihr alle hier nicht checkt, dass ich und meine Brüder und meine Cousins und meine ganze beschissene Familie trotzdem die restlichen dreihundertvierundsechzig Tage unsere Haut mit uns herumtragen müssen! Was glaubst du, wie es an den anderen Tagen für mich Zigeuner, Missgeburt, Ratte, Mistsammler, Kackhaufen hier aussieht? Tust so, als ob wir alle die gleiche Hautfarbe hätten, Bruder, hast aber keine Ahnung, was vor deiner eigenen Kacktür passiert! Steck dir doch deine Solidarität in den Arsch! Ich bekomme zwar morgen genau wie ihr beiden Arschlöcher mein Zeugnis, aber am Ende des Tages bleibe ich doch der *Zigeuner* mit Zeugnis. Nicht mehr und nicht weniger, *Bruder*!« Er holt kurz tief Luft: »Fickt euch beide! Ich geh allein auf ein Bier!« Und als hätte dieser Wutausbruch ihm seine Leichtigkeit wiedergebracht, dreht er sich um und geht bestimmten Schrittes Richtung Busstation.

Ich will ihm hinterherrufen, doch Miloš hält mich am Arm fest, hält mich davon ab, mich tiefer in die Scheiße zu reiten, was mich noch grimmiger stimmt. »Was ist jetzt? Lass mich los, Alter!«, fahre ich ihn an.

»Alter, du musst dich hier vor niemandem rechtfertigen! Lassen wir ihn in Ruhe.« Miloš' Augen funkeln. Er blinzelt mir zu und sagt leise, dass wir langsam zurück in die Schule müssten. Ich sammle meine Sachen ein und ziehe das Shirt wieder an. Meine Glieder fühlen sich taub an. Miloš schält derweil das Zellophan von einer neuen Zigarettenschachtel und hält sie mir entgegen. Ich schüttle den Kopf und wende mich steif von ihm ab. Er spielt mit dem dünnen Plastik, das zwischen seinen Fingern knattert und quietscht.

»Alter«, sagt er mit einer Wehmut in der Stimme, die ich so bei ihm noch nie gehört habe, »Alter, lass *du* jetzt mal gut sein. Du kannst doch nichts dafür!«

»Das ist das Problem, Alter!« Die Verbitterung über so viel Betrug und Wahnsinn lässt mich nicht los. Jeder meiner Atemzüge wird zu einer Rechtfertigung, einem Luftholen unter Wasser. Ich muss weg.

»Ich muss weg!«, sage ich zu Miloš.

»Alter, geh nicht! Nach Chemie gehen wir direkt ins Schwimmbecken. Korać hat mir gesteckt, dass es heute etwas für uns gibt. Vielleicht sogar Hasch! Und die anderen schicken wir zum Teufel. Heute Abend schießen wir uns weg, nur du und ich. Anton und Mata können wedeln gehen!« Ich schultere stumm meine Tasche, nehme mir eine Zigarette aus der Packung, die Miloš mir immer noch steif hinhält, und stecke sie hinters Ohr. Dann halte ich ihm die Hand hin zum Abklatschen.

»Alter, was ist los? Lass mich nicht so hängen, nur noch eine Stunde!«

»Ich gehe nach Hause! Đile hat recht. Ich will die ganze Kacke hier nicht mehr ertragen. Wenn ich Glück habe, ist niemand daheim.«

Miloš schaut mich entgeistert an, als hätte ihn irgendetwas von hinten überrascht. Er schüttelt behäbig seinen zu groß geratenen Kopf, will mir andeuten, dass ich einen schlimmen Fehler begehe. Aber was kann jetzt noch schiefgehen, an einem Tag wie diesem, an dem die Hitze alles um uns erstickt und kein Stück zum anderen passen will.

Der Waldgänger von heute Mittag gleitet an mir vorbei, während Miloš zu einer entfernten Ahnung, einem Kokon zu erstarren droht. Was kann mein Vater, dieses Arschloch, schon anstellen? Mutter wird es nicht kümmern, schließlich hat sie genug mit sich selbst zu kämpfen. Aber was ist mit Großmutter?

Die Schulklingel ertönt leise, und wie eine Herde setzen sich die Maturanten in Bewegung, johlend, schubsend, fluchend – mir läuft ein Schauer das Rückgrat hinunter, ganz vertraut, und ich fange an zu zittern, den Nachhauseweg vor meinem inneren Auge abzuspulen, Straßen auszuloten, Viertel zu umgehen, die Gesichter der Menschen, die ich heute meiden muss, abzurufen. Miloš steht da wie ein Fels, der nackte Oberkörper im Halbschatten einer übergroßen Pinie, die hinter den Mülltonnen wächst. Ein träger Wind wirbelt etwas Straßenstaub auf, wir kneifen die Augen zu.

Wie zwei Westernhelden stehen wir da – die Hitze, der Schweiß, der Staub, die quietschende Windmühle, das brennende Kreuz –, nur werden wir nie Helden sein. Nichts von alledem wollten wir je sein. So einfach kann es manchmal gehen. Und die Sonne brennt uns unterdessen auch noch die restlichen Gehirnzellen weg – wenn wir denn je welche besaßen. Um uns erstickt alles unter der Glut eines nicht enden wollenden Tages. Kein Mensch zu sehen. Ich kaue die Worte mehrmals durch: *Kein Mensch zu sehen.* Dann taucht hinter Miloš plötzlich ein Mann auf, das schüttere Haar zu einem Seitenscheitel gekämmt, und dazu trägt der Typ noch einen grünen Parka. Er sieht uns, bleibt kurz stehen, grinst, verschwindet wieder.

Vorsichtig trete ich nah an Miloš heran und nehme die Zigarette von meinem Ohr, schiebe sie mir vorsichtig in den Mundwinkel. Ohne seinen misstrauischen Blick von mir abzuwenden, holt Miloš sein Feuerzeug aus der Hosentasche und zündet mir die Tschick an. Ich inhaliere tief und puste den Qualm direkt in Miloš' Gesicht, der sich angewidert wegdreht. Er holt aus und verpasst mir eine heftige Ohrfeige. Ich grinse nur debil und verschwinde, ohne ein Wort zu sagen, in Richtung Busstation.

Alles ist stumpf. Die Worte verlassen mich langsam, aber sicher. Der Bus ist leer. Links von mir die Motorenkabine, neben die sich im Sommer niemand setzt, weil sie so heiß wird, dass die Leute sich übergeben oder vor Hitze ohnmächtig werden. Mir macht das nichts mehr aus.

Als ich noch ein Kind war und die Flieger während der Monate des NATO-Bombardements jeden Tag über unseren Köpfen dröhnten, da verspürte ich echte Angst. Auch wenn vieles als Spiel angefangen hatte, rannte ich doch öfters aus Angst vor den schweren Detonationen zu meiner Mutter, die mich steif in ihren Armen hielt, aber doch vor den Bomben und dem unerträglichen Lärm schützen wollte. Auch die Liebe zum schweinsgesichtigen Milošević war echt. Sie konnte gar nicht unecht sein, weil mein Vater, dieses falsche Stachelschwein, sie auch empfand, sie mir jahrelang eingeredet hatte. Dieses Brennen für etwas war das Einzige, das ich an meinem Vater bewundert hatte. Heute gaukle ich diese Gefühle nur mehr vor. Irgendwann kann der Körper so viel Ideologie und Scheiße nicht mehr fressen.

Das Erste, was ich bewusst verlor, war die Liebe. Ich erinnere mich an einen ziemlich warmen Winter, ich war zwölf oder dreizehn. Es muss kurz vor Neujahr gewesen sein, da kam nach einem heftigen Streit und einigen saftigen Ohrfeigen meine Großmutter in mein Zimmer, um mich zu trösten. Sie legte ihre Hand auf meinen kleinen aufgebrachten Körper und versicherte mir mit sanfter Stimme, mein Vater hätte mich trotz allem lieb. Zum ersten Mal in meinem Leben war ich mir sicher, dass mir jemand ins Gesicht log – sie wollte mich beruhigen, riss aber etwas auf, das nicht mehr verheilen sollte.

Heute liebe ich niemanden mehr. Und die Angst, diese echte wahrhafte Angst, wenn es um den eigenen Arsch geht und alles andere um einen herum wie unter dickem Nebel verschwindet – auch diese Angst verflüchtigt sich gerade. Und an ihre Stelle tritt der Hass, von dem ich als Kind immer geglaubt hatte, er wäre ein Spiel oder eine Mutprobe und Amerika, Deutschland, Tony Blair, Bill Clinton und die NATO weit, weit weg von hier.

Jetzt weiß ich, dass nur der Hass mich aus diesem Trümmerfeld retten kann. Ich muss mich nur noch etwas gedulden. Der morgige Tag würde mir den Schulabschluss bringen, die nächsten Wochen vielleicht schon ein Visum für Österreich.

Neben mir hat jemand *Juden raus SS* ins Busfenster geritzt. Vor mir auf der Bank steht *Roter Stern Nordkurve* durchgestrichen mit einem dünnen schwarzen Marker, darunter, mit demselben Marker: *Die Südkurve fickt euch PARTIZAN!* Ich sehe mir diese ganze Scheiße an, doch nichts dringt mehr zu mir durch. Mir stößt die Kotze sauer auf, und kalter Schweiß legt sich über die Fingerkuppen. Die Stimme meines Vaters erschallt, wie immer sind es Vorwürfe, absolute Wahrheiten, die er sich in seinem jahrzehntelangen Zorn zurechtgezimmert hat. Doch diesmal klingt das, was er mir an den Kopf wirft und mir sonst Angst bereitet, fremd und unnatürlich. Ich schließe die Augen und zähle die Sekunden zu Minuten. Genau zweiundzwanzig von ihnen brauche ich bis zu meiner Haustür.

Die Augen wieder geöffnet, erblicke ich die Triebe junger Pappeln, die sich mühsam durch die Erde zwängen. Hinter uns liegt der Wald, der jene Kühle unter seinen Kronen birgt, die alle in diesem Land so dringend nötig hätten. Der Bus biegt in eine Kurve, der Fahrer gibt Gas. Anscheinend will er nicht stehenbleiben, auch wenn einige Leute an der nächsten Station warten und, als wir an ihnen vorbeifahren, aufgebracht die Hände in die Höhe werfen. Ich beobachte durch den eingeritzten Schriftzug am Fenster die Übergänge zwischen dem nackten Asphalt der Trottoirs und den verdorrten Blumenbeeten, zwischen den groben Rillen aufgeplatzten Teers und den verblichenen Zebrastreifen, auf denen in hektischem Auf und Ab und Hin und Her Menschen sich eine Stadt erschließen. Gleich morgen werde ich in die Stadt fahren und mich nach einem Visum erkundigen. Woher das Geld kommen soll, ist offen.

Auf das Denkmal für die gefallenen Partisanen aus meinem Viertel, vor dem seit über drei Jahren ein Kranz verrottet, hat jemand vorletzte Nacht mit rotem Lack *RATKO MLADIĆ DEINE ARMEE ERWARTET DICH* geschrieben. Das obligatorische Feuerstählenkreuz wurde gleich viermal um den Spruch gesprüht. Auf dem Vorplatz haben sich wieder einige Tagelöhner versammelt und trinken um die Wette, bis einer von ihnen abgeholt wird. Sie drücken mit ihren schweren Schuhen die Bierstöpsel in den Lehmboden, dass sie wie Sternenkonstellationen aussehen. Wer weiß, vielleicht treten sie sich dadurch ihr Schicksal zurecht, oder den heutigen Tag? Vielleicht geschieht auch nichts, vielleicht ist alles nur eine große Verarsche, und wer etwas dahinter vermutet, wird gnadenlos enttäuscht. An der nächsten Station muss ich aussteigen.

Gleich neben der Haltestelle befindet sich der alte Supermarkt, bei dem sich eine kleine Menschentraube vor dem Eisstand von Meister Momo gebildet hat. Ich werde neugierig und schlendere hinüber.

»Was ist passiert?«, frage ich eine ältere, gebückte Frau, die vergeblich versucht, durch sich ab und an bietende Lücken im Gedränge etwas zu erkennen.

»Er hat einen Herzanfall!« Sie ist aufgeregt, als wäre sie aus einer lange andauernden Langeweile herausgerissen worden.

Ein verschämtes Lächeln huscht über mein Gesicht, und ich wende mich schnell ab, bevor es jemand bemerkt. Ich gehe einmal um die Gruppe herum und erblicke, als sich einige Leute abwenden und gehen, den auf dem Boden ausgestreckten, leblosen Körper von Meister Momo. Seine Augen und sein Mund sind offen. Er atmet noch, schwer und flach. Obwohl ein Sonnenschirm über Tiefkühltruhe und Stuhl aufgespannt ist, muss die Hitze ihm derart zugesetzt haben, dass er keine Chance hatte. Seine rechte Hand zuckt, aber das bedeutet an so einem Tag absolut gar nichts.

»Hat jemand die Rettung gerufen?«, höre ich mich plötzlich sagen. Ein Mann, der die ganze Zeit über neben Meister Momo auf dem Boden gekauert und ihm die aschgrauen Haare gestreichelt hat, dreht sich zu mir und faucht mich an: »Nein, Bursche, wir sind nur zum Spaß hier!«

»Nun lassen Sie doch!«, erwidert eine Frau mit einem buntgemusterten Fächer in der Hand, »der Junge kann schließlich nichts dafür!« Der Mann auf dem Boden knurrt, sagt aber nichts mehr und wendet sich wieder Meister Momo zu, der wie eine Muschel auf dem Trockenen irgendetwas Höherem ausgeliefert zu sein scheint.

In meiner ältesten Erinnerung an ihn bin ich etwa fünf oder sechs und Meister Momo noch ein Bettler, ein hagerer Mann mit zerknautschtem Gesicht und gelbem, verworrenem Schnurrbart, der vor diesem Supermarkt die wenigen Münzen und Zigaretten zusammenklaubte, die ihm die Menschen in ihrer misslichen Lage zugestehen konnten. Sie taten es auch wahrscheinlich gerne, immerhin sah er noch jämmerlicher aus als sie.

Während der Kriege verdiente er Geld, indem er schwarz Diesel verkaufte. Er roch stark nach Treibstoff und Zigaretten, war aber immer freundlich zu allen Kindern, die so etwas wie Respekt oder Mitleid für ihn übrighatten.

Meine Mutter fürchtete sich vor ihm, drohte mir, würde ich auch nur ein Wort mit ihm wechseln, würde sie es meinem Vater erzählen, der für solches *Gesindel* nur Verachtung übrighatte. War ich jedoch mit meinen Kumpels unterwegs, unterhielten wir uns ab und zu mit Meister Momo. Er hatte nicht viel zu berichten, außer, dass er als junger Mann in Amerika gewesen war – und da wir Amerika hassten, interessierten wir uns nicht für seine Geschichten.

Sein Aussehen änderte sich im Laufe der Jahre, auch sein Gang schien mit der Zeit nicht mehr so gebeugt, sondern geschmeidiger. Die Neunziger mussten ihm gutgetan haben, denn von einem Tag auf den anderen trug Meister Momo saubere Klamotten und roch nicht mehr so streng nach Pisse, Diesel und Zigaretten. Als schließlich die nuller Jahre kamen, nahm wohl zum ersten Mal jemand bewusst Meister Momo wahr, der inzwischen zu so etwas wie einem festen Inventar des Supermarktvorplatzes geworden war – und anscheinend machte er einen so guten Eindruck, dass er einen Job bekam.

Vielleicht hatte Meister Momo von Amerika und der weiten Welt erzählt, den vielen Menschen und Möglichkeiten, die dort nicht einfach so auf der Straße liegengelassen wurden. Von da an jedenfalls verkaufte er bis zum heutigen Tag, wo er nun wie eine langsam in der Hitze dahinschmelzende Qualle vor mir liegt, Eiscreme an die gesamte Nachbarschaft.

Das Zucken in seiner rechten Hand reißt mich aus meinem Brüten. Nur die feuchten, tellergroßen Pupillen offenbaren, dass irgendetwas in Meister Momo noch lebt und große Angst hat vor dem, was in ein paar Minuten unweigerlich eintreten wird. Der Rest auf dem heißen Asphalt ist weniger als die kümmerliche Hülle, die Meister Momo zeit seines Lebens mit sich herumschleppen musste, nur seine Hand zittert noch wie ein abgetrennter Eidechsenschwanz. Mehr ist da nicht.

Der Tag kann beschissener nicht werden, denke ich, und löse mich von der Menschentraube, schlage den Weg nach Hause ein. Mit Meister Momo stirbt auch dieser Teil der Geschichte. Vielleicht ist das gut so, ein langsamer, zuckender Übergang von diesem Leben in das nächste, von Belgrad nach Wien.

Ich öffne die Tür zu unserer Wohnung mit Schwung und stoße an die viel zu breite Kommode im Flur. An einer Kante ist das Holz gesplittert, der warme, dunkelbraune Lack vom vielen Türöffnen abgeblättert – und die entsprechende Stelle an der Tür sieht nicht besser aus. Ich wollte Lärm vermeiden und mich sofort in mein Zimmer verkriechen – aber es scheint ohnehin niemand zu Hause zu sein.

In meinem Zimmer riecht es streng nach Schlaf, ich öffne

das Fenster und schmeiße meine Sachen in die Ecke, wo sich die Schmutzwäsche stapelt. An der Wand prangt ein Graffiti von Pink Floyds *The Wall* mit den ersten Zeilen von *In the Flesh*, das ich vor einigen Wochen gemeinsam mit Miloš gesprüht habe. Als mein Vater das Ergebnis unserer kleinen Kunstaktion sah, setzte es ein paar derart heftige Ohrfeigen, dass ich drei Tage danach noch ein Summen im Ohr hatte.

Daraufhin beschuldigte er meine Mutter, sie würde mir solche Sachen erlauben, drohte auch ihr mit Schlägen, doch schritt Großmutter noch rechtzeitig ein – es war das erste Mal, dass ich Großmutter derart erbost sah. Sie war nicht mehr die kleine gebrechliche Frau, die ich kannte, sie strahlte vielmehr so etwas wie Erhabenheit aus, in der ich kurz zu erkennen meinte, wie sie wohl als junge Frau ausgesehen hatte. Sie beruhigte die Situation, mehr noch, mein Vater verlor über die Wand kein Wort mehr – normalerweise hätte er mich gezwungen, sie wieder weißzulecken, doch nichts geschah. Ich konnte es mir nicht erklären, aber etwas in ihm muss vor ihr zusammengesackt sein – als hätte er nach all den Jahren endlich seinen Meister, sein Monster unter dem Bett gefunden.

Ich lege Mladenovićs Soloalbum ins CD-Fach meiner Schrottanlage und versuche sie so einzustellen, dass es nach etwas klingt. Auch wenn Miloš und ich und sonst wer keine Antworten auf diese ganze Scheiße hier haben – Milan, dieser gewiefte Junkie, hatte sie allemal, denke ich und drehe mich zum Fenster, um mir eine Tschick anzuzünden:

Diese Stadt hat die Herzen gefressen
Diese Stadt hat das Blut aufgesogen
All die verrußten Sonnenuntergänge
Die mir Löcher in die Brust bohren

Diese Stadt hat ihre Menschen gefressen
Diese Stadt dehnt sich zum Kreis

…

Ich bin ein Kind dieses Planeten
Und ich fühle mich groß
Während ich hier unter dieser Brücke schlafe
Und Abfall aus dem Container fresse

Ich bin ein Weltbürger, ich kaufe das Vergessen

Ich erschrecke und stoße einen kurzen Schrei aus, als ich das Wohnzimmer betrete, um die Klimaanlage einzuschalten: Großmutter sitzt vor der Balkontür und schaut zu mir rüber, lacht herzhaft, wie sie mich so entgeistert dastehen sieht. Aus meinem Zimmer dringt immer noch leise der fahrende Rhythmus des Lieds.

»Nana, was machst du da?«, sage ich gereizt, »Scheiße, hast du mich erschreckt! Hast du mich nicht gehört, als ich reingekommen bin?«

Sie schaut mich mit ihren gütigen dunklen Augen an. Alle ihre Söhne und einige ihrer Enkel haben dieselbe Augenpartie wie sie, auch ich – ihr einziges, unübersehbares Erbe. Ihre bleiche, von einigen wenigen Altersflecken durchzogene Haut wirkt wie gemasert, als hätte jemand in liebevoller Kleinstarbeit jede einzelne Falte nur für sie gekerbt. Ein Reif hält ihre weichen dünnen, nach hinten gekämmten Haare und verleiht ihr etwas Anmutiges. Die Jahre und der Kummer haben sie gezeichnet, was ich an ihren stets verbissenen Lippen ablesen kann. Trotzdem strahlt sie eine Güte und Bescheidenheit aus, die ich so nur bei ihr kenne – und bei Leuten, die, wenn sie Zeitung lesen, Wörter stumm mit ihren Lippen nachzeichnen. Sie reicht mir kaum bis zur Brust. Ihr kleiner gebeugter Körper schleppt sich in seinem achtzigsten Lebensjahr nur noch mühsam fort. Umso mehr verwundert es mich, sie hier anzutreffen. Sie kommt in den letzten Monaten nur selten aus ihrem Zimmer, vor allem wenn jemand zu Hause ist!

Jetzt sitzt sie in der abflauenden Sonne eines heißen Tages, ein breiter Schatten fällt auf ihr Gesicht – nur an der leichten Bewegung ihres Brustkorbs erkenne ich, dass etwas Unfassliches in ihr steckt, eine Kraft, die sich aus einem anderen Leben zu nähren scheint. Trete ich einen Schritt zurück und betrachte das ganze Bild, so hat die Szene etwas von einem Gemälde, einem Stillleben, in dem Großmutter wie eine erloschene Kerze in der Mitte steht.

»Was machst du, Nana? Wo ist Mama?«, frage ich sie mit Blick auf unsere schlichte Wanduhr.

»Sie ist in die Stadt gefahren. Ich sitze nur da und beobachte diesen Menschen von gegenüber, den Taubenmann.« Ich trete an sie heran und lege von hinten meine Hände auf ihre dürren Schultern.

Vor einigen Monaten kam unser Nachbar – ein arbeitsloser Elektriker, der seine Karriere und seine Familie für das Spiegeltrinken aufgab – auf die grandiose Idee, einen Taubenkäfig in seinem Garten aufzustellen. Ohne daran zu denken, dass sich jemand um die Flugratten kümmern, sie füttern oder ab und zu auch fliegen lassen muss. Ein Vogel nach dem anderen fiel tot um. Von anfangs dreizehn Tauben ist heute nur noch eine Handvoll da.

»Wie viele sind es, Nana?«

»Nur noch fünf«, antwortet Großmutter wehmütig, »heute in der Früh hat er die achte herausgeholt. Die anderen haben sie zu Tode gepickt. Danach ist er wieder schlagen gegangen!«

»Was schlagen, Nana?«

»Seine Frau, mein Junge – wen denn sonst? Auf die Idee, sich selbst zu schlagen, würde der Trottel nicht kommen!« Die verbliebenen Tauben sitzen mit ihren mageren Körpern ruhig auf den Stangen und sonnen sich. Als wäre nichts geschehen, als hätte sie nichts in Aufruhr versetzt – als hätten sie nicht getötet.

»Nimm dir einen Stuhl und setz dich, mein Sohn«, sagt Großmutter und dreht sich ein wenig zu mir. Ich hole mir den dreibeinigen Hocker, der neben der Glasvitrine steht, und stelle verwundert fest, dass die Beretta meines Vaters weg ist.

»Nana, weißt du, wo Ivans Waffe ist?«, frage ich.

»Ich habe deinen Vater gebeten, das abscheuliche Ding endlich wegzuschmeißen. Ich will keine Waffen im Haus, solange du oder ich noch da sind. Und nenne ihn nicht Ivan, er ist immer noch mein Sohn und dein Vater!«

Mir ist, als wäre eine einschneidende Veränderung durch unsere Wohnung gegangen und hätte vieles von dem Dreck weggespült. Ich frage Großmutter begeistert, wie sie das geschafft hat.

»Ich habe es ihm aufgetragen, mein Sohn. Was hast du denn gedacht?«

»Dass er auf dich gehört hat, Nana! Normalerweise hört er doch nur seine eigene Stimme.«

»Aber natürlich hört er«, antwortet sie, »auf seine Mutter hört er noch hin und wieder. Doch ich bin alt geworden, mein Junge, ändern kann ich ihn nicht mehr.« Ich schüttle den Kopf. Sie jedoch nimmt meine linke Hand und legt sie in ihren Schoß. Der rastlose Stadtverkehr schlägt dumpf ans Fenster. Nur die Musik aus meinem Zimmer ist leise zu hören.

»Wann war er da?«, frage ich sie verlegen.

»Heute Morgen, mein Sohn, musste aber gleich wieder gehen.«

»Etwas anderes hatte ich nicht erwartet.«

»Geh nicht zu hart mit ihm ins Gericht!« Ich senke meinen Blick und richte ihn auf ihre Hände, die, übersät von Flecken und dicken Adern, meine Hand streicheln.

»Was meinst du, welches Gericht kann den schon verurteilen?«

»Dein Vater und seine Brüder, mein Junge, sind schwierige Männer. Aber welcher Mann in diesem Land ist das nicht! Er weiß es nicht besser. Woher auch? Sie alle sind für das Leben, das du dir erträumst, schon lange verloren, sie bleiben ihr Leben lang die Bauernjungen, zu denen dein Großvater, der faule Hund, sie unbedingt erziehen wollte.«

»Er liebt niemanden!«, antworte ich zusammenhangslos und aufgebracht, »außer seiner beschissenen Arbeit und seinem noch beschisseneren Staat liebt er niemanden!«

Meine Hand zittert. Großmutter jedoch nimmt meinen Ärger sofort auf, indem sie meine Hand noch fester an sich drückt: »Natürlich liebt er! Auch dich und deine Mutter liebt er. Er ist einfach nur unfähig, es auf eine Weise zu zeigen, die du dir wünschst und die du auch verdienst, mein guter Junge. Sie alle waren schon immer unfähig, eine ganze Sippe von Kampfhähnen, die nichts können, außer laut schreien! Dein Vater ist ja noch der zahmste von allen!«

»Nana, was redest du?«, beginne ich erneut, »erst kommt er aufgedunsen und wütend nach Hause, schweigt nur dumm, dann schlägt er um sich wie ein kleines Kind, dann predigt er den halben Tag seine gottverdammte Scheiße, um sich anschließend für die nächsten paar Tage zu verpissen. So geht es die ganze Zeit!« Ein paar Tränen haben sich in meinen Augenwinkeln verirrt, und ich versuche mich zusammenzureißen.

»Was soll ich dir sagen, mein Sohn«, erwidert sie und richtet ihre Augen auf unsere ineinander verschlungenen Hände, »dass er so geworden ist, hast du auch deiner Nana zu verdanken.«

»Wie meinst du das?«

»Was glaubst du, von wem der Bengel seine erste Ohrfeige bekommen hat? Von seinem Vater, dem Aasgeier, sicher nicht! Er hat damals unserem Gockel den Hals umgedreht. Als ich ihn erwischt habe und mit ihm fertig war, ist er gerannt wie ein Karnickel, hat geschrien wie ein Baby.« Ich lache schallend auf, und auch sie lacht mit einer Trauer im Blick, als hätte sie sich kurz an eine schönere Zeit erinnert.

»Nana«, sage ich und will ihr zureden, »du kannst gar nicht daran schuld sein. Er ist doch für seine eigene Scheiße verantwortlich!«

»Ach, mein Sohn, mein lieber Junge – so erwachsen geworden bist du also! Du weißt genau, was richtig ist und was nicht. Und ich erinnere mich noch, wie lange ist das jetzt schon her, da warst du winzig«, sie schiebt Daumen und Zeigefinger ihrer rechten Hand ganz eng zusammen und grinst, »und nun, schau dich an! Du musst nur endlich mit diesem abscheulichen Fluchen aufhören, sonst klingst du noch wie dein Großvater, das Aas!«

Sie holt tief Luft, und wir schauen uns für einige Sekunden an, als würden wir in den Augen des anderen nach etwas suchen. Eine Träne rinnt ihr die Wange hinunter, wird von den feinen Falten abgefangen und umgeleitet. Sie weint, doch ohne traurig zu sein.

Wir wenden uns wieder den Tauben zu, die sich keinen Zentimeter gerührt haben. Ich schließe die Augen, käue den ganzen Tag wieder, denke an Miloš und meine Entscheidung, endlich aus dieser elendigen Stadt zu verschwinden. Doch könnte ich Großmutter oder meine Mutter verlassen? Sie wären diesem Drecksack ausgeliefert. Er würde sie fertigmachen, eine nach der anderen. Und alles mit der Ruhe hungriger, mörderischer Großstadttauben.

Großmutter hält ihre Augen geschlossen und summt leise ein Lied. Die Melodie deckt sich seltsamerweise mit dem Schlagzeug, dessen Höhen es als einzige von meiner Anlage im Zimmer bis hierher schaffen.

Und als ich glaube, das Lied erkannt zu haben, öffnet Nana ihre Augen und fängt an zu erzählen, in einem Ton, den ich so noch nicht bei ihr gehört habe: »Ich bin es falsch angegangen, mein Sohn! Ich wollte es anders machen, meinen Kindern beweisen, dass ich mühelos dieselben Arbeiten verrichten konnte wie ihr Vater! Dass auch ich für die Ohrfeigen zuständig war und nicht nur der Mann. Aber irgendwann hat er mir die Kinder einfach weggenommen! Ich war starr vor Angst, wusste nicht … und als ich mich dann zur Wehr setzen wollte, war es schon zu spät: Diese Jungs gehörten mir nicht mehr, alles schien mir auf einmal so fremd, auch mein Leben. Und ich war ja nicht die Einzige, der es so erging! Das ganze Dorf, das ganze Land voller Frauen, von denen niemand jemals etwas anderes wollte, als dass sie die Klappe halten und Kinder gebären. Was für eine bodenlose Frechheit! Ich würde vor Scham im Boden versinken. Glaubst du, dein Großvater, dieser Mistkerl, hätte dasselbe getan?« Sie macht eine kurze Pause. »Doch glaub mir, mein Sohn, langsam, aber sicher werdet ihr anfangen müssen, euch auch zu schämen! Im Boden sollt ihr versinken!«

Wie gelähmt sitze ich auf meinem Hocker, wage nicht die leiseste Bewegung, während Großmutters schwerer Atem langsam wieder abflacht. Ich starre sie entgeistert an, aber sie wirft mir nur einen verächtlichen Blick zu, als wäre ich von einem Augenblick zum nächsten nicht mehr ihr Enkel, als wäre ich ein Fremder, der die Grenzen des Anstands schon vor langer Zeit überschritten hat. Mir ist übel, aber ich bleibe wie angewachsen auf dem Stuhl sitzen, rühre mich nicht, höre meinem nervösen Herzschlag zu. Plötzlich knackt es, die Klimaanlage setzt wieder ein – als wäre sie geweckt worden, zuckt Großmutter kurz zusammen und setzt ihr verschämtes Lächeln wieder auf.

»Geht es dir gut, Nana?«, frage ich.

»Mach dir um mich keine Sorgen, mein Junge«, sagt sie etwas müde, »schau du nur, dass du von hier wegkommst! Irgendwo da oben lebt es sich besser, und wo es sich besser lebt, da will ich dich wissen!« Nun sehen wir uns wieder in die Augen.

Meine Gedanken wandern von einer Szene zur nächsten: Wald, Bus, Vidik, Schule, Miloš, Marko, Đile, Momo, Nana – stopp! Seltsamer Tag, stelle ich fest, ich kann mir förmlich beim Denken zusehen, beim Treiben von einem Abgrund zum nächsten, beim Treffen falscher Entscheidungen, die so falsch nicht sein können, wenn nur Nana an meiner Seite bleibt, egal wo ich gerade bin. Doch die Entscheidung muss endlich her, nein, die Entscheidung ist schon längst da!

»Ich gehe, Nana!«, brülle ich fast triumphierend in den Raum, falsche Tränen von der Wange wischend. »Ich habe heute wieder lange darüber nachgedacht. Ich will endlich weg aus diesem Loch, ich will nach Wien, zumindest für ein Jahr oder so, vielleicht zwei. Ich brauche auch wirklich nicht viel, ich nehme nur das Nötigste mit, morgen fahre ich in die Stadt, da hole ich mir alle Informationen fürs Visum.«

»Sehr schön – sehr schön! Ich bin mir sicher, du tust das Richtige, mein Junge, du machst mich sehr glücklich damit«, erwidert sie und beugt sich vor, um mir einen Kuss auf die Stirn zu geben, »und mach dir um Himmels willen keine Sorgen. Alles, was du an Geld brauchst, gibt dir deine Nana. Die Pension ist winzig, aber ich brauche nicht viel!«

Wir sitzen einander gegenüber, und mir fehlen die Worte, die meine Scham und Hilflosigkeit aufwiegen könnten. Ich weine wie seit Jahren nicht mehr, keinen Dinar von ihrer Pension will ich, das wenige Geld, das sie sich in all diesen bitteren Jahren erarbeitet hat – doch ich brauche es. Es gibt keine andere Möglichkeit.

Draußen verschwindet langsam eine gnadenlose Sonne. Großmutter und ich reden wie alte Bekannte, die sich seit Jahren nicht mehr gesehen haben, jedoch einst eine innige Geschichte miteinander teilten.

Schließlich senkt sie langsam ihre alten, ledrigen Hände und zieht vom Daumen ihrer linken Hand einen dünnen goldenen

Ring: »Das ist der Ehering deines Großvaters!« Sie legt ihn mir in die Hand und ermahnt mich, ich solle auf ihn aufpassen, sie wolle ihn irgendwann wiederhaben.

Wieder in meinem Zimmer, schmeiße ich mich aufs Bett, drücke meinen Kopf ins Kissen und schreie, bis mir schwindlig wird. Noch immer dröhnt aus dem CD-Player die tiefe Stimme Milan Mladenovićs, kämpft gegen die kaputten Lautsprecher an:

Ich brauche eine Welt, offen für Blicke
Offen fürs Herumtollen
Und ich brauche einen Raum, der fünftausend Leute fasst
Mit Gläsern in der erhobenen Hand ...

Und Kristall birst, gläserne Splitter blitzen
Unter unseren Füßen
Wie völlig Fremde, mit Scherben im Herzen
Scherben in den Augen, auf dem Gesicht

Sei allein auf der Straße, sei allein

Nichts rührt sich. Ich stehe auf und haue auf das Gerät, das mit einem Mal verstummt. Von meinem Fenster aus erkenne ich die Umrisse herumtollender Kinder, draußen auf der Straße, wo auch ich meine Kindheit mit meinen Kumpels verbracht habe – das alles kommt mir nun so fremd vor, als hätte jemand anderer diese Kindheit an meiner Stelle erlebt.

Ich sinke auf den Stuhl neben meinem Bett und versuche die Schwermut in meinem Kopf, diese alles überschwemmenden Gedanken loszuwerden: diese Ungerechtigkeit und den Hass und die Liebe und die Angst und die Gleichgültigkeit – ja, die Gleichgültigkeit, das war das Wort, das ich suchte!

Ivan, mein Vater, Drecksack, falsches Stachelschwein, du

durch und durch verlorener Sohn – wann waren wir eigentlich das letzte Mal alle gemeinsam und zur selben Zeit zu Hause, an einem Tisch? Und wer trägt an so einem heißen Tag, an dem die Hitze einem so vieles vorgaukelt, einen Parka?

Ich fahre kurz auf, als die Eingangstür gegen die Kommode knallt und wieder schwer ins Schloss fällt. Irgendjemand ist heimgekommen, denke ich mir. Irgendjemand.

II

Wir ordnens. Es zerfällt.
Wir ordnens wieder
und zerfallen selbst.

R. M. RILKE

I am the beast I worship

DEATH GRIPS

Vor sechs Tagen war meine Großmutter gestorben. Erst nach zwei Tagen hatten meine Eltern ihren Tod bemerkt. Das wusste ich deshalb so genau, weil vor vier Tagen mein Onkel, der jüngste Bruder meines Vaters, in einem fast feierlichen Ton auf seiner Facebookseite verkündet hatte: *Heute ist meine Mutter gestorben.* Darunter setzte er ihren Namen, ihr Geburts- und ihr Todesdatum – das sich im Nachhinein als falsch herausstellte –, und damit hatte es sich. Wie der Rest meiner heuchlerischen Familiensippe wollte er nur verwöhnt und bemuttert werden – Wattebausch-Aufmerksamkeit, von der er und seine Brüder immer behauptet hatten, sie von Großmutter nie bekommen zu haben. Dabei war sie diejenige gewesen, die die letzten fünfzig Jahre einsam dahingesiecht war! Doch das kümmerte hier, im gesichtslosen Treiben des Internets, niemanden – *niemand*, der den Worten meines Onkels etwas hätte entgegnen wollen. Über Beileidsbekundungen und Fragen nach der Beerdigung gingen die Kommentare nicht hinaus. Auch hier durfte mein Onkel der lieblose und brutale Ochse bleiben, als den ich ihn in Erinnerung hatte. Und ob aus Angst oder Gleichgültigkeit – ich hatte nichts erwidert. Ich war zu feige gewesen, zu unsichtbar.

Vor vier Tagen also, nachdem mehr als achtundvierzig Stunden niemand meine Großmutter aus ihrem Zimmer hatte kommen hören, wurde die Tür aufgebrochen. Es war einer der ersten schönen Sommertage. Sie lag auf ihrem Bett, das vom einfallenden Sonnenlicht umhüllte Antlitz angestrengt, als hätte sie mit irgendjemandem noch gekämpft, bevor sie endgültig ihre Ruhe fand. So zumindest erzählte es mir meine Mutter, die in ihren Darstellungen immer zu etwas theatralischen Gesten neigte. Ich hatte meine Wut ihr gegenüber am Telefon geschickt kaschiert, und die Hilflosigkeit, die ich spürte, wich bereits nach wenigen

Augenblicken der Erleichterung – Großmutter war nicht mehr in ihrem Käfig gefangen!

Nun hatte sich auch meine Ahnung endgültig bestätigt: Das letzte Mal, als ich sie gehört hatte, es muss vor über einem halben Jahr gewesen sein, schwang eine leichte Erregung in ihrer Stimme mit, als hätte sie schon vor Augen gehabt, was kommen wird, und sich insgeheim auf ihren Tod vorbereitet. Sie erzählte mir traurig, aber sehr bestimmt, wie ein Geheimnis, das sie loswerden wollte, von den letzten Monaten meines Großvaters, von seiner plötzlichen Krebserkrankung, von seiner panischen Angst vor dem Tod, *seiner* Hilflosigkeit. Damals entnahm ich ihren Worten auch leisen Spott, eine plötzliche Veränderung, als sie umschwenkte und anfing, mir von unserem Nachbarn, dem Spiegeltrinker, zu erzählen: »Der Nachbar hat jetzt Gänse, mein Sohn, und fast täglich dreht er einer von ihnen den Hals um. Dann schlagen noch einmal die Flügel aus, und das ganze Blut taucht seinen Hof in rote Farbe … Deine Nana muss jetzt gehen, ich küsse dich!«

Es war ein stetiges Sich-Zurückziehen von allen irdischen Geschäften: Ein Teil von ihr hatte sich schon verabschiedet, hatte sich mit dem beschleunigten Schwinden der Sinne arrangiert. Ich ahnte nach diesem letzten Telefonat, dass es nicht mehr lange dauern würde.

Und doch tobte ich, als mich die Nachricht von ihrem Tod erreichte: Diese Beiläufigkeit beim Durchstöbern einer Timeline entblößte meine eigene Verlogenheit – hatte ich mir doch vorgenommen, diesem Moment, wäre er gekommen, mit Andacht zu begegnen. Zumindest so viel hatte diese Frau verdient! So aber geriet die Todesmeldung nur zum billigen Mittel für dieses Arschloch, innerhalb von ein paar Stunden auf über hundert Likes zu kommen. Anstelle der so nötigen Andacht stieg nun jener Teil meiner Familie wieder vor mir aus dem Schlamm, den ich eigentlich für immer begraben wollte!

Meine Mutter hatte mich erst am Abend des nachfolgenden Tages angerufen. Sie überbrachte mir die Nachricht vom Tod meiner Großmutter und die Anordnung meines Vaters, den Ehering, den sie mir vor zehn Jahren geschenkt hatte, nach Belgrad zurückzubringen.

Zwei Wochen zuvor hatte ich meine Arbeit als Barkeeper hingeschmissen. Meine plötzliche Kündigung hatte meinen Chef und die restliche Belegschaft eiskalt erwischt: Seit der Eröffnung der Bar vor über fünf Jahren war ich dabei gewesen, von Anfang an sozusagen – zuerst als Gast, dann als Angestellter und zuletzt als Chef der Nachtschicht.

Ich mochte meinen Job und die damit verbundene Verantwortung. Es hatte lange gedauert, bis ich in Wien richtig Fuß fassen konnte – und inzwischen hatte mir die Arbeit hinterm Tresen viele Türen geöffnet, von denen ich dachte, sie würden einem Ausländer, zumal einem aus dem ehemaligen Jugoslawien, immer verschlossen bleiben. Zum ersten Mal fühlte ich mich wohl in der Stadt. Und das lag nicht nur an der guten Bezahlung oder dem fast brüderlichen Verhältnis zu meinem Chef, sondern auch an der Art und Weise, wie mir die Leute von da an begegnet waren: So etwas wie Respekt sah ich in ihren Augen aufblitzen, hohle Dankbarkeit für den Mann mit den Getränken und den blöden Sprüchen. Diese zwei Dinge genügten mir, sie wiesen mir etwas zu, das ich bis dahin nur von meinem Vater her gekannt hatte – Macht! Der Suff machte sie alle zu Hunden, und ich dressierte sie.

Und allein die Tatsache, dass sich endlich jemand um meine Arbeitserlaubnis und die Versicherung gekümmert hatte, gab mir die Zuversicht, nach so vielen Jahren der Schwarzarbeit endlich Wurzeln schlagen zu dürfen. Zudem konnte ich zum ersten Mal in meinem Leben ohne Vorbehalte sagen, ich sei in etwas wirklich gut: Ich erledigte die Arbeit entschieden und zuverlässig, ohne dabei verkrampft zu wirken, von der Sauberkeit des Tresens und der Tische über die Getränkeberatung bis hin zur Musikauswahl feinsten jugoslawischen Rocks bekamen die Leute von mir das Sonderprogramm, stets mit diesem neckischen Lächeln auf den Lippen, von dem ich selber nie wusste, ob es echt war oder nicht. Und jeder schien mein neu gefundenes Selbstbewusstsein zu bemerken.

Trotzdem genoss ich meine neue Rolle mit Vorsicht. Sie bereitete mir zwar Spaß, aber gleichzeitig auch irrsinnige Angst. Irgendwann, so vermutete ich, würde meine innere Zerrissenheit diesem *neuen* Leben in die Quere kommen, mir die Leichtigkeit nehmen, den halbwegs sicheren Boden unter den Füßen wegziehen. Tief in mir stauten sich noch immer die Widersprüche jenes tobenden Jugendlichen, der damals nach Wien gekommen war.

Zu viele Jahre hatte ich unter den Diasporaserben auf zahllosen Baustellen und hinter verrußten Grillherden irgendwelcher Balkan-Restaurants verbracht – und bis heute spürte ich, dass etwas in mir sich nicht lossagen konnte von diesem erbärmlichen Flecken Erde, Serbien, das so viele Idioten aus meiner neuen Umgebung als Land der unverbesserlichen Massenmörder und Muslimhasser abgespeichert hatten: wohlstandsverwahrloste Bobos und Hipster aus dem siebten Bezirk, die, vollgepackt mit den Vorurteilen ihrer bürgerlichen Elternhäuser, fürs Studium nach Wien gezogen waren und ihre Bestellungen nie mit *bitte* aufgaben.

Die inszenierte Schäbigkeit ihres Auftretens verstand ich nicht. Sie feierten die Anti-Mode und das Lebensgefühl einer Zeit, die ich immer nur mit Krieg und Armut in Verbindung brachte! Hier angekommen, schaute diesen Wichsern keiner mehr aufs Maul, wodurch sich eine giftige Selbstverständlichkeit in all ihren Gesten breitmachen konnte: Sie liefen durch die Straßen Wiens, als hätten sie Amnesie, als wäre ihnen alles gottgegeben, während Mutti und Vati jenes Leben bezahlten, das sich andere hart erarbeiten mussten.

In ihrer Vorstellung war ich als Barkeeper geboren worden. Nur wenige fragten, was es mit meinem Akzent auf sich hatte, und wenn, ging es übers übliche Phrasengedresche nicht hinaus: Ob ich Kroaten oder Bosnier oder Albaner mehr hasse – das war die Frage, mit der ich mich am häufigsten herumschlagen musste.

Manchen dieser Geschöpfe lehrte die Großstadt ein erhabenes Dulden, eine Art falsche Toleranz, was aber nichts an ihrem Verhalten änderte: Sie begegneten allem, das außerhalb ihrer eigenen Blase stattfand, mit tiefer Verachtung. Sie erkannten ihre eigenen faschistoiden Widersprüche nicht, hielten den anderen jedoch immer wieder ein *unbewusstes* Leben vor. Gastarbeiter und Migranten mieden sie. Leute wie mich, die vor den widrigen Lebensumständen ihrer Heimatländer geflohen waren und sich eher bedeckt hielten, gab es in ihrer Welt gar nicht. Zu plump waren unsere Umgangsformen, als dass uns jemand hätte aufnehmen wollen in diese exklusivste aller Gegenkulturen. Wir waren die Dienstleister, und das musste reichen.

Diese Arroganz ging mir zwar ungeheuer auf den Sack, ich konnte aber nichts weiter tun, als die Klappe zu halten und an meiner Camouflage weiterzubasteln. Ich wollte ihnen gerne übers Maul fahren, ihnen auf Augenhöhe begegnen, aber ich hatte genug mit meinen eigenen Dämonen zu kämpfen – ich konnte nicht den Retter der Welt spielen, geschweige denn den Retter der Diaspora! Meine Lebensverhältnisse hatten sich so sehr verändert, dass ich darüber die Zwietracht vergaß, die ich jahrelang in meinem Innern gesät hatte.

Eines Nachmittags saß ich in meinem Stammcafé am Praterstern – ein Relikt aus vergangenen Tagen mit Stuckverzierungen an den Wänden, die, bröselig und pastellrosa, eine breite Spiegelwand links neben der Holztheke umrandeten. Diese Spiegelwand bestand aus sechzehn gleich großen Quadraten, deren konkave Oberfläche ihrem Betrachter nie dessen eigentliche Gestalt offenbarte. Auf der Theke stand eine uralte knallrote Saeco und spuckte im Minutentakt aus allen Rohren braunes Wasser, das lediglich mit sehr viel Zucker und Milch nach so etwas wie Kaffee schmeckte.

Ich saß wie gewöhnlich in meiner Ecke und beobachtete Martha, die Besitzerin, die sich über den schwarzweiß gefliesten Boden wie ein zähes Stück Gummi von Tisch zu Tisch schleppte und Bestellungen aufnahm, als aus dem Radio, das immer im Hintergrund mitlief, die Meldung von der Schließung der *Balkanroute* kam. Danach Zeugen, die berichteten, dass viele Menschen in Serbien feststeckten, ohne eine Chance auf Weiterreise.

Obwohl ich der Nachricht keine weitere Beachtung schenkte, stieß sie dennoch etwas in mir an. Plötzlich war alle Gleichgültigkeit, die ich jahrelang wie eine Art Demutsübung betrieben hatte, weggefegt. Meine ganze Aufmerksamkeit war jetzt wieder nur auf eins gerichtet: den Ausnahmezustand. Er war dieses wohlige Gefühl, das mir abgegangen war, das ich mehr als ein Jahrzehnt lang vermisst hatte. Der dumpfe Gedanke, damals vielleicht die falsche Entscheidung getroffen zu haben, nistete sich erneut bei mir ein: Wie mein Urgroßvater war ich ein Feigling gewesen, der an seiner eigens für ihn geschliffenen Scheinwelt krepierte.

Ich telefonierte nun öfter mit meiner Mutter, ohne dass mein Vater davon Wind bekam, nicht aber, um zu erfahren, worunter die Menschen in Serbien zu leiden hatten – weder die Einheimischen noch die neu Dazugekommenen –, sondern um mich in meiner eigenen Geschichte zu suhlen, meinen Erinnerungen, von denen ich immer gedacht hatte, sie in den vier Wänden meines alten Lebens gelassen zu haben.

Milošević kam mir wieder in den Sinn, das Bombardement,

achtundsiebzig Tage eines seltsamen Frühjahrs 1999, die unzähligen Stunden stiller Indoktrination, die mein Vater und seine Brüder damals wie Volkssport betrieben hatten. Ich dachte wieder öfters an Miloš, meine alten Professoren und diese unsägliche Gymnasialzeit. All das war von Wien aus zur trügerischen Idylle geworden, die in meiner Vorstellung fast *annehmlich* schien. Ich war wieder in die Falle getappt: Ein Loch aus falscher Nostalgie tat sich unmerklich auf und verschlang mich – ohne dass es mich kümmerte.

Angenehm lebte es sich zwischen den Stühlen, niemand verlangte mir ab, mich auf irgendetwas festzulegen, und mein *schönes neues* Leben verkam langsam zum Mittel, meine innere Zerrissenheit zu feiern.

Auch die alten Lieder klangen nach so vielen Jahren nicht mehr schal, nur sangen Štulić und Mladenović nicht mehr von dieser fatalen Sehnsucht nach der Ferne, nach einer vermeintlich besseren Liebe in einem vermeintlich besseren Leben: Übrig geblieben war nur ein brutales Schlachthaus, und wir trugen es immer und überall in diese Welt hinaus, in die eigenen vier Wände – gegen uns selbst. Den Waffen, die wir dabei mit uns führten, nur ihnen galten die vielen Verse und Strophen, jedes weitere Wort wäre überflüssig gewesen!

Und während mein Schwelgen in diesen Tagen pathetische Züge annahm, entfremdete ich mich langsam von meinem jetzigen Leben. Die Gespräche mit meinen Bekannten verflachten angesichts des bevorstehenden Umbruchs, in dem sich mein altes Leben spiegelte: Der Krieg war nicht vorbei – in einer unerträglichen Endlosschleife lieferten die Medien zurechtgestutzte Bilder und Geschichten einer *ersten* großen Wanderung, und langsam grüßte auch wieder das Monster unter meinem Bett.

So überraschte der Bruch, den ich von einem Tag auf den anderen vollzog, viele aus meiner unmittelbaren Umgebung. Mein Chef, der mich jahrelang wie einen Bruder behandelt hatte, verstand mich nicht, auch weil ich nicht die richtigen Worte fand, die meine Entscheidung hätten erklären können. Er hielt mich für undankbar, schimpfte mich verlogen und opportunistisch – verübeln konnte ich es ihm nicht. Dennoch wirkte er in dem Moment lächerlich, sein kleiner fetter Körper schwabbelte aufgebracht unter dem wütenden Schwall an Anschuldigungen, während ich ihn in meiner Vorstellung in der Luft zerriss. Gekündigt hatte ich – so einfach war das: Friss, du fette Sau, oder stirb!

Im Grunde konnte ich selber nicht ausloten, was mich zu diesem Schritt getrieben hatte. Dass dieses Verhalten nicht zum Enthusiasten passte, den ich bis dahin mit Bravour gemimt hatte, war nicht von der Hand zu weisen. Doch meine Entscheidung stand zu dem Zeitpunkt schon fest, war zu meiner ganz persönlichen, inneren Sollbruchstelle geworden.

Wien unterdessen war eine große Stadt. Die endlos breiten Straßenzüge und die ebenmäßige Architektur boten meiner wieder aufkochenden Unruhe keinen Anker mehr. Es wollte mir nicht gelingen, den widersinnigen Trotz, den ich gegenüber meiner Heimat wie ein zartes Pflänzchen gepflegt hatte, weiter zu füttern. Ich hatte zwei Leben in einem geführt, jahrelang.

Damals war ich Hals über Kopf aus Belgrad geflohen und bekam jetzt die Rechnung serviert – ich musste mich selbst wieder aus dem windschiefen Unterschlupf verjagen, den ich eigens für mich und meinen Trotz gezimmert hatte. Ich fing an, meine Deckung aufzugeben: Immer öfter spuckte ich auf die Straße, ignorierte rote Ampeln, warf Müll auf den Gehsteig, bestieg lieber den Bus als die U-Bahn oder suchte meine alten Arbeitskollegen am Bau auf, nur um meiner Muttersprache zu lauschen: den Flüchen, dem Chauvinismus, der Kälte und dem Dreck, wie ihn nur *Vaterländer* hervorzubringen vermochten.

Jetzt war auch die große Unbekannte wieder da, das ewig gleiche Spiel – und ich ließ mich sofort darauf ein, trieb von einem

Bezirk zum nächsten auf der Suche nach Vertrautem: Schon der Geruch der vielen Ćevapčići-Grills in Favoriten hatte jegliche Angst in mir getilgt und mich in Sicherheit gewiegt. Die zahllosen Nachnamen auf *-ić*, die die Türklingeln im fünfzehnten Bezirk schmückten, waren mein heimlicher Halt gewesen.

Ich musste bei Bedarf bloß mit den Fingern schnippen, schon stauchten mich die Bilder: Großmutter, Miloš, Marko, Korać, der schweinsgesichtige Milošević, das Bombardement, die Schule, der Belgrader Sommer – und mein Vater. Genauso konnte ich sie mit einem Schnippen auch als Hirngespinst abtun, sie wieder in die unterste Schublade packen. Am Ende war es nur diese hausgemachte Verarsche gewesen, die mich in Wien hielt. Dieses Spiel hätte es in jeder anderen Stadt auch gegeben, stets wäre der Entschluss abzuhauen gerechtfertigt gewesen, aufrecht gehalten wie eine gegen den Wind positionierte Fahne. Solange ich Ankerpunkte fand, die mir Vertrautes vorspielten, konnte ich glücklich werden – zumindest nach außen hin.

Dass dieses Hochgefühl nicht lange halten würde, war von Anfang an klar: Eines Tages stand ich wie ein hinausgeworfenes Möbelstück an der Straßenecke, mit ein paar kläglichen Erinnerungskrümeln in den Taschen und einem selbstersonnenen Spiel, das nicht mehr funktionierte.

Großmutters Tod kam mir gelegen. Doch bei dem Gedanken an die Rückkehr nach Belgrad wurde mir kotzübel. Trotzdem musste ich endlich etwas unternehmen: Ich hatte keine Arbeit, und auch die grauen Gemeindebauten Wiens, die wie Festungen der Neuzeit auf ihren Fundamenten ruhten, schützten mich nicht mehr.

Ich spielte im Kopf mehrere Szenarien durch, mit unterschiedlichen Ausgängen – und die unvermeidliche Begegnung mit meinem Vater ließ mir die Haare zu Berge stehen. Außerdem spukten immer wieder wilde Vorstellungen vom Grenzübergang zwischen Serbien und Ungarn in meinen sorgsam gefeilten Plänen herum. Seit den blutigen Vorfällen in Röszke vor einem Monat war die Grenze zu einem Bollwerk geworden, Geschichten von einer nie dagewesenen Brutalität der Zöllner machten die Runde. Zwar gab es die Möglichkeit, mit dem Zug über Slowenien und Kroatien nach Belgrad zu fahren, doch dann würde der Rest meines mühsam gesparten Geldes nicht für die kommende Miete reichen.

Ich buchte den Bus über Ungarn – mit dem serbischen Pass und dem österreichischen Visum konnte mir nichts passieren, so hatte es zumindest die Frau am Telefon formuliert. Lediglich den Retourweg müsste ich über Rumänien einschlagen.

All das war mir zuwider – als hätte mir jemand aufgelauert und würde nun, da ich für zwei Tage weg wäre, leise das Tor hinter mir schließen. Ich wollte nicht aus Wien verschwinden, nur den sich überschlagenden Gedanken der letzten Wochen etwas Luft geben, sie neu ordnen. Meine Haltlosigkeit und die Schlüsse, die ich daraus gezogen hatte, standen in krassem Gegensatz zu meinem Mantra, Serbien und seinen Abartigkeiten den Rücken kehren zu wollen – ich musste dieser abstrusen Verunsicherung nachgehen. Ich erhoffte mir von der Reise tatsächlich so etwas Banales wie eine Antwort.

Die wenigen Klamotten, die ich besaß, packte ich in denselben Rucksack, mit dem ich hier angekommen war, der Weg zur Busstation war derselbe geblieben, und die vielen dort wartenden Gesichter ebenfalls.

Vor den Schaltern herrschte reger Betrieb, als ich gegen vier Uhr nachmittags die Stiegen der U-Bahnstation Erdberg hinunterging und durch die Pforte des internationalen Busbahnhofs schritt. Schwerer Regen stürzte über die breiten Betonvordächer, unter denen die Busse parkten, in der Ferne suchten ein paar Menschen auf der anderen Straßenseite Unterschlupf. Der von den vielen massigen Bussen eingesunkene Asphalt war übersät von breiten Ölflecken und Schleifspuren.

Die Abfahrt des Busses war für fünf Uhr angekündigt worden, aber mit Verspätung musste man immer rechnen. Am Perron wartete bereits eine vierköpfige Familie, die Kinder schlängelten sich geschickt durch die vielen eng beieinanderstehenden Koffer. Der Vater, ein bulliger Kerl mit daumendicker Goldkette, rauchte eine Zigarre, während seine Frau in einer pinken Pyjamahose ihre viel zu langen, falschen Fingernägel inspizierte.

Beim Anblick der zwei spielenden Jungs beschlich mich leise Hilflosigkeit: Jeder zu schrill ausgestoßene Schrei, jede noch so falsche Bewegung oder Ungeschicktheit konnte jene Bestie wachrütteln, die scheinbar teilnahmslos umherblickte und den Stummel von sich schleuderte.

Im Grunde musste ich gar nicht nach Serbien reisen, dachte ich in dem Moment – ich hätte mir die Antworten auf meine Fragen auch hier holen können. Vielleicht aber wollte ich nur die Gewissheit, dass alles noch so war, wie ich es verlassen hatte, nur noch einmal den Ekel spüren, den dieses Drecksland mit seinen sengenden Sommern in mir hervorzurufen vermochte. Ich wollte meinem Vater in die Augen blicken und das Monster erkennen, das mich nachts nicht schlafen ließ, und dann mit wehenden Fahnen nach Wien zurückkehren, bereit für einen Neuanfang – nochmal von vorn, den Neuanfang vom Neuanfang sozusagen.

Die Kinder tobten ungestört weiter. Auch als eines von ihnen den Vater hart anrempelte und ich innerlich zusammenzuckte, sofort die Wut in seinem Gesicht suchend, geschah nichts. Er drehte sich zu seiner Frau, die ein paar ermahnende Worte für ihre Kinder fand, und gab ihr einen verstohlenen Kuss.

Der Regen hatte aufgehört, und auf meiner Haut bildete sich in der drückenden Schwüle ein dünner Schweißfilm. Der Sommer wollte nicht in die Gänge kommen. Vor mir tanzten auf der Oberfläche einer dunklen Pfütze Benzinflecken in den schillerndsten Farben des Regenbogens. Betört starrte ich auf dieses Spiel, und erst als der breite, burgunderrot foliierte Bus vorfuhr, wurde ich wieder aufmerksam.

Am Perron standen nun dutzende Menschen, die, als der Bus langsam seine Position einnahm, nach vorne drängten. Eine Schweißperle tropfte mir von der Nase. Ich zog meinen Pullover aus und band ihn mir um die Hüften, während die Leute zustiegen und der Platz sich langsam lichtete. Ein Mann, der neben mir stand, lächelte mich verstohlen an, entblößte unverhohlen seine graue faule Zahnreihe.

Zu meiner Überraschung öffnete meine Tante die Wohnungstür. Sie begrüßte mich kühl, fast abwesend, genau so, wie sie es früher immer getan hatte – auch meine Großmutter hatte sie immer mit demselben verachtenden Blick abgespeist. Als ich sie das letzte Mal sah, war sie keine fünfzig, den verbissenen Ausdruck der streng gepflegten Schalterbeamtin stets im Gesicht. Nun aber stand sie wieder vor mir, sah schrecklich zerfurcht und mitgenommen aus. Ihre Falten waren wie Narben, und die Haut hing von ihrem Gesicht wie ein alter lederner Lumpen. Was sie mit schlecht gefärbten Haaren zu verbergen suchte, offenbarte die dick aufgetragene Schminke, die die Traurigkeit ihres eingefallenen Gesichts noch mehr hervorhob.

Sie war immer nur die zweite Ehefrau des ältesten Onkels gewesen, auch sie ein von der Verbitterung des serbischen Beamtentums gezeichnetes Biest. Eines Tages hatte er – der wie mein Vater fürs Innenministerium gearbeitet hatte – seine Kollegin zu einer Familienfeier mitgebracht und sie dort zur Nachfolgerin seiner unlängst geschiedenen ersten Frau erkoren. Ich erinnerte mich noch gut an diese Feier: Schwere Wolken waren aufgezogen und hatten das Licht getrübt, das durch die Fensterfront unser kleines Wohnzimmer in ein schales, liebloses Grau tauchte. Diese Stimmung und Großmutters Spitzen gegen die neue Tante hielten mir die Erinnerung an diesen Tag lebendig.

Jetzt musste ich schmunzeln, als sie mir mit ihrer schrillen Stimme erklärte, meine Eltern seien schon zum Bestattungsunternehmen gefahren, der Sarg mit meiner Großmutter sei bereits aufgebahrt, und auch der Rest der Familie warte auf meine Ankunft. Der Gereiztheit in ihrer Stimme entnahm ich einen grundehrlichen Widerwillen gegen die Situation, in die sie meine Familie gedrängt hatte. Sie war zu meiner Chauffeurin erkoren worden, wollte aber keinesfalls mehr Zeit mit mir verbringen als nötig.

Die alte Kommode, die früher bei der Tür stand, war weg: Kaum ein anderes Geräusch hatte meine Jugend so geprägt wie das der gegen die Kommode knallenden Tür – gepaart mit den Flüchen meines Vaters. Waren nun, fragte ich mich, da die Kommode weg war, auch die Flüche verschwunden?

Ich gab meiner Tante zu verstehen, dass ich noch einige Minuten brauchte, kurz unter die Dusche springen müsste. Die Fahrt hatte mir ordentlich zugesetzt, ein steinerner Schlaf mich fast die gesamte Strecke über in Gewahrsam gehalten. Ich stank, und der unansehnliche rote Pullover klebte an meinem Körper wie eine zweite Haut. Erst jetzt, als ich meine Stimme hob und sie bat, mir fünfzehn Minuten zu geben, schenkte sie mir erstmals richtig Beachtung. Erstaunt musterte sie mich von Kopf bis Fuß, als hätte sie gerade einen Fremden ins Haus gelassen. Ich lächelte verunsichert. Und es schien, als würde sich auch auf ihrem Gesicht ein Grinsen abzeichnen, hätte sie sich nicht im letzten Moment zusammengerissen und mit einer steifen Kopfbewegung, die ich als Nicken deutete, ins Wohnzimmer verabschiedet.

Es war ein kühler Morgen gewesen, als ich nach dieser seltsamen neuneinhalbstündigen Fahrt aus dem Gastarbeiterexpress gestiegen war. Ich hatte den Fahrer gebeten, mich an der Autobahnausfahrt Richtung Banovo brdo rauszulassen, von der aus ich das Plateau gut erreichen konnte, auf dem mein Viertel lag. Zwischen der Abzweigung und der mittlerweile hochgewachsenen Hecke einer Romasiedlung verlief ein schmaler Erdpfad, und ich zweigte wie selbstverständlich ab. Vielleicht war es das gewesen, die Selbstverständlichkeit, mit der man Wege, Straßen, Trampelpfade nahm – vielleicht war ich tatsächlich heimgekommen.

Obwohl Großmutters Beerdigung in weniger als zwei Stunden stattfinden sollte, ließ ich mir Zeit, schlenderte gemächlich die Straßen entlang, als steuerte ich Vertrautem entgegen. Das Viertel hatte sich kaum verändert, trübes Licht hing schwermütig über den lieblosen, scheinbar willkürlich in die Landschaft gestreuten Häuserblocks. Die Gebäude waren verrußter als sonst, ihre hässlichen Pastelltöne bearbeitet vom jahrelangen Hin und Her der Busse, die auch jetzt, als ich langsam in meine Straße einbog, damit fortfuhren, diese einst so friedliche Umgebung zu verpesten.

Mürrische frühmorgendliche Gesichter an der alten Bushaltestelle – deren rostzerfressene, pilzförmige Überdachung durch billiges Wellblech ersetzt worden war – ließen Bilder meines damaligen Schulwegs aufblitzen. Von hier aus verstreuten sich die Menschen in alle Richtungen des Molochs, gingen unterbezahlten Berufen nach, besuchten Freunde, beerdigten Verwandte oder fuhren einfach nur mit dem Bus.

Ich lief an neuen Läden vorbei, die im Grunde dieselben geblieben waren: Grillimbisse, Pizzastände, Tante-Emma-Läden, Chinesengeschäfte. Nur die Namen waren ausgetauscht worden, schlecht überklebt oder einfach nur durchgestrichen. Den einzigen Hinweis auf das *Wirtschaftswunder*, das der neue, lurchgesichtige Präsident immer wieder in *seinen* Medien anpries, bot der riesige schillernde Supermarkt an der Ecke zur Hauptstraße. Seine prallgefüllten Regalreihen und die davor kauernden Gestalten passten nicht mehr in mein Bild vom ungeregelten Grind, den ich von dieser Straßenecke erwartete.

Gleich nach dem ebenerdigen Backsteingebäude, in dem sich meine Grundschule befand, schwoll hinter mir ein Motorengeräusch zu ohrenbetäubendem Lärm an. Ich drehte mich um und sah ein leidlich zusammengeschustertes Fahrzeug aus Einachstraktor und Pferdekarren näher kommen, dicke braune Wolken stoben aus allen Rohren. Der Fahrer, der das geflickte Gefährt geschickt manövrierte, trug einen dichten dunklen Vollbart, unter dem nur ein weißer Zigarettenstummel seinen Mund andeutete – der Rest verschwand unter seiner beachtlichen Mähne. Als er bemerkte, wie ich mich neugierig aufgebauscht hatte, hob er die Hand und grüßte mich mit einem lauten, sogar den Motor übertönenden *Guten Morgen!*, das ich jedoch nicht erwidern konnte – denn schon war er abgerauscht, einer prallen Tagesausbeute hinterher. Vielleicht würden wegen der vielen vor Krieg und Hunger flüchtenden Menschen die Roma nun endgültig in Vergessenheit geraten – dieser Gedanke begleitete mich, bis ich am Fuß der Stiege angelangt war, die zu unserer Wohnung führte.

Nachdem ich aus der Dusche gestiegen war, ging ich in mein Zimmer, um mir ein besseres Hemd überzustreifen. Nichts hatte sich verändert. Zwar beteuerte meine Mutter in unseren Gesprächen immer wieder, mein Zimmer nicht angerührt zu haben, doch die Konsequenz, mit der sie die Sperre auch für meinen Vater betrieb, erstaunte mich.

Wütend über meinen selbstgerechten Abgang, wollte mein Vater sogleich ein neues Schlafzimmer einrichten. Verübeln konnte ich ihm das nicht: Seit meine Großmutter bei uns wohnte, schliefen meine Eltern auf dem alten Klappsofa im Wohnzimmer – jahrelang hatten sie auf den Augenblick gewartet, dieser Enge wieder zu entkommen. Allem Anschein nach hatte sich meine Mutter vehement gegen diesen Plan meines Vaters gestemmt: Mein altes Jugendzimmer blieb also unberührt.

Wie vor einem offenen Fenster zur Vergangenheit stand ich nun in der Tür und wurde wehmütig. Sogar den alten Mief verströmten die Wände noch – als hätte ich den Raum erst vor wenigen Stunden verlassen. Die konservierte Unordnung, die zahllosen umherliegenden CDs und Heftstapel, vier nur noch lose an den Wänden klebende, vergilbte Poster und das Graffiti, das ich damals mit Miloš gesprüht hatte – sie legten mir wieder meine innere Unruhe bloß, die seit heute Morgen drohte, mich zu überrollen.

Mein Trotz war nun endgültig begraben, und ich seufzte bedrückt. Ich ging zum Sperrholzschreibtisch, auf dem immer noch das kaputte Radio stand, und setzte mich. Neben mir lag ein zugeklappter Laptop, auf ihm mehrere Folien gelutschter Bonbons. Und nun fielen mir doch einige Dinge auf, die anders waren: Auf der Fensterbank war der schwere Aschenbecher durch drei angeschmolzene Duftkerzen ersetzt worden, neben denen ein winziger ovaler Bilderrahmen aufgestellt war. Das Bild darin kannte ich nicht, aber es war eindeutig meine Mutter darauf zu sehen, um einige Jahre jünger, die rostbraunen Haare offen. In ihren inzwischen nach unten neigenden Mundwinkeln war ein richtiges Lächeln zu erkennen – es war das erste Mal, dass ich meine Mutter so sah! Mit wilder Mähne, die ihr wie ein dichter Fransenteppich auf die dürren Schultern fiel, auf ihrem Schoß ein dickliches Kind mit dunklem lockigen Haar, das ebenfalls in die Kamera lächelte. Obwohl ich mich anstrengte, mich selber erkannte ich in diesem Kind nicht.

Weiters stapelten sich am Fuße des Bettes dicke Wälzer, vor allem Russen: Tolstoi, Gontscharow, Afanassjew, aber auch Thomas Mann, Virginia Woolf, Desanka Maksimović – Bora Ćosić! Immer mehr Details zeigten sich, je länger ich unbewegt im Sessel verharrte: die nach Flieder duftende Bettwäsche, die nicht mir gehörte, eine unter meiner Slayer-CD versteckte Aufnahme der schönsten Mozart-Arien, auf das Radio geklebte Passfotos von mir und von meiner anderen Großmutter, die ich nicht mehr kennengelernt hatte, weil sie an Alzheimer litt und Jahre vor meiner Geburt gestorben war; ein aus weißem Papier gefalteter Lampenschirm über der früher einsam von der Decke hängenden Glühbirne.

Dieses Zimmer war doch nicht das Museum, das allein mir huldigte – eher ein Rückzugsort, ein Raum, in dem meine Mutter all den Dingen nachgehen konnte, die ihr in den vielen Ehejahren abhandengekommen waren. Nichts verwies hier auf meinen

Vater. Sie hatte es geschafft, ihn zu verbannen. Konnte es sein, dass alle Welt nur vor ihm floh?

Im Wohnzimmer war es still, meine Tante wartete offenbar geduldig, auch wenn die Beerdigung bereits in weniger als einer Stunde anfing. Ich betrat jetzt das Zimmer meiner Großmutter.

Als ich noch ein Kind war, scheute ich mich davor, hineinzugehen, es war immer schon der einzige Raum unserer Wohnung gewesen, bei dem mich Unbehagen befiel. Trostlos war es dort, wogegen auch das westseitige, quadratische Fenster, durch das im Sommer viel warmes Nachmittagslicht strömte, kaum etwas ausrichten konnte. Auch die karge Einrichtung – ein Bett, ein schmaler Kleiderschrank und ein Nachtkasten – war Teil dieses Elends, das wie ein ungebetener Gast das Leben meiner Großmutter begleitet hatte.

Beim Anblick dieses Zimmers erhärtete sich mein Glaube an so etwas wie Seelen, und daran, dass sie den Körper wütend verließen, ob der lieblosen Orte, an denen man sie vergessen hatte, sodass der Tod tatsächlich einer Erlösung nahekam. Das Zimmer meiner Großmutter war eine heimtückische Falle, die ich mir so schönzureden versuchte.

Obwohl meine Onkel ganze Häuser und größere Wohnungen besaßen, entschied sich Nana damals, als das Alter ihr immer mehr zuzusetzen begann und die Winter im Dorf beschwerlicher wurden, zu *uns* zu ziehen. In den lichteren Augenblicken meiner Jugend war ich mir sicher gewesen, sie sei nur wegen mir, ihrem jüngsten Enkel, zu uns gekommen. Ihr Dorf war weit entfernt, so hatte sie meine Cousins nicht heranwachsen sehen können. Nun wollte sie wenigstens mich begleiten. Ihre zurückgezogene, aber dennoch entschiedene Art hat mich rückblickend mehr geprägt, als ich zugeben wollte. Vielleicht war das auch ihr ganz persönlicher Triumph gewesen, schließlich hatte sie die eigenen Kinder an ihren Ehemann abtreten müssen. Bei mir dagegen hatte sie bis zu meinem achtzehnten Lebensjahr absolutes Mitspracherecht, das sie sich von meinem Vater nie nehmen ließ. Letzten Endes war sie es gewesen, die mir damals ihr gesamtes Erspartes in die Hände drückte und die Tür hinter mir schloss, während meine Eltern noch friedlich auf ihrem Klappbett schliefen, einem Morgen ohne Sohn entgegendämmernd …

Ein gleißender Lichtstrahl fiel auf den runden Esstisch im Erker – die Wolkendecke war endlich, nach Wochen des Regens und der Tristesse, aufgebrochen, zumindest für diesen kurzen Augenblick, denn schon verebbte der Lichtstrahl, langsam, als würde jemand am Dimmer drehen.

Meine Tante saß mit geschlossenen Augen auf der Couch und döste. Auch hier schien sich nur wenig verändert zu haben: Die alten Möbel standen an ihrem angestammten Platz, und auch der modrige Geruch aus den mit haardünnen Rissen übersäten Wänden war noch da. Dennoch war da eine Ruhe, die mich vorerst misstrauisch stimmte. Die Glasvitrine, in der mein Vater früher seine Devotionalien aufbewahrte, war inzwischen vollgestellt mit Fotos der Großeltern, der Onkel und Tanten mit erhobenen Gläsern in den Händen auf irgendwelchen Familienfeiern – die ich allesamt verpasst hatte. Sie sahen nicht glücklich aus, manche stark gealtert und kaum wiederzuerkennen mit ihren grauen Haaren, neuen Schnurrbärten, schwermütigen Gesten – trotzdem schienen sie beseelt zu sein vom freudigen Anlass, der sie zusammengeführt hatte. Wo früher Vaters Beretta stand, lächelte mich nun Großmutter verschämt an, daneben ein altes Foto von mir, auf dem ich mich gerade vom Objektiv abwende.

Und an der Wand über der massiven Eichenholzkommode erinnerte nur mehr ein vergilbter Abdruck an die stets schlicht gerahmten Porträts früherer Präsidenten: Keine Ideologie erdrückte diesen Raum mehr. Die Titos und Miloševićs waren lediglich als fahler Beigeschmack, als blasse Erinnerung zu spüren – all diese Veränderungen enttäuschten meine Erwartungen: Da hatten sich Teile eines Bildes über die Jahre neu zusammengesetzt, ein Bild, das in meiner Vorstellung längst festgefahren war.

Auf dem Esstisch stand eine hässliche türkise Vase mit verdorrten Zweigen und Blättern als Zierrat. Über dem Fernseher hingen die etwas mitgenommenen Ikonen des heiligen Michael, des Schutzheiligen unserer Familie, und der heiligen Petka – einer aus Epivates stammenden Asketin, die nach dem Tod der Eltern ihre Heimatstadt Richtung Wüste verließ, um dort Gott zu suchen. Nach ihrem Tod wurden die Gebeine quer durch halb Europa gekarrt, bis sie auf Geheiß von Kaiserin Milica ihren Weg nach Belgrad und schließlich nach Rumänien fanden. Immer noch lagen zwei ganze Finger irgendwo in Belgrad ausgestellt, jeden Sonntag umzingelt von einer lüsternen Meute, die weitab jeglichen Glaubens Sünden ganz anderen Kalibers abzuarbeiten hatte.

Großmutter war eine glühende Verehrerin der heiligen Petka gewesen, trug mir oft und inbrünstig die zahllosen Legenden vor, die sich um diese Heilige ranken. Ich verstand damals nicht, wieso sie mir immer wieder diese Geschichten erzählte, wo ich doch wusste, dass sie sonst nicht besonders gläubig war.

Heute war das anders: Mit dem Blick auf die Ikone dieser Frau, deren Kopf eine dünne Aureole aus Blattgold zierte, wurde mir klarer, was für Nana hinter ihrer Geschichte verborgen lag: ein zur Gänze auf ein einziges Ziel gerichtetes, entbehrungsreiches Leben. Ob Gott und die Engel der heiligen Petka tatsächlich im Schlaf erschienen waren, war nicht von Bedeutung. Meiner Großmutter, so meinte ich, ging es um etwas anderes. Ihre Bewunderung galt dem Opfer, das diese Frau bereit war, auf sich zu nehmen. Zwischen dieser Bedingungslosigkeit und den Zufällen eines so nicht ersehnten Lebens oszillierte auch die trostlose Geschichte meiner Großmutter.

Hinter mir knisterte es. Meine Tante hatte die Augen aufgemacht.

Mein Vater hatte sich in eine Rosine verwandelt. Sein faltiges Gesicht wirkte zerknautscht, der Blick kränklich, und der stets so strenggeschorene Schnauzer verwilderte zusammen mit dem Rest seines Gesichts. Auch seine einst kerzengerade Haltung beugte sich unter der Last der mindestens siebzig Jahre, die er nun zählen musste. Er trug einen pechschwarzen Pullover, darunter ein weißes Hemd mit Krawatte, eine graue Anzughose und blitzsauber gebürstete braune Schuhe – die Kleidung war das einzige Überbleibsel des ewigen Beamten in ihm. Alles andere strahlte eine Laxheit aus, die nicht mehr zu einem Despoten passen wollte: Er hatte endgültig seine Haare verloren, die wenigen Stoppeln, die einen weißen Kranz um sein Haupt bildeten, gaben die Lächerlichkeit preis, der sein Körper anheimgefallen war. Unter seiner lose hängenden Kleidung war er nur mehr Haut und Knochen, ähnlich dem Zigeunergefährt von heute Morgen, ein leidlich geflicktes Gerüst, das auf die notwendigsten Funktionen reduziert worden war: gehen, sitzen, fressen, scheißen, mehr hätte ich dieser fleischgewordenen Bagatelle nicht zugetraut. Aber ich ließ mich von seiner Jämmerlichkeit nicht täuschen: Die wahren Abgründe lauerten nach wie vor hinter der bröckelnden Fassade!

Neben ihm – sein rechter Arm war unter ihren linken gekeilt – stand meine Mutter wie eine in Würde gealterte Dame, die sich niemals im Leben etwas hatte zuschulden kommen lassen. Hier stand ein anderer Mensch vor mir, diese Frau strahlte eine Zuversicht aus, die ihrer Umgebung offenbar zeigen sollte, dass sie alles unter Kontrolle hatte. Ihr leicht erhobenes Haupt und die silbergesträhnten Haare glänzten fahrig im faden Licht der Neonröhren. In der dezenten Schminke um Augen und Mund schwang jugendlicher Reiz mit. Sie trug einen eleganten, smaragdgrünen Blazer mit ausgestopften Schultern, der ihre Haltung korrigierte. Ein Doppelkinn zeichnete sich ab, und um die Augenpartie ein ganzes Faltendelta, das bis an die Schläfen reichte.

Ihr selbstbewusstes Auftreten überraschte mich. Ich war stets überzeugt gewesen, sie und meine Großmutter damals alleingelassen zu haben, dem Tier ausgeliefert, das ich in meinem Vater sah. Trotzdem tat mir meine Mutter nie sonderlich leid – letzten Endes hatte sie alles stumm über sich ergehen lassen, hatte alles bejaht, was es zu bejahen gab. In meiner Vorstellung war sie stets die Stellvertreterin aller rückgratlosen Geschöpfe gewesen, die dieses Land in den letzten Jahrzehnten hervorgebracht hatte, und nun, nachdem der schwerbeladene Lebenskonvoi über ihren Körper hinweggefahren war, zeigten sich erste Anzeichen einer Veränderung, die ich so nie für möglich gehalten hätte. Früher war sie immerzu verbittert gewesen, eine Verbitterung über den aus Ideologie, Nationalismus und Vorurteil gezimmerten Kerker, den mein Vater in jahrelanger Kleinstarbeit für seine Familie gebaut hatte – diese war jetzt wie weggefegt. Vielleicht hatten ihr all die Bücher, die sich nun in meinem alten Zimmer stapelten, gutgetan!

Dagegen sah mein Vater richtig fertig aus: Irgendwo auf dem Weg in sein Großserbisches Reich war er gegen eine Wand gefahren – doch das alte Gift, das ihm und seinen Volksgenossen immer noch in ordentlichen Dosen vom *Neuen* verabreicht wurde, kochte weiterhin auf heißer Flamme. Im heutigen Serbien aber standen nicht mehr und nicht weniger als ihre Kinder auf dem Spiel – sie waren schließlich diejenigen, die dieses so große, glänzende und heilige Scheißland in Scharen verließen, während ihre Väter wie in Hollywoodfilmen in den Krieg gezogen waren. Und nun standen sie da, dieselben Väter, in Reih und Glied, mit nichts als ihren Schwänzen in den Händen, und spielten immerzu dieselbe Leier – gealtert, vergessen, jämmerlich, nichts Ruhmvolles mehr. Sie waren im falschen Film gelandet.

Beweise brauchte es nicht: Schon die Würdelosigkeit meines Vaters ließ mich innerlich Freudentänze aufführen – und während wir Männer uns gegenseitig zerfleischten, würde einzig und allein meine Mutter als Gewinnerin übrig bleiben. Anmutig stand sie da, inzwischen stützte nicht mehr mein Vater sie, sondern sie ihn.

Die gerade mal zehnminütige Fahrt von unserer Wohnung zum Bestattungsunternehmen war wie im Schlaf an mir vorbeigegangen. Die Müdigkeit, die mich seit Beginn meiner Reise verfolgte, ließ nicht von mir ab.

Bilder vertrauter Straßenzüge zeichneten sich unter meinen halbgeöffneten Lidern wabernd ab. Ich meinte, draußen ein Graffiti wiedererkannt zu haben, das Mata und Anton an die Fassade von Zujkes Gebäude gesprüht hatten, während Miloš und ich daneben saßen und nach den Bullen Ausschau hielten. Ein grünes Ganjablatt, neben dem in dicken schwarzen Lettern *NO LIFE BUT HIGH* geschrieben stand. Auch die Kids von damals erkannte ich, ihre flaumigen Bartansätze, die langen Haare und löchrigen Metalshirts in Kombination mit ärmellosen, angepissten Jeansjacken, grölend, rülpsend, stinkend, vor allem aber Staat und Eltern hassend. Dort standen sie, die Hosen gehörig voll, stoned von Zujkes bleiversetztem Weed, jederzeit bereit, das Drogenarsenal zu erweitern, auszuflippen, abzustumpfen. *No fucking future*, diesmal in Echtzeit, ohne Zeitlupe, ohne Wohlstandsprivilegien, schmucklos und tumb. Das Koma war allgegenwärtig – eine Veränderung würde ich nicht mehr erleben!

Nun konnte ich bedenkenlos die Augen öffnen, aus dem Wagen meiner Tante springen und dem Elend ein weiteres Mal entkommen, Wien entgegen, mit offenen Armen, gekonnt die Maske wieder aufgestülpt, blutleere Hipster und Bobos mit ihren vollgestopften Eltern und geschwollenen Nasen bedienen, selbstmitleidig immer nur dieselben Fragen ernten: *Hasst du Bosnier? Hasst du Kroaten? Hasst du Albaner?*

Ein Ruck holte mich zurück, draußen ein unbekanntes Viertel: Die Häuser hier waren für Belgrader Verhältnisse ungewöhnlich, zweistöckige, mit Sorgfalt errichtete Platten, denen der gelbe Backstein eine Einheitlichkeit verlieh, hinter der nur ein urbanistischer Plan aus den Siebzigern stecken konnte. Auch die Fassaden waren nicht wie überall sonst von billigen *tags* verunstaltet, keine überquellenden Mistkübel oder halbverwesten Köter am Straßenrand. Stattdessen sauber geschorene Rasenflächen und Kinder auf einem vollkommen intakten Spielplatz. Sollte das nun das *neue* Belgrad sein und ich der unversöhnliche Bastard, der all dem keinen Glauben schenken wollte?

Was aber nützten der gutgemeinte Anstrich, der feine Rasen, der gottverdammte Spielplatz, wenn keine zehn Meter weiter Menschen unter ihren Wellblechhütten dahinvegetierten, verscharrt und vergessen von den eigenen Landsleuten – aus den Augen, aus dem Sinn.

Auf der Fahrt hatte ich keine zwei Worte mit meiner Tante gewechselt. Routiniert steuerte sie den klapprigen Maruti um die Schlaglöcher herum, sie spielte ihre Rolle nahezu perfekt, blickte mich kein einziges Mal an, blieb verbissen und stumm. Nur einmal entwich ihr eine leise Frage, die ich mit einem gähnenden *Schön* beantwortete: Wie denn das Leben in Wien sei.

Ich betrat den Plattenbau, in dem sich das Bestattungsunternehmen befand. Gleich dort, im mit Ebenholz verkleideten Empfangsbereich, standen meine Eltern in einer Ecke, *die Erhabene und die Rosine.*

Niemand schien sich für mich zu interessieren, einige Köpfe reckten sich, aber sie erkannten den Fremden in seiner zerschlissenen Kleidung nicht. Ich nutzte diese sicher nur vorübergehende Anonymität, um mich zu sammeln und meine Nervosität, von der mir langsam übel wurde, abflauen zu lassen. In einer von breiten Schultern abgeschirmten Ecke fand ich einen Unterschlupf, von dem aus ich trotzdem alles gut im Blick behalten konnte.

Mein Vater ließ seinen Blick über die überschaubare Menge an bekannten Gesichtern schweifen, ganz beiläufig, als würde er gar nichts suchen. Als sich unsere Blicke trafen, versteinerte ich – gleichzeitig jedoch spürte ich bei uns beiden eine steife Entschiedenheit, die mir versicherte, dass es ihm gerade ähnlich erging wie mir. Schlussendlich war ich *ihm* peinlich, und er war nur mein ganz persönliches Monster.

Wir gingen aufeinander zu, beide die Arme an den Körper gepresst, sodass keiner von uns in die Verlegenheit kommen konnte, dem anderen die Hand reichen zu müssen. Ob ich den Ring gebracht hätte – das war seine einzige Frage. Aufmüpfig präsentierte ich ihn an meinem Finger. Ich sagte nur noch, dass ich allein zu Großmutter hineingehen wolle, was er mit einer stoischen Geste quittierte, in der ich kurz jene Regungen aufflammen sah, aus denen er in Wirklichkeit genäht war. Ich grinste zufrieden.

Unterdessen hatte sich meine Mutter an uns zwei Kombattanten herangewagt und umarmte mich. Der Kuss, den sie mir auf die Wange gab, machte mich verlegen, sie flüsterte mir ein zittriges *Mein Sohn* ins Ohr. Sie weinte in einer Mischung aus Trauer und Freude, und mir trieb es ein verschämtes Lächeln ins Gesicht. Wie eine Blinde, die die Konturen meines Gesichts verinnerlichen wollte, strich sie mir durch die Haare, betätschelte meine Wangen, griff mir ans linke Ohr und zog ganz leicht daran. Und so unmerklich, wie sie gekommen war, verschwand sie auch gleich wieder hinter den vielen Rücken, die, nachdem sie meine Mutter davonhasten sahen, ihre missmutigen Mienen nach mir umwandten. Sie fixierten mich wie eine Schar neugieriger Lemminge.

Schlagartig war ich wieder nervös, aber ich hielt dem geballten Ärger, der mir entgegenschlug, stand und verbeugte mich unbeholfen. Einige fingen aufgeregt zu tuscheln an, ohne die Blicke von mir abzuwenden. Mich überraschte diese stille Verachtung –

ich hatte mit gröberen Ausfällen gerechnet, mehr noch: Ich verlangte nach ihnen! Hier und jetzt verbot es sich, aber ich wusste, dass manche mich nur zu gerne angeschnauzt, rausgeworfen oder zum Mond geschossen hätten.

Ich sah mich um und erkannte einige Cousins, die gemeinsam mit ihren Vätern so taten, als würden sie mich nicht kennen. Zwischen den dunklen Hosen der Erwachsenen standen einige Kinder, die wohl zu meinen Cousinen und Cousins gehören mussten – noch nie hatte ich sie zu Gesicht bekommen. Sie waren es jetzt, die mich neugierig beäugten und in mir die Zuversicht weckten, nicht völlig ausgestoßen zu sein. Mir war, als müsste ich diese Kinder unter meine Fittiche nehmen, als gäbe es ein kurzes Zeitfenster, in dem ich sie alle aufklauben könnte: Geborgen unter meinen Flügeln, würden wir mit einem Satz aus dem Fenster springen, den Fängen der Schweineeltern auf ewig entrissen – einem besseren Leben entgegen. Und lachen würden wir, ja, uns lachend auf die Bäuche klopfen. Als Helden der Jugend würde man mich feiern, mich mit Kränzen schmücken und mir Denkmäler errichten …

Schnell schüttelte ich den Gedanken von mir: Hier drinnen war ich bloß die ehrlose Made.

Plötzlich löste sich eine der kleinen Gestalten von der vor dem Fenster stehenden, rauchenden Menschentraube und ging geradewegs auf mich zu: Die goldbraunen Zöpfe des Mädchens waren zusammengebunden und bildeten einen Kranz, der ihr Gesicht wie ein hölzerner Rahmen umschloss. An den hellgrünen Augen und dem dünnen Mund meinte ich zu erkennen, dass sie eine Enkelin des ältesten Onkels war. Ihr himmelblaues, mit roten Blumen besticktes Kleid hing ihr bis zu den spindeldürren Knien, und über der linken Brust trug sie wie der Rest der Gesellschaft einen Trauerflor.

»Hallo!«

»Hallo«, erwiderte ich vorsichtig, »wie heißt du denn?«

»Mein Name ist Lidija, und ich bin fünf!« Ihre Hand offen in die Höhe gestreckt, grinste sie mich in ihrer Zahnlosigkeit an.

»Wow, du bist aber eine große Prinzessin!«

»Ich bin keine Prinzessin!«, gab sie entschieden zurück, mit vorgeschobener Unterlippe und gespielter Empörung in der Stimme.

»Tut mir leid, Lidija, das wusste ich nicht.«

»Was machst du hier?«

»Dasselbe wie du. Ich bin gekommen, um meine Nana zu verabschieden.«

Sie schaute mich misstrauisch an: »Das geht aber nicht!«

»Und wieso?«, fragte ich.

»Weil sie meine Nana ist, nicht deine!«

Ich lachte laut auf, und auch sie stieß einen schrillen, aber verschämten Lacher hervor, der die anderen um uns aufhorchen ließ. Ein tiefes, bedrohliches *Lidija* ging durch den ganzen Raum. Von einem Augenblick zum nächsten erstarrte das Mädchen. Auch ich war innerlich zusammengezuckt, suchte nach dem Urheber des schweinischen Grunzens – Lidija indessen war schon verschwunden.

Statt ihr plusterte sich nun der massige Körper des jüngsten Onkels vor mir auf. Sein abgrundtief hässliches Gesicht musterte mich von oben bis unten – er schnaubte wie ein Ochse. Sein im Bosnienkrieg zerschossenes Bein musste ihm in den letzten Jahren arg zugesetzt haben, in seiner rechten, einer Baggerschaufel ähnelnden Hand hielt er eine Krücke. Um uns war es verdächtig still geworden. Vorne am Fenster hörte ich eine Frauenstimme die kleine Lidija schelten.

Nun war es so weit, der Moment, auf den alle sehnsüchtig gewartet hatten, war endlich gekommen. Feiste Gesichter starrten uns an – alle rochen die Gelegenheit auf Genugtuung für die Schmach, die ich meinem Vater damals zugefügt hatte, und auch diejenigen, die nichts von allem wussten, ließen sich nun von dieser Stimmung mittragen. Ich war ihre heimliche Phantasie gewesen, an der sie sich jahrelang aufgegeilt hatten. Zehn Jahre, in denen sie keine Kriege führen, in denen sie ihren Hass nicht nach außen tragen durften: Hier und jetzt bündelte sich alles. Ein lästiger Dorn im Auge, den sie endlich ziehen könnten – ein Riesenspaß für die ganze Familie!

Und plötzlich – brach mein Onkel seine Aktion ab. Die Lynchpartie war wieder vorbei, bevor sie begonnen hatte. Nur ein leises Knurren vernahm ich von ihm, und er fragte, ob ich auch den Ehering seines Vaters gebracht hätte, woraufhin ich nur die Hand hob. Schon humpelte er wieder fort, ließ mich wie ein uninteressant gewordenes Spielzeug stehen.

Mein Herz raste weiter, kalter Schweiß überzog meine Handoberflächen. Ich traute mich nicht von der Stelle. Jeder weitere Schritt, so dachte ich, würde jetzt fatale Folgen nach sich ziehen. In der anderen Ecke des Raumes bemerkte ich das erleichterte Gesicht meiner Mutter, sie lächelte zuversichtlich, als ob sie mir sagen wollte, ich sei in Sicherheit – hier und heute werde mir nichts geschehen. Und auch mein Vater hatte sich unmerklich hinter meinem Rücken positioniert, als wollte er mich vor seinen Brüdern und Verwandten beschützen. Sein flauer, modriger Atem in meinem Nacken.

Leise fiel die massive Holztür in ihr Schloss. Der Raum, in dem Großmutters Sarg auf einem viel zu kurzen Tisch aufgebahrt lag, unterschied sich nur unwesentlich vom Empfangsbereich: Das Licht war zurückhaltender, und die mit Ebenholz verkleideten Wände strahlten eine falsche Wärme aus. Jeden meiner Schritte dämmte ein von Flecken übersäter, grauer Teppich. Zwei Kerzenständer standen zu beiden Seiten des schlichten Sargs, an dem vorne kleine Schraubverschlüsse befestigt waren. Keine der acht Kerzen brannte.

Über der Aufbahrungsstelle klaffte ein hüftbreites Loch in der

Decke, das jenen, die es bemerkten, ein kümmerliches Durcheinander an Kabeln, Rohren und Staub offenbarte. Am anderen Ende des Zimmers eine metallene Tür mit dickem Kantenverschluss, umrandet von krankenhausgrünen Kacheln. Die Luft stand im Raum, keine Fenster, die geöffnet werden konnten, um wenigstens für einige Augenblicke den faulen Geruch zu vertreiben.

Ein einziger Stuhl stand in der Ecke neben der Eingangstür, Sitzfläche und Lehne aus einem schon stark zerschundenen Korbgeflecht, ein helles Beige im Kontrast zum sonst dunklen Holz des Stuhls. Zwischen den beiden hinteren Stuhlbeinen prangte eine dreieckige kahle Stelle im Teppichboden, augenscheinlich war ein durchgeschimmelter Teil herausgeschnitten, die grauen, konzentrischen Fäulnisflecken aber unbearbeitet stehengelassen worden. Von dort verlief ein Sprung über die Sperrholzleiste, durch die Wand, bis auf die Höhe der Stuhllehne. In einer der Raumecken angekommen, machte der Riss einen Knick und verlor sich nach wenigen Zentimetern in der dunklen Maserung der Holzplatten. Mehrere solcher Risse mäanderten unscheinbar quer durchs gesamte Zimmer, ohne jemals zusammenzulaufen. Jeder unterlag einer eigens für ihn aufgestellten Regel, wobei dieselbe Regel nicht immer die Richtung vorgab, in die sich mancher Riss begeben hatte. Das einzig Sichtbare war ihr Gegenwirken, ein eigensinniger Trotz, wie eine stille Übereinkunft, die, so die Gewissheit, die Wand zum Einsturz bringen würde.

Ich schraubte vorsichtig an den Verschlüssen des Sargs, bis dieser unter meiner zittrigen Hand aufsprang. Mir war unwohl, und auch die Angst, auf frischer Tat ertappt zu werden, ergriff mich, als ich den unerwartet leichten Sargdeckel hob und Großmutters Leichnam erblickte.

Ich zuckte zusammen und wandte mich sofort ab. Ein Gefühl, als Außenstehender einer bizarren Zeremonie beizuwohnen, überkam mich. Ich beobachtete meine rechte Hand, wie sie sachte über das Kleid glitt und abwesend den billigen, knorpeligen Stoff mit Daumen und Zeigefinger ertastete. Mein Kopf schmerzte, abertausende winzige Stiche, die abwechselnd Schädeldecke und Hirnmasse malträtierten. Unentschieden, ob ich mich langsam hinsetzen oder mich übergeben sollte, folgte ich meinen Fingern, die sich zögernd vom Kleid lösten und den Rand des Sarges ergriffen.

Wie ein fremdes, friedlich nebeneinander eingeschlafenes Paar lagen ihre Füße auf den weißen Polster gebettet, die Spitzen etwas nach vorne gekrümmt. Die ledernen Pantoffeln, die man ihr über die Füße gestülpt hatte, waren rissig, aber blankpoliert. Als hätte sich jemand viel Mühe gegeben, das Elend, das diese Frau ein Leben lang begleitet hatte, zu kaschieren. Darunter war sie barfuß, und da erblickte ich zum ersten Mal die tote Haut, die sich unter meinem Zeigefinger wie das Leder der Pantoffeln anfühlte. Gleich oberhalb der fleckigen Knöchel umschloss das mit winzigen Holunderblüten verzierte, dunkle Kleid Großmutters Beine.

Auf einer Fotografie, die vor vielen Jahren im Dorf meiner Großmutter aufgenommen worden war, trägt sie mich als Drei- oder Vierjährigen in ihren Armen. Im Hintergrund das satte, paradiesische Grün ihres Gartens. Vorne hält sich der Junge etwas ungeschickt am Kragen ihres mit Holunderblüten übersäten Kleides fest und entblößt einen Teil ihrer linken Brust. Beide lachen so beherzt auf diesem Foto, dass man meinen könnte, sie seien glücklich.

Sorgsam an den Stellen geknickt, an denen Motten Löcher ins Kleid gefressen hatten, warf der Stoff geschwungene Linien bis hinauf zu den Händen, die achtlos auf den Schoß gefaltet lagen. Flaum bedeckte ihre Fingerknöchel, und auch aus den Handrücken wuchsen feine, weiße Härchen. Ihre Fingernägel waren lang und sauber. Altersflecken, die ich als Jugendlicher immer als eine Art Vorboten schleichender Verwesung deutete, waren einer dicken, schlecht aufgetragenen Schminkschicht gewichen, die das Offensichtliche zu verbergen suchte.

Nun beugte sich mein Oberkörper über den Sarg, das schlecht gezimmerte Holz knarzte unter der Last meines Gewichts. Mir war jegliches Zeitgefühl abhandengekommen. Ich vernahm von draußen ein Murmeln. Da stand ich, eine jämmerliche Gestalt, über die Hülle meiner einstigen Verwandten gebeugt, die Nase dicht an ihren Händen: Nur der künstliche Geruch des Puders trat mir entgegen, mein Atem wirbelte winzige Partikel auf. Die verschränkten Hände bildeten ein schiefes V, darüber die Messingknopfreihe ihres Kleids, fehlende Knöpfe waren durch farbähnliches Plastik ersetzt. Großmutter war zugeknöpft bis zur Kehle, am Hals bildete ein dünner weißer Streifen Stoff eine Krause, die sich bis zu den Schultern zog, dort knitterte die Baumwolle und bauschte sich zu mageren Schulterpolstern auf, unter denen ich wie bei meinem Vater nur Haut und Knochen vermutete.

Sie war alt geworden, war viel kleiner als in meiner Erinnerung, wie der Körper eines Kleinkindes, gekrümmt und zusammengesackt. Vielleicht verendeten wir alle auf dieselbe Weise, und was einmal hoch hinaus gewachsen war, kehrte am Ende langsam wieder zur Erde zurück. Ich hätte ihren Körper ohne weiteres hochheben, sie im Arm halten können, wie sie mich in ihren Armen gehalten hatte – mit dem Unterschied, dass diesmal niemand lachen würde.

Wie eine aus abertausend Strichen gewebte Tuschezeichnung zogen sich die Falten durch ihr Gesicht, ein falsches Rouge um ihre hervorstechenden Backen gepinselt. Der Rest war eingefallen, das einst stolze Kinn war verschwunden. Die Augen, die sie nahezu all ihren Söhnen und Enkelkindern vererbt hatte, waren in die Höhlen zurückgesackt, übrig waren nur geplatzte Kapillaren und Flecken geblieben. Sie hatte ihre Haare verloren: Die wenigen Strähnen ruhten auf dem weißen Plüsch des Innenfutters wie ein dünner Schleier. Zwei Falten umrahmten die Lippen, die in meiner Erinnerung nie so verbissen gewesen waren. Ich versuchte mir auf ihrem Mund ein Lächeln vorzustellen, ein Lächeln, das Großmutter nur dann zeigte, wenn sie mit mir zusammen war – zumindest hatte ich mir das immer eingebildet. Etwas, das nur uns beiden gehörte, wie bei alten Freunden, die vor langer Zeit ein Leben miteinander geteilt hatten. Wie etwa die gemeinsame Freude über mein neues Leben in Wien: Ich hörte noch, wie die Haustür hinter mir zufiel und Großmutter sachte mit ihrer schmalen Hand am Schloss drehte.

Etwas war aber noch offen: Meine Hände umfassten jetzt den stoisch geschlossenen Kiefer, und unter einiger Anstrengung wurde Großmutters Mund aufgestoßen. Ein unangenehmer, aber vertrauter Geruch von Saurem und Mandeln trat mir entgegen. Meine Finger ertasteten die trockene, ledrige Zunge – ich war wacher geworden. Nun, da sich viele zersplitterte Details zu ordnen begannen, griff ich nach dem Ring an meinem Finger und schob ihn so tief in Großmutters Rachen, dass ein lebendiger Mensch wohl daran erstickt wäre.

Die Beerdigung war wie eine Diaschau an mir vorbeigerauscht: Mehrere aneinandergereihte, nur lose miteinander verknüpfte Szenen schoben sich vor meine trotzige Taubheit. Ich hatte die Sache, so schnell es ging, zu Ende bringen wollen.

Unterdessen interessierte sich niemand mehr für mich: Der Parasit, der ich insgeheim sein wollte, war endgültig hinter dem Schleier verschwunden, den meine Verwandten über mich gelegt hatten – als hätte während meiner Abwesenheit ein geheimer Bund getagt, wo die endgültige Ächtung vollzogen wurde. Mein Vater würdigte mich keines Blickes mehr. Er stand wie eine angestaubte Statue in seiner Ecke, schob in altbekannter Manier seinen verwilderten Schnurbart nach vorne und tat so, als wäre seine Aufgabe erfüllt. Keine weiteren Fragen nach dem Ring oder was ich so lange im Aufbahrungsraum getrieben hatte, nicht einmal ein verächtlicher Blick aus jener Ecke, in der meine Onkel und ihre Familien sich zusammengerottet hatten. Ginge es nach ihnen, hätte ich genauso gut wieder in den Bus nach Österreich steigen können. Etwas Zeit hatten sie mir zugestanden, das war es aber auch schon gewesen. Den Ring wollten sie zurück – und den verhassten Boten gleich wieder loswerden.

Ich hatte viel mehr Widerwillen erwartet, ein Teil von mir wollte die Eskalation, sie aber ignorierten mich so offensichtlich, dass es mich schmerzte. Diese Leerstelle klaffte jetzt wie eine Bedrohung über mir: Statt der für mich so notwendigen Krise verkam das Ganze zu einer x-beliebigen Trauerfeier!

Auch meine Mutter war jetzt anders: Sie wirkte, als stünde sie neben sich, ihr Blick ging durch mich hindurch, als ich zu ihr trat und sie fragte, ob sie mit mir nach der Beerdigung einen Spaziergang machen wolle. Wir hätten morgen noch genug Zeit dafür: ein einziger, karger Satz, mit dem sie mich abspeiste. Sie wusste ganz genau, dass ich morgen früh wieder abreisen wollte! Hatte der Tod meiner Großmutter allen derart zugesetzt, dass sie meine Anwesenheit als selbstverständlich erachteten? Nur ein verkrampftes Lächeln konnte ich meiner Mutter entlocken. Ich hatte ihre Hand ergriffen und drückte sie fest. Sie spürte wohl meinen Widerwillen gegen alles, was hier passierte. Und doch, so hoffte ich, spann sie sich insgeheim ein Märchen zurecht, in dem ich so etwas wie Freude über unser Wiedersehen empfand.

Doch kaum begann ein Hochgefühl auf mich überzuschwappen, war sie auch schon wieder in die Ecke zurückgekehrt, um das kümmerliche Geschöpf, das sich als mein Vater ausgab, zu stützen – diesen menschlichen Witz, über den niemand lachen konnte. Eifersucht ergriff mich, Fassungslosigkeit über so viel Verständnis für einen ekelhaften Mann, der sich nur darauf verstand, Schuld auf die anderen abzuwälzen. Die ganze Unfähigkeit meiner Familie, auch nur ansatzweise so etwas wie Mitgefühl oder Verständnis aufzubringen, spiegelte sich in den Gesichtszügen meines Vaters, eine Scharade, die zu durchschauen zu meiner ganz persönlichen, gottverdammten Lebenslüge geworden war. Diese Leute waren in jeglicher Hinsicht verloren, fielen seit Generationen in ein bodenloses Loch. Und ich fiel mit ihnen. Immer noch – nach so vielen Jahren.

Es regnete in Strömen, als die beschauliche Wagenkolonne schließlich am Friedhof vorfuhr. Seit meiner Kindheit war ich nicht mehr an diesem Ort gewesen: ein gedrängtes, von einer stark mitgenommenen Ziegelmauer umrandetes Areal, auf dem sich unzählige Familiengräber stapelten. Ich hatte nie verstanden, wieso sich die Familie damals entschlossen hatte, den Großvater hier zu begraben.

Unser altes Familiengrab im Dorf meiner Großeltern war eine grüne Insel der Ruhe: Hüfthohe Gräser wuchsen neben Eichen und Trauerweiden, fraßen beharrlich Grabsteine, drückten sie in die Erde, hoben anderswo mit ihren dicken Wurzeln Gräber aus, sodass Knochenreste und Schädel zutage traten. Keinen Ort in diesem Land hielt ich für würdiger, um die Überreste meiner Großmutter zu begraben. Man hätte ihren Körper einfach dort der Erde übergeben sollen, den Rest hätte die wuchernde Natur erledigt, die Baumwurzeln, das Unkraut, die Würmer.

In der Stadt hingegen konnte sich nichts durch den kahlen, lieblosen Beton fressen. Die Toten wurden nur verstaut, mehr nicht. Natur hatte hier nichts verloren, nur der Tod – das Geschäft. Manche Rasenflächen waren so verdorrt, dass nicht einmal der Regen ihnen etwas Lebendiges andichten konnte. Lediglich das am Stein wuchernde Moos verlieh den Gräbern so etwas wie Charakter.

Ich trat als Erster durch das eiserne Friedhofstor. Die anderen warteten noch auf den Popen, der gerade mit seiner *äußerst* ernstzunehmenden Yamaha vorgefahren war.

Der Regen hatte die Betonplatten in ein dunkles Grau gefärbt. An der Südwestmauer des Friedhofs krümmte sich eine junge Pappel über einen stark verwitterten Grabstein, in den ein Partisanenstern eingelassen war, darunter zwei oval gerahmte Fotos: Die gestelzt wirkenden Gesichter eines Mannes und einer Frau blickten nicht wie üblich in die Kamera, sondern in die Weite – vielleicht jener sozialistischen Zukunft entgegen, die keine zwanzig Jahre später aus ihren Kindern blutrünstige, christlich-orthodoxe Bestien machen würde. Eines dieser Kinder lag neben den Eltern, sein in Marmor gemeißeltes, neunzehnjähriges Gesicht auf einem an den Stein der Eltern geschmiegten Grabflügel verewigt – debiles Grinsen, Goldkette, Todesjahr 94. Nicht anders sah damals Korać, der Möchtegernmafiosi, aus, als wir noch zur Schule gingen.

Nach und nach schritten die vielen geduckten Gestalten unter ihren Schirmen durchs Tor. Der Regen wurde immer stärker, hart prasselten die Tropfen auf den Beton, füllten die zentimeterdicken Risse im Boden und bildeten Pfützen, durch die jetzt alle blankpolierten Schuhe stapfen mussten. Alles um uns ersoff im Wasser eines gnadenlosen Sommertages.

Ich versuchte meine Brille abzuwischen, doch es gelang mir nicht. Dicke Tropfen hatten meine Brillengläser beschlagen, und ich konnte kaum erkennen, wer mir plötzlich dieses schwere, mit Großmutters Namen versehene Kreuz in die Hände drückte – da war ein breiter Rücken in einem abgewetzten Parka, der nach hinten, zwischen die vielen verschwommenen Gesichtern verschwand. Ich traute meinen Augen nicht: Dieser Trottel verfolgte mich an den unmöglichsten Orten!

Ich wollte ihn schnell wieder abschütteln, schon stand der Pope neben mir und versuchte vergeblich, den Weihrauch zu entzünden. Hinter uns hatten sich die Sargträger und die restlichen Gäste in Position gebracht. Herb duftender Rauch stieg auf, als der Pope schließlich das Fass nach vorne schwang und mit einem unscheinbaren Schritt die ganze Gruppe in Bewegung setzte. Wie durch zähen Nebel wandelnd, versuchte ich mit ihm mitzuhalten: Sein dunkles Leiern und das Gefäß, das er wie eine Angelrute immer wieder auswarf, waren meine Fixpunkte. Ich wusste, egal wohin der Pope auch schritt, er konnte nur an das offene Grab gelangen. Langsam stieg mir aus den Gedärmen ein Brechreiz die Speiseröhre hoch. Diese unsägliche Prozession versank in Banalität, ich wollte ihr nicht einmal beiwohnen, geschweige denn mit einem Kreuz bewaffnet an deren Kopf schreiten. Ich schloss meine Augen.

Und so vieles nicht gutzumachen, die vielen verstrichenen Nächte nicht, und auch nicht, dass ich einfach weggerannt war. Trotzdem vernahm ich von irgendwo auf einmal Licht. War es die Sonne, die sich lediglich vor der Stadt so schwarz entfachen konnte? Oder war es doch eine gelbe Sonne gewesen, gleißend, größer, entsetzlich? Wie von Schlaf umnachtet, sah ich das helle Haus, gleich auf der anderen Straßenseite – ein Sprung über die Mauer, und schon wäre ich dort! Doch davor setzten sie meine Großmutter bei: sie, die nicht mehr priesterlichen – und ich, der Gnad- und Heilsberaubte.

Nachdem ich das Kreuz an den Grabstein gelehnt und Großmutters Totenbild geküsst hatte, zog ich mich in die hinteren Reihen zurück. Die Wolkendecke war aufgebrochen. Der Ansatz eines Regenbogens hatte sich über den Dächern der umliegenden Häuser gekrümmt. Nur noch wenige Tropfen hingen an den Mänteln der Trauergesellschaft, die näher zusammengerückt war und sich leise im Takt des Popensingsangs wiegte.

Meine Eltern standen seitlich des leeren, mit Wasser gefüllten Lochs, über das sie den schweren Marmorblock schieben würden, wenn der Sarg erst einmal versenkt wäre. Auf Großvaters Seite standen meine Onkel und hielten sich an den Händen, wiederholten brav die vom Popen geleierten *Amen*. Der jüngste Bruder war schon am Ende, als ich noch in Belgrad lebte. Er hielt sich an seiner Krücke fest wie an einer Boje im offenen Meer. Seit dem Krieg war er Invalide, und wie so viele Kriegsinvaliden war er von seinem Über-Vaterland wie Dreck behandelt worden. Nicht er hatte darunter zu leiden, sondern sein Körper, unter dessen grobschlächtiger Oberfläche von Tag zu Tag mehr Teile weggebrochen waren. Er stand schief, sein Gesicht zierten winzige unansehnliche Narben von einer Pockeninfektion. Er hatte kaum noch Zähne im Maul, ein Katheterbeutel hing an der Hose, seine Füße waren nach innen gekrümmt, seine linke Hand zitterte.

Und seine zwei älteren Brüder sahen nicht besser aus. Obwohl der zweitälteste heil aus dem Krieg zurückgekehrt war, dürfte ein beachtlicher Teil von ihm für immer im Schlamm irgendeines kroatischen Kaffs versunken sein: Ausgezehrt und blutleer, mitleiderregend stand er da, er war dermaßen verfettet, dass ich mich wunderte, wie er sich noch auf den Beinen halten konnte. Dass er endgültig dem Alkohol verfallen war, hatte mir meine Mutter erzählt. Fast obszön war seine Nase unter den vielen geplatzten Kapillaren angeschwollen. Er trug eine ramponierte Bügelbrille und sah wie ein Fleischfass aus, wie sein heimlicher Held, die Missgeburt Šešelj, der – wie so viele andere Monster unter unseren Betten – auch heute noch, nach so vielen Jahren des Leids, keine Anstalten machte, endlich zu verrecken.

Der älteste Onkel und mein Vater hingegen glichen einander wie eineiige Zwillinge: dieselbe gebückte Haltung vom jahrelangen Brüten hinter den Schaltern ihrer lieblosen Büros. Waschechte Beamte ihres Saustaates – wie zwei in die Jahre gekommene Vampire, und ich hätte in diesem Moment nur zu gerne gewusst, was nach so langer Zeit in ihnen vorging.

Ich ließ meinen Blick über die versammelten Trauergäste wandern. Verzerrte Mienen von Leuten, die ich noch nie gesehen hatte oder einfach nicht erkannte – Menschen, die vorgaben, zu meiner Familie zu gehören, denen ich aber nie begegnet war. Die kleine Lidija, die das Bein ihrer Mutter fest umklammert hielt und ihr Gesicht in ihren Oberschenkel drückte.

Hinter meinen Onkeln saß eine ältere Frau im Rollstuhl. Ich wusste, dass sie eine der Handvoll Freundinnen war, die meine Großmutter gehabt hatte. An ihren Namen konnte ich mich nicht mehr erinnern. Wahrscheinlich war sie die Einzige, die von diesem Freundeskreis übrig geblieben war. Sie weinte entsetzlich und drückte ein Stofftaschentuch gegen ihren Mund. Ihre Trauer war grundehrlich – sie weinte nicht, weil eine weitere gute Freundin von ihr gegangen war, sondern über den eigenen Tod, der ohne jeden Zweifel vor der Tür stand.

Die restliche Zeremonie war reine Verdrängung: Nachdem der Pope zur Schweigeminute aufgerufen hatte, fing einer meiner Onkel an zu weinen, woraufhin die anderen zwei mit einstimmten. Auf der anderen Seite des Grabs ließ mein Vater keine Regung auf seinem kaltschnäuzigen Gesicht erkennen.

Unterdessen wurde der Sarg in Stellung gebracht und langsam in der nassen Grube versenkt. Wieder stimmte der Pope ein Gebet an. Als die Kiste nach unten sank und langsam Bläschen an die Wasseroberfläche drängten, ließ der jüngste Onkel seine Krücke los und warf sich zu Boden. Schmerzverzerrt schüttelte er sich vor der unansehnlichen Brühe, in der der Körper meiner Großmutter nun ersoff, das weiße Plüsch ihres Sargs in Erdfarben tränkend. Die ganze Szenerie ekelte mich zutiefst an. All diese Leute hatten sich nur versammelt, um sich im eigenen Selbstmitleid zu suhlen. Meiner Großmutter konnte es egal sein, was diese Idioten hier aufführten – mir aber war es nicht egal.

Nur mein Vater blieb weiterhin ruhig. Verwundert blickte ich zu ihm hinüber: Ein Schatten hatte sich über sein Gesicht gelegt, ich hatte ihn noch nie derart konzentriert gesehen. Meistens war er nur desinteressiert, arrogant, abwesend, jetzt aber senkte er langsam sein Glatzenhaupt und wirkte wie ein Junges, das gerade seine Mutter verloren hatte … und fast hätte er mich mit dieser falschen Andacht auch getäuscht, wäre da nicht plötzlich die Gewissheit gewesen, dass all das ein Vergnügen für diesen ewigen Beamten sein musste: Der streng choreografierte Ablauf solcher Zeremonien, die vorgegebenen Bewegungen und Sätze, die jeder brav wiederholen musste, die scheinbar unkontrollierten Gefühlsausbrüche – an denen jedoch rein gar nichts unkontrolliert war –, die Strenge des Ritus, das alles musste meinen Vater insgeheim befriedigen, auch wenn er es geschickt unter seinem verwilderten Schnauzer verbarg. Mich aber konnte er nicht täuschen. Großmutters Tod war auch für ihn ein willkommener Vorwand gewesen, um aus der Monotonie seines Pensionistendaseins herauszukommen. Ich spürte, wie meine Mundwinkel ein Grinsen formten.

Über der Trauerherde hatte sich indessen der Himmel geöffnet, und die aufkommende Schwüle zwang einige, ihre Mäntel und Jacken auszuziehen. Das plötzliche Umschwenken des Wetters durchbrach die Stille. Aufbruchsstimmung ergriff die Leute: Das Vieh setzte sich langsam in Bewegung zur Fütterung, der Leichenschmaus wartete. Die Onkel versuchten ihrem jüngsten Bruder aufzuhelfen: Wie ein am Strand verendeter Walfisch lag sein schwerer Körper auf dem Marmorblock des Großvaters. Dahinter versank das Gesicht von Großmutters Freundin in Trostlosigkeit, ihre Unterlippe zitterte vor Aufregung, und immer wieder stöhnte sie auf.

Und wie aus dem Nichts war da wieder dieser Wahnsinnige: Er ergriff ihren Rollstuhl und schob sie langsam weg Richtung Ausgang. Auch jetzt trug er diesen verschlissenen roten Pullover, mit seinem grünen Parka deckte er der Alten den Schoß zu. Ein schauriges Gefühl überfiel mich, ich konnte ihnen nur starr vor Angst hinterherschauen. Schnell schüttelte ich ihn wieder ab: Er konnte es nicht sein. Ich wandte mich wieder dem Grab zu.

Einige Leute hatten sich um die Grube versammelt und warfen Schnittblumen ins Schlammwasser. Meine Eltern waren verschwunden. Nur kurz erblickte ich das silberne Haar meiner Mutter unter den Leuten, die zum Ausgang drängten. Ich zog meine Jacke aus. Die anfängliche Schwüle wandelte sich langsam zu einer Hitze, die ich nur zu gut kannte und die mir tatsächlich als Einzige das Gefühl vermittelte, ich sei nach Hause gekommen. Ich schloss die Augen, faule graue Zähne grinsten mir entgegen, draußen zog die Landschaft in Ungarngeschwindigkeit an uns vorbei.

Als ich die Augen wieder öffnete, tränkte ein satter Sonnenstrahl den Friedhof in ein erbarmungsloses Licht. Ich schob meine Hand vors Gesicht und schaute zum Friedhofstor, dort stand ein Krankenpfleger, der leere Rollstuhl von Großmutters Freundin hinter ihm. Ohne bestimmten Grund winkte ich ihm zu, worauf er herzhaft auflachte und mit seiner Hand auf etwas hinter mir deutete. Ich drehte mich um und schüttelte verdutzt den Kopf – außer einem Grab war da nichts, absolut gar nichts. Ich wandte mich ihm wieder zu, da war er schon verschwunden. Nur der Rollstuhl stand einsam da und ließ den gerade daran vorbeigehenden Popen kurz stutzen. Er stieg hastig die Stufen hinunter und verschwand hinter der Mauer – dann das laute Motorengeräusch seiner Yamaha. Auch meine Onkel waren nicht mehr da, an ihrer Stelle standen nun drei Totengräber und berieten, wie sie Großmutters Grabplatte verschieben sollten. Einige weiße Rosen und Fliederblüten schwammen auf der Oberfläche der immer noch Bläschen werfenden Plörre.

Ich war allein zurückgeblieben und verstand immer noch nichts. An einem Balkongeländer gegenüber des Friedhofs wölbte sich die serbische Fahne im Wind, ich vernahm Kindergeschrei, das nervöse Hupen mehrerer Fahrzeuge. Und in diesem Augenblick, als sich die Erinnerung an die Busfahrt und die sonderbaren Gespräche wie eine Steinplatte vor meine Gedanken schob, genau in diesem Augenblick bemerkte ich eine Inschrift auf Großmutters Grabstein – sie gab mich neben den vier Söhnen und meinen Cousins als Stifter des dunkelgrauen Marmorblocks an.

Um mich zu zerstreuen, stieg ich an der nächstgelegenen Station in einen Bus und fuhr Richtung Zentrum. Viele Jahre war ich nicht mehr dort gewesen. Auch als ich noch in Belgrad gelebt hatte, war ich nur selten ins Stadtinnere gefahren. Ich war immer schon der Meinung gewesen, dass für mich und meine Freunde dort nicht das zu holen war, wonach wir uns insgeheim sehnten: Halt fand man im eigenen Viertel, auf verwahrlosten Baufundamenten namens *Schwimmbecken*, in der Schule beim Schwänzen, bei den Freunden und im Rausch durch Zujkes bleiversetztes Weed.

In der Innenstadt dagegen tummelten sich weitaus prüdere Schnauzen, Gesindel, das wir nicht riechen konnten und das wiederum mit Typen von der Peripherie nichts am Hut hatte. Für den monatlichen Musik-Schwarzmarkt, auf dem man kopierte CDs der neusten Bands kaufen konnte, dafür fuhr man ins Zentrum. Der versnobte Rest konnte uns gestohlen bleiben. *Vidikovac4Life,* das hatte sich Korać damals auf die Brust tätowieren lassen, und wir – an so viel konnte ich mich noch erinnern – applaudierten ihm zu diesem wohlüberlegten Schritt. Die Treue dem eigenen Viertel gegenüber war so gesehen die einzige Regung in mir gewesen, der ich so etwas Verhängnisvolles wie Stolz abgewinnen konnte. Letzten Endes war ich nie ein Kind Belgrads gewesen, geschweige denn Serbiens, sondern der Abkömmling eines unansehnlichen Stadtteils, der allen getrost am Arsch vorbeigehen konnte.

Und bei meinen Eltern war es nicht anders gewesen: Zwar arbeitete mein Vater in der Nähe des Zentrums, aber wirklich dort gewesen war er seit 1980 nicht mehr, als sie *ihren Marschall* verabschiedet hatten. Auch mein Vater war ein Kind seines Dorfes geblieben. Samt seinem Bauerntum nistete er sich am Rand der

Großstadt ein. Er wollte die *große Veränderung* nicht über sich ergehen lassen, also suchte er nach einem Ort, der ihm Vertrautes zumindest vorspielen konnte, eine muffige Höhle, wie sie Stachelschweine eben brauchen.

Unser Viertel war, als wir dort hingezogen waren, mehr eine Vorstadtsiedlung gewesen. Nur wenige alte Fotos, auf denen ich seltsam zahnlos in die Kamera grinse, zeugen von den ebenerdigen Backsteinhäusern und ihren Bewohnern, den Bauern, den Hühnern und Kühen und Schafen und Fasanen. Meine ehemalige Grundschule war das einzige Überbleibsel aus dieser Zeit, die sich wie ein unentwirrbares Garn über die Generation meines Vaters gelegt hatte. Seine Idee vom großen, starken Serbien war ein pervertiertes Bild des einstigen Elternhauses, in dem sein eigener Vater eisern die Realität der vier Brüder formte. Nichts anderes hatte er auch mit mir, seinem einzigen Kind, im Sinn gehabt.

Dass man sein Heimatland achten müsse und den Präsidenten, der dieses Heimatland in eine glänzende Zukunft führen werde, ehren, dass eines Tages auch ich in den Genuss dieser Größe kommen würde, der Größe eines mächtigen europäischen Staates, der sein sozialistisches Jugoslawien einmal gewesen war – wie konnte man nur so viel Scheiße auf einmal fressen!

Und als die Großstadt eines Tages auch unser Viertel unter sich begrub, konnte er, der Bauernsohn, nicht anders, als unterzutauchen, zu verschwinden – abzustumpfen: Der Krieg war im vollen Gange, die Propagandamaschine lief auf Hochtouren, und mein Vater sah die Chance gekommen, endlich wieder seine Loyalität gegenüber den eidesstattlichen Verbrechern unter Beweis zu stellen. Schließlich waren auch seine Brüder schon längst unter die Walzen der Zuflüsterer geraten – und ohne es zu merken, verschwand auch mein Vater eines Tages vor den Augen seiner Frau, seiner mit ihm lebenden Mutter, seines Sohnes. Das Ministerium wurde Stück für Stück zu seiner neuen Heimat, der blinde Gehorsam zum Mörtel der Familienordnung – und sein ihn einst so verehrender Sohn zu seinem erbittertsten Gegner.

Viele Jahre war ich nicht mehr im Zentrum gewesen. Und je näher man dem Stadtkern entgegendonnerte, desto schwieriger entkam man dem Sog, den Belgrad wie keine andere Stadt entwickeln konnte: ein ausgeleiertes Fließband aus hastigen Bewegungen, Gebrüll, Schweiß, Gestank, Verwesung, Abgas, Smog, Beton, Asphalt, Armut – Balkan. Das Vibrieren monströser Motoren unter angespannt schwitzenden Ärschen, die Menschen und ihre wie lose schaukelnden Köpfe nun in neuen, ansehnlicheren Bussen der Stadtverwaltung – eine Spende der Stadt Basel, nicht wie üblich in Rot, sondern in Signalgelb.

Belgrad war schon immer gut im Vorgaukeln gewesen: Alles, was irgendwann einmal den Anschein von *neu* erweckt haben mag, wurde von dieser Stadt zermalmt, plattgewalzt und wieder ausgespuckt. Was anderswo schön glänzte, zeigte hier früher oder später sein wahres, hässliches Gesicht. Dabei half gewiss auch diese elende Hitze! Sie ließ die Menschen in keinem Augenblick einen klaren Gedanken fassen.

Auf den Straßen herrschte in den Sommermonaten eine fatale Trägheit, die unsere triefenden Körper und die vor Flüchen triefenden Münder durchsetzte. Und trotzdem war nur sie es, die in mir ein wohliges Gefühl von Geborgenheit, vielleicht sogar eines der Zugehörigkeit hervorzurufen vermochte. Schließlich sahen wir im Sommer alle gleich jämmerlich aus, natürlich mit Ausnahme der Handvoll Bonzen, die sich klimatisierte Karren leisten konnten. Der stinkende Rest war bis tief in die Nacht hinein an die eigenen Wohnungen gekettet, wo ununterbrochen die Klimaanlagen liefen und die Stromrechnung nach oben trieben. Wer diese Rechnungen bezahlen sollte, war eine Frage, die man sich für den Winter aufhob.

Sich heimlich Hundezungen herbeiwünschend, die den eigenen Körper kühlhecheln könnten, waren die Menschen durchwegs dieser gnadenlosen Wand aus Temperaturen jenseits der vierzig Grad, der Schwüle, dem Smog und dem aufgewirbelten Staub ausgeliefert, aus denen der Belgrader Sommer gezimmert war. Dieser fiebrige Dämmerzustand, dem wir uns wie Junkies hingaben, machte die ganze Scheiße vergessen, die tagtäglich um uns herum geschah. Er war die Ausrede, mit der wir unsere Schweinereien und Ausschweifungen kaschierten – der Sommer zwang die Alten in die Knie, bremste den Arbeitstag derer, die Arbeit *hatten*, dehnte die Tage der Arbeitslosen und Abgehängten elendig in die Länge und öffnete seine schwülen, mit unzähligen Möglichkeiten gespickten Nächte uns, den Kindern einer ins Aus geschossenen Herde, die, so gut es ging, versuchte, etwas zu fressen auf die Familientische zu stellen.

Applaus konnten sie von uns angesichts des Saustalls, den sie in all den Jahren des Kriegs hinterlassen hatten, nicht erwarten. Und Mitleid war etwas für den Winter, wenn überhaupt.

Der Wasserfilm auf der Straße war vollständig verdunstet, als wir nach Banovo brdo einbogen und unter halsbrecherischem Getöse unsere Fahrt fortsetzten. Im Hitzeflimmern bekamen die vertrauten Gebäudezüge etwas Gnadenloses. Jede Ecke dieses Viertels war gespickt mit Erinnerungen an meine Schulzeit – den einzigen Unterschied machten neue Läden mit überbordenden Reklamen oder Lokale, die inzwischen einen frischen Anstrich bekommen hatten. Übergroße Porträts junger Männer waren auf die Fassaden entlang der Hauptstraße gesprayt worden. Ihre Geburts- und Todesdaten waren Zeugen einer dunklen Tradition, die augenscheinlich nie aufgehört hatte. Und doch, so viel wusste ich, waren sie nur die heimlichen Platzhalter für jene Gesichter, die heute noch nicht geboren oder noch Kinder waren.

An der Haltestelle gegenüber des Einkaufszentrums *Palace* hing immer noch das Schild vom *Kort*, eine der wenigen Kneipen außerhalb unseres Viertels, die meine Freunde und ich regelmäßig besucht hatten. Mata hatte damals einige Monate im *Kort* gearbeitet, hier hatten wir Zujke und das Kiffen kennen und lieben gelernt. Dass die Zeit doch so etwas wie Stillstand erzeugen konnte, beruhigte mich ungemein.

Ich richtete meinen Blick wieder nach vorne, auf die mit falschem, rissigem Leder bezogenen Sitze. Belgrad kettete mich langsam wieder an sich und drohte, die ganze Scheiße wieder an die Oberfläche zu schwemmen. Noch stemmte ich mich dagegen, ich wollte dieser unsäglichen Wehmut keinen Platz zugestehen. Sie war es letztlich, die mir Fallen in den Weg stellte: die Versuchung, so etwas wie Mitgefühl gegenüber jener Starre zu entwickeln, die ich so sehr vermisst hatte – die ich so sehr verachtete.

Je näher ich dem Zentrum kam, umso mehr nahm mich die Angst vor unerträglichen, kaum zu bändigenden Veränderungen – die auch Belgrad erfasst haben mussten – in Besitz. Platten, Prachtbauten, sich überbietender sozialistischer Grind, dazwischen triste, verwahrloste oder im Bombardement zerstörte Gebäude, sie waren mir am stärksten in Erinnerung geblieben, wenn ich an die Hauptverkehrsader, die Kneza Miloša, dachte.

An etwas kühleren Tagen wäre ich noch weiter vorgedrungen als zur Kneza Miloša, sogar bis ins Zentrum selbst: vorbei an der zentralen Poststelle, die wie ein faschistoider Albtraum an der Ecke zwischen der Kneza Miloša und dem Boulevard der Revolution stand, daneben das viel zu üppige Parlament mit seiner moosgrün oxidierten Kuppel; vorbei am Gewerkschaftsgebäude, an der wie das Land selbst erstarrten Statue von Nikola Pašić, der sich zwar erhaben gebärdete, innen drin aber, so stellte ich es mir vor, hohl sein musste; vorbei am Tunnel, hinter dem sich der elende Grünmarkt befand, wo Bauern sich um den Preis ihres Lebens unterboten, zahllose Obdachlose auf ihren Kartons schliefen, Romakinder für ihre im Arm dahindämmernden

Säuglingsgeschwister etwas zu essen erbettelten, wo die maroden Gebäude – schwarz wie die Nacht – ihre Bewohner einkesselten und ein Hauptverkehrsknoten die Leute in alle Himmelsrichtungen der bodenlosen Stadt verstreute; vorbei am Haus der Jugend, wo Miloš und ich unser erstes Metalkonzert überlebten, uns unseren ersten ordentlichen Rausch antranken, unsere ersten Aufrissversuche starteten, das zigte Mal auf die Schnauze fielen; vorbei an verlassenen Lokalen, vorbei an den Pizzaständen, an den Grills und Wettbüros, die Tag und Nacht in allen Neonfarben schimmerten; und raus beim Platz der Republik, der sich auf der linken Seite öffnete, sobald der Bus die Türen schloss und Richtung Donau weiterfuhr.

Ein auf den ersten Blick zusammengewürfelter Haufen klobiger Gebäude, die, je nach politischer Windrichtung, alle paar Jahre einen Neuanstrich verpasst bekamen. So säumten den Platz sanft sich anschmiegende, ovale Protzbauten mitsamt Erdkugelträgern und Engelein auf den Dächern und Balustraden, dreckige sozialistische Ungeheuer wechselten sich mit ansehnlichen Gebäuden aus der Zwischenkriegszeit ab, als jemand auf die hirnverbrannte Idee gekommen war, diesem Land und seinen Bewohnern so etwas wie Würde, Anstand und Bildung zuzumuten. Mehr aber als Fassade waren diese K. u. k.-Imitate nicht: stuckverziert, heruntergekommen, leer – ihre edelsten Eigenschaften.

Gespickt war der Hauptplatz mit zwei großen, halbrunden Blumenbeeten, in denen sich Zigarettenstummel und Bierdosen um die Wette stapelten. Pflanzen wuchsen dort keine, dafür konnte man ungestört auf die vertrocknete Erde pissen, während der Nachtbus Richtung Vidikovac vorfuhr. Zwischen den Blumenbeeten stand ein maroder Brunnen, der aussah wie ein missglückter DNA-Strang, gegenüber die Reiterstaute von Knez Mihailo, von der es hieß, sie reite seit hundert Jahren am selben Ort in dieselbe Richtung. Das wohl teuerste Accessoire des

Hauptplatzes war die digitale Uhr, die auf einem acht Meter hohen Gerüst über den Köpfen der Bewohner schwebte und einen Fortschritt ankündigte, der nie eintraf.

Nicht zu vergessen die Bewohner dieses Vorzeigeplatzes: Fonzie, der wohl berühmteste Heroinabhängige Belgrads, wie er mit seinem kaum zu verstehenden Nuscheln und dem bestialischen Gestank den Leuten Zigaretten abschwatzte oder sie in die Flucht trieb. Er war der heimliche Herr über den Platz, alles tanzte nach seiner Pfeife. Immer wenn Mata, Anton, Miloš und ich im Zentrum waren, war auch Fonzie *irgendwie* zugegen. Und hatte einer von uns sich einmal gefragt, wo er blieb, wäre uns gleich von irgendwoher ein Hauch sauren Schweißes entgegengekommen. Dann tauchte er wie eine Verheißung aus dem Stadtgedränge auf, die Leute von sich scheuchend wie Moses das Wasser, immer mit denselben Fragen auf den Lippen: *Was zu kiffen? Fünfzig Dinar?*

Musikalisch begleitet wurde das Ganze am Abend vom strahlenden Zoki. Zahnlos wie ein Baby grinste er, wenn er sich von hinten an einen heranschlich und seine stets verstimmte Geige anschlug, unterstützt vom vorbeibretternden, nimmermüden Verkehr. Dann steckte ihm jemand einen Fünfziger oder Hunderter in den Schlitz, damit er auch schnell wieder aufhöre, das arme Instrument zu quälen. Irgendwann verstummte er von selbst – der strahlende Zoki starb an einem ziemlich kalten Jännertag inmitten einer an ihm vorbeirauschenden Fußgängerschar mit seiner Geige in der Hand. Als jemand aus unserer Klasse das damals erzählte, tranken wir einen auf den strahlenden Zoki, daran konnte ich mich noch erinnern.

In unseren Schulbüchern strotzte die Knez Mihailova immer vor Prunk und Großstadtgetümmel. Auf den Schwarzweißfotografien sah man Männer in Mänteln und Hüten auf den Köpfen und wohlgekleidete Damen, wie sie unbeschwert an den Protzbauten vorbeiflanierten, als wäre nie ein alles verschlingender Weltkrieg über ihr Land hereingebrochen, als stünden ihnen und ihren Kindern, Enkeln, Urenkeln nicht zwei weitere, noch verheerendere Kriege bevor. Oberhalb des Platzes der Republik dehnte sich die Knez Mihailova vom *Russischen Zaren* bis hin zur *Griechischen Königin* – die beiden legendären Kneipen, die genauso legendär eingegangen waren wie das Land, das sie beherbergt hatte.

In meiner Kindheit war die Knez Mihailova ein von der Ernsthaftigkeit unserer Isolation zeugender Straßenzug, der nicht viel mehr zu bieten hatte als verlauste Fassaden, vor denen zwielichtige Gestalten hockten und falschen Schmuck oder auf CDs gebrannte Pornos verkauften. Später wichen diese Pornos den gestohlenen, eingeschweißten Originalen und teuren Schals, und die einstigen Hehler stiegen langsam in der Nahrungskette auf. Schließlich mieteten sich jene, die die Sanktionen überlebt hatten, in die Lokale ein und führten von da an ein *ehrliches* Leben: Jedes Mal, wenn ich an einem dieser Läden vorbeiging, auf denen in seriösen Schwüngen *seit 1881* geschrieben stand, würgte ich.

Wenige Schritte nach der *Griechischen Königin* öffnete sich der große Park mit der Festung *Kalemegdan*, die mit ihren schweren Mauern das alte Belgrad umriss: Professor Markos liebstes Urlaubsziel. Er hatte uns viele Male hierhergeschleppt, um mit überschwänglicher Geste den Leidensweg des serbischen Volks nachzuzeichnen, eines Volks, das in seinen Anfängen nicht einmal dieselbe Sprache wie wir gesprochen hat. Vom Mittelalter über die osmanische Zeit bis hin zu den Balkankriegen und den beiden Weltkriegen: Alle Widersprüche dieses Landes versammelten sich hier wie auf einem eigens für unsere Geschichte gemauerten Friedhof. Zudem konnte man sich abends am Rande der Mauern die Stadt schönsaufen, was manch guten Belgrader schon das Leben gekostet hatte. Es wollte mir nie einleuchten, wieso gerade an dieser Stelle Donau und Save aufeinandertrafen. Dieser Zufluss erschien mir immer wie eine Art Widerspruch zum wahren Gesicht der Stadt, die mit der Natur nur an ihren Rändern etwas zu tun hatte. Konnte es denn sein, dass wir durch die Jahrhunderte hindurch wirklich gar nichts von diesen Flüssen gelernt hatten?

Genau zehn Jahre waren vergangen – das letzte Mal, als ich im Zentrum gewesen war, muss ein Freitag gewesen sein, an so viel konnte ich mich hier und jetzt im *neuen* signalgelben Bus der Stadtverwaltung noch erinnern. Miloš und ich waren damals auf ein *Mayhem-Tribute*-Konzert gegangen, das sich im Nachhinein als große Verarsche herausgestellt hatte. Angepisst vom schlechten Auftritt, hatten wir uns an den Rand eines Blumenbeets gesetzt und warteten auf den Bus nach Hause. An das Klacken der eingedrückten Bierdosen, an denen wir damals bedächtig nippten, konnte ich mich noch erinnern, an Fonzies unmerklich wandernden Schatten vor dem Reiterdenkmal – an Miloš' Schweigen angesichts der um uns tobenden, heimtückischen Stadt. Es konnte tatsächlich sein, dass wir an diesem Abend so etwas wie einen Rhythmus gefunden hatten, so flüchtig wie ein Arbeitsplatz oder eine Perspektive. Der Anschein, in Belgrad bleiben zu können, lag einen Augenblick lang in der Luft.

Drei Wochen später war ich in Wien.

Feinster Staub kräuselte sich über der Promenade, als ich kurz nach der neuen Savebrücke *die Lücke* bemerkte. Ich beschloss, nicht ins Zentrum zu fahren!

Die Sonne hing nun schwer über der Stadt. Nur wenige Passagiere saßen im Bus, ihre triefenden Körper an die Sitze geklebt. Draußen war kein Mensch zu sehen. Ab und an erhaschte ich undeutliche Schemen, wie sie vor der alles unter sich zermalmenden Hitze zu flüchten versuchten, oder ihrem Arbeitsplatz ausgelieferte Trafikanten, von denen nur schweißgebadete Arme und Oberkörper hinter den Schlitzen hervorlugten.

Ich stieg bei der Station Messe aus. Einige Bauarbeiter standen etwas abseits der Haltestelle und schützten ihre nackten Oberkörper unter dem Dachvorsprung der ehemaligen Billettverkaufsstelle. Keiner von ihnen rührte sich oder redete mit den anderen. Wie aus einem Guss Fleisch standen sie dort herum, neben ihnen ein riesiges Plakat mit der unansehnlichen Lurchfresse des neuen Präsidenten. Sein Name war durchgestrichen worden, stattdessen hatte jemand *DIKTATORENSAU* daruntergesprayt. Ich schob meine Hand schützend vor die Augen und blickte planlos umher. Das hohe Gittertor zum Messegelände stand weit offen. Davor lagen vier schwer atmende, räudige Klumpen – Straßenköter, die der Sommer angesichts ihres Hungers zugrunde gerichtet hatte.

Als ich noch ein Kind war, ging mein Vater öfter mit mir und meiner Mutter am Messegelände spazieren: Er kaufte uns mit der Genugtuung des braven Kommunisten, den er zeit seines Lebens nicht abschütteln konnte, drei Karten und schwärmte dann von seinem verfluchten Volk, das imstande gewesen war, riesige unansehnliche Betonhallen aus dem Boden zu stampfen – so einfach war das. Das Kind von damals war beeindruckt von den überschwänglichen Gesten, mit denen der Vater fortwährend an seinen Mythen bastelte. Später hätte ich das Messegelände ums Verrecken nicht mehr betreten. Nicht einmal als *Iron Maiden* ihr erstes Belgrader Konzert seit zwanzig Jahren in einer der Hallen gaben, konnte mich Miloš dazu bewegen mitzugehen.

Irgendwo zwischen diesen und jenen Tagen hatten mein Vater und ich uns aus den Augen verloren. Ich war eines Tages nicht mehr das Kind, dem er seine Scheiße zu schlucken geben konnte – und er war nicht mehr der *Held der Arbeiter*, der er immer vorgab zu sein. Meine Wut hatte ihn damals nicht beeindrucken können: Anstatt mich weiter zu indoktrinieren, schaute er lieber gleich weg. Er hatte genug Kumpels, die ihm für seinen *neuen* Nationalismus auf die Schultern klopften.

Dass er es geschafft hatte, über seinen Schatten zu springen und mich als Stifter von Großmutters Grabstein mit anzugeben, wertete ich als Verdienst meiner Mutter. Unter keinen anderen Umständen wäre der ewige Beamte sonst kleinzukriegen gewesen. Diese nie gekannte Nachgiebigkeit verblüffte mich. Und trotzdem machte es keinen großen Unterschied: Großmutters Körper versank langsam im Schlamm – und mein Name auf irgendeinem Marmorblock änderte daran wenig. Meinen Vater in all seiner Verschrumpelung zu sehen hatte mir im Nachhinein weniger Genugtuung geboten als gedacht. Diese stoische Ruhe, die ihn und meine Mutter umgab, war mir bis ins Mark zuwider. Irgendetwas an ihnen hatte sich verändert. Die Jahre dieser Nicht-Ehe hatten sie augenscheinlich aneinandergekettet – zum Kotzen! Und letztendlich war ich doch nicht der Veränderung wegen nach Belgrad zurückgekehrt – ich verlangte nach der Starre, der ewig gleichen Krise!

Einmal an den Kötern vorbei und durch das Eisentor hindurch, führte ein Stiegenabgang zu einer eierschalweißgekachelten Unterführung, über die man zum Messegelände gelangte – ein breit angelegter Flur, an dessen Wänden sich seit Jahrzehnten *tags*, Graffitis und Kampfsprüche übereinanderlagerten. Die teils stümperhaft gekritzelten Worte erfassten die ganze Bitterkeit im Stich gelassener Generationen: Kriegsverherrlichende Parolen standen hier wütenden, lächerlich widersprüchlichen Anklagen gegen die Monster, die wir selbst beschworen hatten, gegenüber.

Und kaum war ich unten angekommen, waren diese Monster auf einen Schlag auch wieder da: In einer dunklen Nische, zwischen einem Sockenladen und einer chinesischen Boutique, lugten die Fratzen der Karadžićs und Mladićs und Miloševićs und Arkans stählern aus einem Schaufenster, mein eigenes, verzerrtes Spiegelbild ihnen zum Trotz. Um mich war es still, die Läden allesamt geschlossen. Hörbar verebbte irgendwo ein Windhauch, noch bevor er mich erreichen konnte. Ich war allein, um mich herum eine Membran aus Wut, Verzweiflung und Angst – und aus dem Hinterhalt überfiel mich nun der altbekannte Schauer: So billig gedruckt auf T-Shirts, Jacken, Hosen, Tassen, Tellern oder Schlüsselanhängern, wirkten die aufgedunsenen Tyrannengesichter noch bedrohlicher, als ich sie in Erinnerung hatte. Sie waren die Ausformung jenes Horrors, der hier selbstverständlich als Patriotismus in die Welt getragen wurde. Kinder zu töten, Frauen zu vergewaltigen, Menschen aus ihren Häusern zu verjagen, Familien auf ewig zu entzweien, Dörfer zu verbrennen – das waren ihre Verdienste für *unser Vaterland*. Und dass ich zufällig als Serbe geboren wurde: Das wollte ich meinen Eltern niemals verzeihen!

Ich wandte mich angewidert ab, ich musste so schnell wie möglich raus. Wie im Fieber trugen mich meine Füße von Säule zu Säule – die Wände der ranzigen Unterführung zogen sich immer enger zusammen. Ein kaum zu bändigender Wust an Gedanken durchlief meinen tauben Körper, unzusammenhängende Bilder, mal im Bus nach Wien, damals vor zehn Jahren, als ich noch um einiges wütender war als heute, mal bei der Rückfahrt, zehn Jahre später, ausgepumpt, verwundet, in Nachsicht geübt. Nachsicht mit wem? Schwüle und Brechreiz übermannten mich. Die Wände drohten mich endgültig unter sich zu begraben, ich würde Gefangener meines Vaters bleiben, egal wo auf der Welt ich mich gerade befand – kein Entkommen für den verräterischen Hund!

Plötzlich knisterte es, schwarze Pünktchen blitzten vor meinen Augen auf, meine Füße gehorchten mir nicht mehr … und als ich am Fuß des Ausgangs endlich zusammenbrechen wollte, bemerkte ich im Augenwinkel eine magere Gestalt, die vor einer der Säulen kauerte, mir zurief: »Hey, Junge! Du schaust so fertig aus, du könntest einen geilen Song vertragen. Brauchst auch nix zahlen!«

Der Mann, der nur mit einer Unterhose und einem von übelsten Schweißflecken übersäten Unterhemd bekleidet war, stand auf und schnallte sich eine beige, elektrische Gitarre um, die an einem winzigen Verstärker zu seinen Füßen hing. Ich kniff die Augen zusammen – der Mann war keine Einbildung, er stand wahrhaftig vor mir. Er sah wie Mitte fünfzig aus – oder älter: eingefallene, pechschwarze Augen und wie bei einem Junkie hervorstechende Backenknochen, dichte strubbelige Locken. Seine Erscheinung glich einer zum Leben erweckten Stecknadel!

Unbeeindruckt von meiner verdutzten Fresse schmiss er den Verstärker an, der einige Sekunden brauchte, bis er warmlief. Der Mann nutzte die Zeit, um einem scheinbar imaginären Publikum die Ehre zu erweisen, dann zog er das Pick vom Gitarrenhals und schlug die Saiten so hart an, dass die gesamte Unterführung schepperte. Sorgsam trieb er voran, von einem Riff zum nächsten, und ich staunte über die Fingerfertigkeit, mit der er übers Griffbrett donnerte. Jetzt richtete ich mich langsam wieder auf, und ein dummes, von einem Ohr zum nächsten reichendes Grinsen stand mir im Gesicht. Seine näselnde und doch klare Stimme schmiegte sich an den nächsten Akkord:

Müde von diesem Leben,
werde ich tatsächlich müde von diesem Leben?
Ich liege im Bett,
die Knarre gedrückt an meine Schläfe.

Mach die Tür nicht zu!
Mach die Tür vor meiner Nase nicht zu!
Ich bin ein paralysierter
ausgelöschter Bürger.

Erzähl keine Lügen!
Erzähl mir doch bitte keine Lügen!
Ich bin hier schon eine Million Jahre,
Zeuge all dieser fleißigen Schicksale.

Müde von diesem Leben,
werde ich tatsächlich müde von diesem Leben?
Ich liege im Bett,
die Knarre gedrückt an meine Schläfe.

Paralysierter, ausgelöschter Bürger,
das bin ich!
Erzähl keine Lügen,
erzähl mir bitte keine Lügen!

Diese Nation,
die verfluchte Nation:
Hibernation
Halluzination
Detonation

Er beendete sein kleines Privatkonzert mit einem bellenden *Nation!*, dem er einen leichten Fußkick hinterherwarf. Danach schnallte er sich die Gitarre wieder von der Schulter und setzte sich vor die Säule, als wäre es eine Selbstverständlichkeit gewesen. Ich gab dem Mann kein Geld. Er würdigte mich auch keines Blickes mehr.

Meine Überwältigung kippte – und plötzlich war mir zum Weinen zumute. Ich stemmte mich noch einmal dagegen, und als wäre ich nie da gewesen, verschwand ich durch den Ausgang, immerzu der Save entgegen, vorpreschend wie das schmutzige Wasser, *der Lücke* entgegen. Aus den Augen aus dem Sinn.

Die Lücke ist ein sich über mehrere Kilometer dehnender Uferstreifen entlang der Save. Ihren Anfang nimmt sie bei der Gazela-Brücke im Süden und verläuft bis zur Straßenbahnbrücke, vorbei an der internationalen Busstation.

Die Lücke versammelt allerlei Widerspenstiges, allem Anschein nach aus der Zeit Gefallenes, das sonst in Belgrad keinen Platz findet: Da sind die alten Docks mit ihren zerschundenen Baracken, gleich am Fuße der massiven, vom zinnoberroten Rost befallenen Stahlpfeiler der Gazela. Die Baracken dienen als improvisierte Werkstätten für Leute, die wenig Geld haben und lieber selbst an ihren Karren schrauben. Umherstreunenden Junkies sind sie ein gutes Versteck zum Fixen, und in manch einer haben sich Obdachlose eingerichtet – sich hier ein rudimentäres Zuhause geschaffen.

Rund um die Brückenpfeiler, über stillgelegte Gleise hinweg und entlang des Ufers, bis hin zur Straßenkreuzung, bilden unzählige Wellblechhütten eine der größten Romasiedlungen des Landes. Kinder spielen hier mit selbstgebasteltem Spielzeug oder fischen mit ihren mageren Ruten den besser ausgerüsteten Fischern die Reste weg. Mit der Zeit entstehen vor den lose zusammengeschusterten Häuschen kleine Gärten, daneben sorgfältig getrennte Stapel Karton, Plastik und Metall. Satellitenschüsseln stehen auf den Dächern, Wasserboiler oder schwere Ventilatorenkästen der Klimaanlagen. Ab und zu ist auch lautes, schallendes Gelächter aus dem Inneren der Siedlung zu hören, spröde Geigenklänge, heiserer Gesang – Lamento über Belgrad.

Ein kleines, dichtbewachsenes Moor verweigert demjenigen, der weiter in den Norden vordringt, den Blick auf zahlreiche Floßhäuschen, die nur über wacklige, das Moorgestrüpp teilende Pontonstege zu erreichen sind.

Einige Meter weiter, unmittelbar nach dem Moorwäldchen, ruht ein ramponierter Donaudampfer vor der Promenade. Nur an einer dicken Kette hängend, liegt das vor Zeiten entkernte, stählerne Ungetüm schief im Wasser und wird seit Jahrzehnten von Rost und Pflanzen überwuchert. Giftgrüne Moosstränge beißen sich entlang des Rumpfes, anderswo dringen schon Treibholz und Ufergeäst durch das morsche Metall. Unvorstellbar, dass dieser Dampfer je die Donau entlanggetuckert ist – er gleicht mehr einer konzeptlosen Skulptur, hingeworfen und liegengelassen. Und am Ufer da-

hinter, neben letzten Ausläufern der Romasiedlung mit ihren flackernden Lichtern, heben dunkle Baumreihen mit ihren Wurzeln langsam den Gehsteig aus.

Der Rest des Uferwegs bis zur Straßenbahnbrücke ist gesäumt von einer Zementfabrik, einigen Restaurants und Kneipen, aus denen reihum die Schnapsgesichter raustorkeln und wo man für wenige Dinar ansehnliche Portionen hausgemachter Fischsuppe bekommen kann.

Der Schmutz, in dem diese Spelunken versinken, wird übertüncht von der Eigenart der Menschen, die hier leben, Matrosengemüter, deren Gastfreundlichkeit etwas Grundehrliches und Naives an sich hat – man weiß sich in Sicherheit, sobald man eines ihrer Lokale betritt. Die Wasserbewohner passen nicht ins Bild einer Großstadt, die allen grundsätzlich mit Gleichgültigkeit begegnet. Sie sind die stets freundlich lächelnde Ausnahme, die immer noch in mit Jugoslawienfahnen drapierten Räumlichkeiten lebt – Titos schwermütig nach vorne gerichteter Blick über ihnen an den Wänden. Sogar die Roma aus der Siedlung dürfen in diesen Lokalen ungestört essen und trinken – Hautfarben zählen hier nicht.

Dazu kommen noch die Arbeiter aus der Zementfabrik, die wie aus der Zeit gefallene, staubige Ungetüme mit staubigen Fingern an den staubig gewordenen Biergläsern nippen und sich lebhaft über eine staubfreie Welt unterhalten.

Bis zur nächsten Brücke sind es dann nur wenige Schritte: Am Weg stehen zwei verlassene Bauhütten, mit Fenstern dunkel wie unheilverkündende Vexierspiegel. Dahinter der internationale Busbahnhof, der die Gastarbeiter in ganz Europa verstreut.

Alles war weg: die Baracken, die Werkstätten und Fixerhäuschen, die unzähligen Wellblechhütten der Romasiedlung mitsamt ihren Einwohnern, die Kinder, die Satellitenschüsseln, die Boiler, der Karton, das Metall und das Plastik, das Geschrei, das Gelächter, das Lamento, die Fischer, das Moor, die Floßhäuser, der vor sich hin rottende Donaudampfer, die dunklen Baumreihen, die Zementfabrik, die Restaurants, die Kneipen, die Arbeiter – alles war einer riesigen, unerträglichen Staubfläche gewichen, auf der vereinzelt Planierraupen und Bagger standen. Als Verkünder eines noch größeren Unheils präsentierte eine absurd große Plakatwand am Rande des Gehsteigs das, womit *die Lücke* in absehbarer Zeit gefüllt werden würde: In allen Details ausgemalt, glitzerten darauf breite Straßenzüge, luxuriöse Wohnblocks und Parkgaragen, schicke Restaurants, Einkaufszentren, Hochhäuser. Ihre gläsernen Fassaden und weichen Kanten kalt, eine unüberbrückbare Distanz zwischen diesem Belgrad und jenem …

Unerbittlich brannte die Sonne herab. Wie ein hohles Gefäß stand ich vor dem Plakat, das mir unmissverständlich bedeutete, dass der Fortschritt auch hier alles plattwalzen konnte. Nichts passte mehr ins Bild, nichts ließ sich mehr zurechtrücken – hatte ich tatsächlich geglaubt, so etwas wie eine Antwort zu finden, hier in Belgrad? Und wenn so grausame Veränderungen mit der Stadt vorgegangen waren, was war dann in dieser Zeit mit mir geschehen?

Der Geruch von abgestandener Pisse lag in der Luft, und ich machte mich auf, einen schattigen Unterschlupf zu suchen und auch mich irgendwo zu erleichtern. Die Aussicht, am nahe gelegenen Busbahnhof in irgendeinen Bus zu steigen und aus dieser Stadt abzuhauen, war angesichts dieses verbrecherischen Tages viel zu verlockend. Ich wollte weg – wie immer wollte ich nur weg!

Die zwei Bauhütten standen immer noch. Von ihnen musste der Uringeruch herrühren, denn sie sahen noch heruntergekommener aus als in meiner Erinnerung. Wie zwei nebeneinander treibende, morsche Einbäume lagen sie auf einer Anhöhe – ihre breiten Flügeltore waren aufgebrochen worden. Rundherum stapelten sich volle Einkaufssäcke, es roch nach Scheiße und verbranntem Plastik. Die Fensterreihen waren zerbrochen, arabische Lettern standen an die grauen, bröckelnden Mauern geschrieben, daneben in oranger Signalfarbe groß das Wort *HELP!*

Von weitem hörte ich den Verkehr über die Straßen donnern. Nichts rührte sich, nur feiner Staub lag in der Luft, aufgewirbelt von der nun ruhenden Baustelle. Ich sah eine Katze, die schwer durchs kniehohe Gras stapfte. Ihr einige Meter folgend fand ich schließlich einen schmalen Pfad, der zu den beiden Gebäuden hinaufführte. Ich musste Kotresten und Plastiksäcken ausweichen. In einiger Entfernung stand ein alter Güterwaggon im Gras, daneben Maschinenteile und ein wie Bleistifte gestapelter Haufen verrosteter Schienen – der süßliche Geruch von Tierkadavern in der Luft: Großmutter fiel mir ein, die stolze Haltung von Mutters Kinn heute Morgen, der lächerliche Körper meines Vaters. Oben angekommen, löste ich meinen Gürtel und pisste an den Fuß der Stiege, die hinauf zum eingetretenen Tor einer der Bauhütten führte. Ein Überdach aus Wellblech warf einen breiten Schatten auf das Plateau vor dem Eingang. Ungeschickt stolperte ich über die Rohbetonstiege und hockte mich in den Schatten. Ich schloss die Augen und versuchte den bestialischen Gestank zu ignorieren.

Ein leises Rascheln weckte mich aus meinem kurzen Schlaf. Ich stand auf und sah mich um: Sechs dunkelhäutige Männer kamen im Schritttempo den Pfad herauf. Das Rascheln kam von den großen, übervollen Plastiksäcken, die sie in den Händen hielten. Sie waren durchwegs schwarz gekleidet und trugen Flipflops an den Füßen. Ihr Haar war staubig, genauso wie der Rest ihrer kümmerlichen Erscheinung. Ich war, erstarrt vor ihrem Anblick, auf meinem Posten stehen geblieben – sie aber würdigten mich keines Blickes und setzten ihren Weg unvermittelt fort. Sie waren noch sehr jung, vielleicht sechzehn, keine zwanzig. Unter den lose an ihren Körpern hängenden Shirts wähnte ich nur Rippen und Haut – ihre Gelenke wirkten wie Knoten in einem Tau.

Ich vernahm einen lauten Knall, als hätte jemand ruckartig einen mächtigen Motor angeschmissen. Zwei der jungen Männer zuckten beim Knall zusammen, als hätte sich etwas in ihnen nie an dieses Geräusch gewöhnen können. Sie keuchten und husteten, während sie den Hügel raufmarschierten, ihre Blicke wie versteinert. Keine fünf Schritte entfernt liefen sie an mir vorbei – teilnahmslos, unglücklich, totengleich.

Ich schluckte – sie sahen anders aus als im Fernsehen: In ihrer Jämmerlichkeit glichen sie einander so sehr, dass ich unmöglich sagen konnte, wer ich war. Waren sie nicht Teil dessen, das mich in meinem Stammcafé am Praterstern aufhorchen ließ, war nicht das der Ausnahmezustand gewesen, und ich gehörte dazu?

Anstatt ihnen zu folgen, wartete ich ab, bis die Männer hinter der schweren Seitentür der gegenüberliegenden Bauhütte verschwanden. Ich sprang die Stufen hinunter und rannte um das Gebäude herum. Am hinteren Ende des Korridors zwischen den beiden Gebäuden blieb ich abrupt stehen, um nicht zu stürzen: Ich wich einem großen, künstlichen Loch aus, dessen Zweck jedermann offensichtlich war. Dieser Ort strahlte nichts Menschenwürdiges aus: eine gewaltige Toilette, eine Müllhalde, und die Menschen darin Abfall, während keine zehn Schritte entfernt schöne neue Welt gespielt wurde.

Vorsichtig näherte ich mich dem Eingang des zweiten Gebäudes. Ich wollte nur einen Augenblick lang der Sonne entfliehen und wurde das Gefühl nicht los, den düsteren Kreis einer Hölle betreten zu haben. Die Busstation war ganz nah, und das ununterbrochene, gleichförmige, ungestüme Tosen füllte die trostlose Stille.

Ich sah durch eines der zerbrochenen Fenster ins Innere – zahllose schwarze Gestalten kauerten auf dem Boden zwischen Bergen an Plastiksäcken und Plastikflaschen, Kleidung, improvisierten Nachtkästen und verrußten Metalltonnen. Der Raum, in dem sie ihre Tage verbrachten, war schwarz, stickig und stank bestialisch. Sie klammerten sich aneinander, halb ausgelöscht, Schmerz, Vernachlässigung und Verzweiflung in ihren vom Dämmerlicht leicht hervorgehobenen Gesichtszügen. Ein weiterer Motor wurde angeworfen, und der Knall, den er verursachte, ging allen durch Mark und Bein. Jemand begann trocken und würgend zu husten, und wie angesteckt setzten es die anderen fort.

Dies waren keine Feinde, keine Verbrecher oder Schmarotzer oder Terroristen, wie sie im Fernsehen oder auf der Straße genannt wurden – sie waren nichts Irdisches mehr, nur noch schwarze Schatten der Krankheit, verscharrt, vergessen, verloren in einer Stadt, von der ich aus eigener Erfahrung wusste, dass sie ihnen außer Kummer nichts geben würde. Aus ihrem Raum gefallene Plastikmenschen, mit Plastik in Händen und Haaren, mit Plastik in den Lungen, ihre ganze Zuversicht verklebt von Plastik. Ihr einstiges Zuhause verkümmerte hier langsam zu wenig mehr als einer Ahnung – oder zu etwas viel Traurigerem. Ihr jetziges Zuhause: das war ein Lager.

Wo um alles in der Welt war ich gelandet?

Ich flüchtete über die Straßenbahnbrücke auf die Neu-Belgrader Seite und steuerte blindlings durch das heimtückisch verwachsene Gelände: über einen Kai, breit angelegte Wiesen, vorbei an einem offensichtlich noch im ehemaligen Jugoslawien errichteten Denkmal: eine klobig eingefasste Stahlscheibe, nach oben hin aufgeplatzt, als hätte jemand einen geschlossenen Mund in die Hände genommen und ihn mit Gewalt aufgestoßen. Weiter durch dichtes Buschwerk, vor einem unentrinnbaren Ekel fliehend.

Dann plötzlich fiel das Gelände vor mir ab, ich hielt ruckartig und steckte aus sicherer Entfernung die unbekannte Umgebung ab.

Wie der Rumpf eines mächtigen Schiffes brach ein Gebäude

kreisförmig zwischen Gestrüpp und Bäumen hervor. Die hohen weißgestrichenen Wände mündeten in einer das Halboval umrandenden Fensterfront, die das Dach vom Rest des Gebäudes trennte. Einige Fenster waren gekippt, und aus dem Inneren drang Toben und Geschrei nach draußen – es musste sich um eine Sporthalle handeln!

Ich verließ langsam meine Deckung und suchte mir einen Weg durchs kniehohe Gras nach unten. Hinter einer dunklen Baumreihe links des Gebäudes musste der Ausläufer der großen Branko-Brücke verlaufen – der Verkehrslärm war jetzt um einiges angeschwollen. Mein Magen verkrampfte sich, und erst jetzt fiel mir ein, dass ich seit gestern nichts mehr gegessen hatte. Aber schon von der Vorstellung, jetzt etwas zu mir zu nehmen, wurde mir noch übler.

Müde und vollkommen taub erreichte ich eine zurechtgetrimmte, verdorrte Wiese, die sich hinter dem Schiffsrumpf befand. Wie ein schwerer Sack Kartoffeln fiel ich auf den strohgelben Grund. Links vor mir erstreckte sich ein unansehnlicher Wohnkomplex. Die stark mitgenommene, marode Fassade bröckelte überall – lebendig waren einzig die wenigen Gestalten, die mit nacktem Oberkörper oder im Unterhemd an den Fenstern vorbeihuschten.

Ich kniff die Augen zusammen und blickte mürbe umher: Auf einer Metallstange wölbten sich Bettüberzüge und buntgeblümte Sommerkleider im Abendwind, in einiger Entfernung spielten Kinder auf improvisierte Tore Fußball, daneben zwei Greise, die, über einen Tisch gebeugt, lebhaft diskutierten und wohl Karten spielten.

Die Abenddämmerung kroch langsam über die Stadt. Ich musste inzwischen etliche Kilometer hinter mir gelassen haben, und die smogrotgetränkte Dämmerung war meine Belohnung dafür. Wieder knurrte mein Magen, doch in mich wollte nichts mehr hineinpassen, so viel Angestautes drängte im Laufschritt und Parka nach draußen, suchte vergeblich nach einem Weg, meinen kümmerlichen Körper zu verlassen. In diesem Zustand konnte ich unmöglich nach Wien zurückkehren – konnte unmöglich hierbleiben!

Und keine Münze weit und breit, die mir die Entscheidung abnehmen könnte. Ich war allein! Drüben, auf der anderen Seite, im rußschwarzen Raum, wo die Verdammten dieser Erde wie Vieh in ihrer eigenen Scheiße hausten, hatten sie wenigstens einander … um sich Mut zuzureden, um sich gegenseitig aufzumuntern, wenn einen plötzlich die Trauer überfiel, sich gegenseitig zu wärmen, wenn der nächste gnadenlose Belgrader Winter anrückte … Ich aber hatte niemanden, ich war erneut in dieser sogenannten Heimat gestrandet, die sich nach zehn Jahren wie der gottverlassene Mars anfühlte! Wo um alles in der Welt war ich gelandet?

»Gerade Sie müssten doch wissen, wo sie hier gelandet sind!« Der vertraute Ton seiner Stimme drang in mein Ohr, und ich versuchte, so gut es ging, ihm mit Gleichgültigkeit, ja mit Selbstverständlichkeit zu begegnen.

Ich drehte mich um und erblickte einen jungen Mann: Sein Haar wirkte voller und stand nicht mehr so komisch ab wie im Bus – es war zu einem Pferdeschwanz zusammengebunden. Klare kastanienbraune Augen fixierten mich, und sein verschmitztes Lächeln deutete auf ein Selbstbewusstsein hin, das keine verfaulten Zahnreihen kannte. Er roch gut und trug neue, sommerliche Kleider, eine lederne Umhängetasche und Sandalen mit Klettverschlüssen. Nur seine langen und knorrigen, von Zigaretten vergilbten Fingernägel verrieten ihn, der Rest war geschickt kaschiert worden, dachte ich: auch er ein Meister der Camouflage!

Er hockte sich neben mich, zündete mit einem schlecht vergoldeten Feuerzeug zwei Zigaretten an und reichte mir eine.

»Ich hatte mir schon gedacht, dass wir uns wiedersehen! Und Sie scheinen ja auch nicht überrascht zu sein. Wissen Sie, wie gering die Chancen für ein Wiedersehen in solch einer großen Stadt sind?« Eine jugendliche Leichtigkeit schwang in seiner Stimme mit, die mich komplett verwirrte.

»Haben Sie genug Material für Ihr Buch sammeln können?«

»Mein Lieber, es ist immer dasselbe mit Ihnen: Kaum macht man einen Schritt vorwärts, geht es auch schon wieder zwei Schritte zurück.« Ich schaute ihn entgeistert an.

»Sie fragen sich, wo Sie gelandet sind, und kaum will ich darauf eingehen, wechseln Sie das Thema! Lassen Sie mein Buch ruhig mal beiseite! Sagen *Sie* mir lieber, wo wir beide hier sind!«

Der Hinterhalt, in den ich geraten war, machte mich fertig: Ich konnte mich nicht einmal in meiner Verzweiflung suhlen, ohne von ihm in eines seiner Spielchen hineingezogen zu werden! Seinen Worten trotzdem folgend führte ich meinen Kopf im Kreis und versuchte, unserer Umgebung Anhaltspunkte abzugewinnen: Die spielenden Kinder und Greise waren verschwunden, nur ich und mein Sitznachbar waren geblieben. Auch der Tumult aus dem Schiffsrumpf war kaum mehr zu hören.

Hinter dem Wohnblock verlief eine dichte Baumreihe bis zu jenem Punkt, wo vorhin die alten Herren wild über ihrem Spiel gestikuliert hatten. Rechts daneben deutete eine grüne Leerstelle einen Hang an, der offenbar zur tosenden Hauptstraße führte. Dann wieder das rumpfähnliche Gebäude hinter mir, das den kaputten Landstrich dominierte. Ich ließ meinen Blick ein weiteres Mal im Kreis wandern – ich hatte keine Ahnung, wo wir uns befanden.

Die Zigarette in meiner Hand verglomm unterdessen ungeraucht. Unaufhörlicher Lärm, Knistern und Rauschen, das Brummen der Busmotoren, aufheulende Hupen, unentwirrbares Gewirr – die Stadt war allgegenwärtig, *die Stadt fraß die Herzen, die Stadt trank das Blut*.

Mein Nachbar fixierte äußerst konzentriert den Himmel vor ihm. Und erst da, als auch ich meinen Blick nach oben richtete, sah ich ihn: Über den Baumkronen schwebte ein monströser, mit Satellitenschüsseln drapierter Turm wie ein morscher Hochsitz: vier dicke Rohbetonpfeiler, dunkel und unruhig, die nach oben hin in ein Plateau mündeten, gestützt von im Zickzack verlaufenden Stahlstreben. Er war übersät mit faustdicken Ausschabungen – ganze Brocken fehlten, als ob ein Tier daran genagt hätte. Das Gebäude, aus dem der Turm emporragte, konnte ich zwischen den Bäumen lediglich erahnen: rund, zerschlissen, bedrohlich.

Ich war nach wie vor verloren. Mein Nachbar grinste nur dümmlich: »Wissen Sie, mein Lieber, dass Belgrad ganze *dreiundvierzig* Mal in Schutt und Asche gelegt wurde? Zumindest hält sich diese Folklore bei alteingesessenen Belgradern und solchen, die es werden wollen, bis heute. Die Geschichte dieser Stadt ist wie eine Blaupause für die Mausefalle Balkan: Belgrad als ewig brennende Stadt! Ob die Zahl stimmt oder nicht, spielt keine Rolle: Es geht um die Bezifferung des Elends, mit dem sich ja jedes Volk gerne schmückt – außer vielleicht die Deutschen. Drei-und-vier-zig! Es klingt einfach so unglaublich, dass es wahr sein muss. Denken Sie bloß an die vielen Kriege und Verwüstungen: die Bulgaren im Mittelalter, die Byzantiner, die barbarischen Horden, die durch diese Landstriche gestapft sind. Und die vierhundert Jahre unter den Osmanen, die österreichischen Divisionen im Ersten und die Luftangriffe der Deutschen im Zweiten Weltkrieg – und die NATO! Vor diesem Hintergrund klingt sogar eine Drei-und-vier-zig wie die Wahrheit. Sonderbar, dass während dieser famosen Dreiundvierzig die Gasthäuser und Spelunken verschont geblieben sind – Hauptsache saufen und feiern kann man!« Er hielt kurz inne und seufzte schwer. Mein Sitznachbar offenbarte mir jetzt doch Einzelheiten seiner jahrelangen Arbeit – was mich ungemein beruhigte! War dieser Wahnsinnige nur aufgetaucht, um meine innere Unruhe schon wieder herauszufordern?

»Was sich jedoch mit Fug und Recht über Belgrad behaupten lässt«, fuhr er fort, »ist dessen augenscheinliche Versehrtheit, dieses überaus lebendige Narbengewebe, das aus dem Inneren ganz langsam und durch die Jahrhunderte hindurch seinen Weg nach außen suchte und die Stadt zu dem formte, was sie heute ist: ein bittersüßer Moloch. Ich muss immer an den Film *Ko to tamo peva* denken: eine bunte Reisegesellschaft eingesperrt in einem Bus Richtung Belgrad, sich selbst und der beengenden Umgebung vollkommen ausgeliefert, und das am Vorabend des 6. April 41! Anfangs geht alles gut: Die rülpsende Klapperkiste schleppt sich irgendwie die Vojvodiner Dünen entlang, Vater und Sohn am Steuer, vorne die großmäuligen Männer, wie sie über das Hochzeitspaar in der Mitte blöde Sprüche klopfen, und ganz hinten, bei den Schweinen, dort, wo sie für viele immer schon hingehört haben: die Zigeuner! Doch irgendwann ab der Mitte des Films tickt einer langsam aus und entblößt so nach und nach die ganze Truppe, und das Schlechteste in jedem Einzelnen tritt ans Tageslicht! Am Ende wird wieder den Hilflosen, denen aus der letzten Reihe, die Schuld in die Schuhe geschoben – zum Weinen ist das Ganze, mein Lieber! Aber auch zum Lachen. Schließlich lernt niemand aus seinen Fehlern, da kann ich hundert Bücher schreiben – und Sie können bis in alle Ewigkeit Ihren Vater verfluchen. Unsere Herdenmentalität ist schon etwas Erstaunliches!«

Der Tag zog sich langsam hinter einen unsichtbaren Horizont zurück. Wir saßen am Rand der Wiese wie aus einem Guss geformt und schwiegen uns an. Zum ersten Mal, seitdem meine Großmutter gestorben war, kehrte so etwas wie Andacht bei mir ein – ohne dass ich an sie oder die heutige Beerdigung gedacht hätte.

Der Geruch von Ruß und saurem Abfall lag in der Luft, als hätte jemand eine Mülltonne angezündet. Unsere Blicke trafen sich: bestürzt und hilflos. Und als ob er sich in Sicherheit wähnte, ergriff er plötzlich meine Hand und strich mir sanft, fast liebevoll durchs Haar, über Wange und Hals hinunter bis zur Schulter, die er anschließend packte und etwas fester drückte. So saßen wir einige Augenblicke beisammen, bis er sich wieder von mir wegdrehte und die Augen schloss. »Schnee fällt auf Schnee. Stille«, sagte er in einem versunkenen Tonfall, der so gar nicht zu seinem aufwallenden Gemüt passte. Er wiederholte noch einmal die Worte, ganz langsam. Ich verstand nicht, was er damit sagen wollte, vielleicht wollte er gar nichts damit sagen – vielleicht wollte ich es auch nicht verstehen.

»Und«, fuhr er ganz ruhig fort, »können Sie mir jetzt sagen, wie tief so ein Grab in Wirklichkeit ist?«

»Nein – es hat geregnet, das Loch war fast bis zum Anschlag gefüllt mit Wasser.«

»Und, wissen Sie inzwischen, wo wir hier sind?« Ich war ratlos.

»Setzen Sie doch mal die Steinchen zusammen: dieses gleichförmige Areal, dieser geschwollene Wohnklotz, die Halle hinter uns, dieser ekelerregende Turm! Ich gebe Ihnen einen Tipp: Dort unterm Turm befand sich die *Kommandozentrale.*« Erst da dämmerte es mir: Das muss früher einmal ein Konzentrationslager gewesen sein!

»Das ist *immer noch* ein Konzentrationslager! Nur weil unter dem Turm jetzt Obdachlose hausen und man aus dem ehemaligen Offiziershaus eine Wohnanlage gemacht hat, sind die Schrecken dieses Unortes doch nicht getilgt! Nach dem Krieg wurden hier Ateliers für Künstler eingerichtet – was für ein kranker Witz! All das Blut versickert nicht so leicht. Auch wenn sich niemand mehr um diese Toten kümmert – vor ihnen weglaufen kann man nicht!«

In der Dämmerung hatte sein Gesicht wieder die feisten Züge angenommen, wie ich sie von unserer Busfahrt kannte. Die jugendlichen Gesten, der scharfe Blick und die klare Stimme waren wieder einer harten Schale gewichen. Die markante, knochige Nase und die aschfahle Hautfarbe waren zurück, und auch seine faulen Zähne grüßten wieder hinter einem hämischen Grinsen.

In alter Manier hob er erneut an – überschwänglich, schamlos, böse: »Und die Halle hinter uns: Dort wurden früher die Leichen gestapelt!«

Mit einem Satz sprang er auf und packte mich grob am Arm, sodass ich aufstehen und ihm nachrennen musste. Ich wollte ihm hinterherrufen, dass er nicht so hasten solle, aber schon waren wir am Fuß des Schiffrumpfes angelangt. Aus der hohen Fensterreihe drang gedämpftes Stimmengewirr und grünliches Licht nach draußen, das der Umgebung etwas heimtückisch Zauberhaftes verlieh. Der Elektriker lief einmal um das Gebäude herum, um, wie er sagte, ein Gefühl für dessen eigentliche Größe zu bekommen. Die ganze Situation war mir nicht geheuer: »Geht es Ihnen gut?«, warf ich ihm hinterher.

»Mir geht es wunderbar!«, antwortete er sarkastisch, »Sie wollten doch wissen, ob ich genug Material für mein Buch gesammelt habe. Nicht einmal einen Tag hat es gebraucht, schon hatte ich alles beisammen! Wenn Sie wollen, können wir morgen schon wieder nach Wien zurück!« Er lachte laut auf und schleppte mich noch einige Meter weiter bis zu einem hüfthohen Elektrokasten, der am Gebäude angebracht war: »Hier, mein Lieber«, sagte er, mit der Hand auf den bemoosten Kasten klopfend, »hier drinnen, wenn Sie so wollen, summt meine Vergangenheit!« Und tatsächlich vernahm ich ein leises, elektrisches Summen aus dem Inneren.

»Dort oben aber«, fuhr er fort und zeigte auf die gut fünf Meter über uns ruhende Fensterfront, »dort oben ist meine Zukunft, dort oben befindet sich alles, was ich für mein Buch brauche!«

»In der Leichenhalle?«

»Im Restaurant! – Haben Sie geglaubt, das hier wäre inzwischen ein Museum oder gar eine Gedenkstätte? Hoffen Sie noch darauf, dass unsereiner weiß, wie man mit der Schande umgeht? Nein, mein Lieber, dort, wo früher tote Körper gestapelt wurden, wird heute gefressen – und das gar nicht mal so schlecht! Ich selbst habe heute Mittag das vorzüglichste Lammkotelett hier gegessen, selbstverständlich blutig! Folgen Sie mir, ich zeige es Ihnen!« Er kletterte auf den Elektrokasten, der unter der Last seines schweren Körpers quietschte, griff nach einer Metallstange über ihm und stemmte sich mit seinen Füßen gegen die Wand, um nach oben zu gelangen.

»Gehen wir doch einfach vorne beim Eingang rein«, rief ich ihm verwundert hinterher.

»Ach, Eingang, ich will Ihnen doch nur …«, vernahm ich ihn noch keuchend ausstoßen – schon rutschte er ab und fiel mit dem Hintern voran auf den Stromkasten, dann schlug er mit dem Kopf und einem leise in der Landschaft tönenden *Klack!* auf einem Stein von nicht zu verachtender Größe auf.

Sein Schädel musste aufgeplatzt sein: Blut floss langsam auf das um seinen Kopf wuchernde Gras, tauchte alles in ein tiefes Schwarz – ein falscher Heiligenschein um das Haupt dieses Großmauls, das nur mehr mit dem rechten Bein wie ein Aal zuckte. Zufrieden beugte ich mich vor und verfolgte ganz genau jedes einzelne reflexartige Atemholen, bis mein Sitznachbar, Sohn eines schweinischen Vaters, ehemaliger Elektriker und Autor, endgültig dahingerafft wurde. Niemand würde ihn vermissen – nicht in Wien, nicht anderswo. Wie ich war er lediglich ein Feigling gewesen, der sich ein halbes Leben lang hinter billigen Ausflüchten und einer perfekt inszenierten Schale versteckte. Nicht einmal seinen Namen kannte ich.

Und jetzt musste ich lachen, mir fiel diese eine Szene aus *Ko to tamo peva* ein, in der der von Bata Stojković gespielte Protagonist den Schwindsüchtigen von sich schiebt mit den Worten: »Gehen Sie weg von mir, der Tod ist eine ansteckende Krankheit!«

Ich kauerte neben seinem Körper, ohne genau zu wissen, wie

lange schon. Die Geräusche aus dem Restaurant waren verebbt, das Licht war ausgeschaltet worden – Feierabend. Zwischen den Baumkronen sah ich nun die Umrisse einer unbarmherzigen Sichel am Himmel. Ich rückte die Kleidung meines Sitznachbarn zurecht und verschränkte seine aufgeschürften, blutigen Arme auf seinem Schoß. Fast glaubte ich, er würde sich noch einmal aufraffen, mich dumm angrinsen, mir erneut eine Predigt um die Ohren hauen – fast glaubte ich, er trieb sein Spiel mit mir. Doch er blieb starr. Langsam wich auch die Wärme aus seinem Körper, während nun ich sein Haar, seine Wangen, seinen Hals streichelte. Als Mensch karger Worte überließ ich die Trauerzeremonie den uns umgebenden Sträuchern und Bäumen – nur eine alte, zerfranste Postkarte als Grabbeilage in der Hand.

Dann, als mich ein vertrautes Gefühl beinahe überrollte, griff ich in der Dunkelheit nach einem kleinen flachen Stein am Boden und schob ihn so tief in seinen Rachen, dass ein lebendiger Mensch wohl daran erstickt wäre.

Ich stieg bei der Bushaltestelle unter meinem Viertel aus. Am Markt räumten die Händler gerade ihre Waren zusammen, packten sie in große, verschließbare Plastikwannen.

In dem Moment, als die Bustür hinter mir zuging, trottete ein hagerer Mann an mir vorbei, blieb kurz stehen und klopfte sich dreimal in die Hände, bevor er sie aneinanderrieb und in sie hineinpustete, als wäre ihm kalt – als wäre nicht Sommer. Wie aus dem Nichts tauchte neben uns ein klappriger Pferdekarren auf. Zwei Jungs saßen hinten auf einem Haufen Altpapier, der sich in Fransen über die Straße verteilte, und schubsten einander zum Spaß. Vorne holte eine dunkle, eingefallene Gestalt gerade die Peitsche aus und trieb den Gaul mit einem entschiedenen *Huschtooo!* durch die lauwarme Nacht. Ich blieb noch einige Augenblicke stehen: Auf der Hauptstraße bündelten sich die Scheinwerfer im Abendverkehr, Heimkehrer, die nach einem durchschwitzten Tag in der Stadt zu ihren Vorstadtnestern zurückgekrochen kamen, stets ein Stück gebrochener als am Tag zuvor – so war es früher, so war es heute noch.

»Švabo? Švaaabooo!!!«

Als hätte jemand meinen Namen gerufen. Ich drehte mich um und blickte zu den Marktständen, von denen gerade jemand in meine Richtung hastete. Von allen gottverdammten Wesen, die diese Stadt bewohnten, torkelte nun ausgerechnet jenes mir entgegen, mit dem ich nicht mal im Traum gerechnet hätte: Korać hatte sich kaum verändert, sein schwarzes Haar glich immer noch einem Wischmopp, er hatte etwas zugenommen, das zusätzliche Gewicht jedoch erfolgreich in Muskelmasse investiert. Ein Vorderzahn fehlte ihm, aber sonst schien er keinen Tag gealtert zu sein. Immer noch ging er wie der Chef des Viertels, die Beine breit, als hätte er sich in die Hosen geschissen.

Bei mir angekommen, streckte er die Hand zum Gruß aus, die er aber sofort wieder zurückzog und mich stattdessen kräftig umarmte. Erst als er wieder von mir ließ, bemerkte ich die Veränderung: Sein Blick strahlte nichts Boshaftes mehr aus, er vermittelte demjenigen, der es wagte, ihn zu erwidern, keine Angst mehr, keinen Schrecken, keine Prügel. Vielmehr wirkte er verlegen, geradezu beschämt, mied den Augenkontakt, ohne dabei aber auf die Inszenierung zu verzichten. »Leck mich am Arsch«, sagte er so laut, dass sich eine Frau, die auf den Bus wartete, nach uns umdrehte, »Alter, der deutsche Hurensohn steht wahrhaftig vor mir! Wie lange ist das schon her, sieben, acht Jahre?«

»Genau zehn«, antwortete ich kühl und widerwillig.

Korać unterdessen erweckte den Anschein wahrhaftiger Freude über unser Wiedersehen – als hätte er einen guten alten Freund lange Zeit nicht mehr gesehen. »Zehn Jahre!«, wiederholte er langsam und andächtig, »Aaalteeer, ist es wirklich schon so lange her?! Aber gut schaust du aus: Ein paar Haare hast du verloren, aber nach hinten zusammengebunden stehen sie dir gar nicht mal so schlecht. Und zugenommen hast du! Die füttern dich gut da oben. Wo bist du nochmal, Bruder: Göteborg?«

»Wien.«

»Wien, natürlich! Wo sonst soll ein Švabo landen, wenn nicht bei den Deutschen!« Ich musste schmunzeln. Er fuhr etwas strenger fort: »Na ja, jetzt bist du einer von ihnen, schaust wie ein echter Westler aus in diesen fancy Klamotten. Aber erzähl: Wie reden die Leute oben über uns, Alter? Nur Schlechtes aus dem Westen über Serbien, oder?«

»Man hört gar nichts über Serbien im Westen«, antwortete ich, »ich glaube, die Leute oben wissen überhaupt nicht, wo Serbien liegt!«

»Vielleicht hast du recht, Bruder. Nur wenn sie uns bombardieren wollen, dann finden sie uns auf der Landkarte!« Er stieß einen kurzen und heftigen Lacher aus, danach aber kehrte eine verlegene Stille ein. Ich hatte keine Lust, auf seine Fragen zu antworten.

»Erzähl mal, Alter«, fuhr er unterdessen fort, »wie ist es dir ergangen? Was machst du hier?«

»Bin nur heute da – wegen der Beerdigung meiner Großmutter. Morgen fahre ich wieder nach Wien.« Die Worte meines letzten Satzes drangen so hölzern aus meiner Kehle, dass es mir Angst machte. Ich glaubte mir selber nicht mehr.

»Mein Beileid, Bruder, möge ihr die Erde leicht sein«, antwortete Korać, der mich geradezu gierig anstarrte, als ob er seit langer Zeit kein richtiges Gespräch mehr geführt hätte – als hätte unser Aufeinandertreffen ihn aus einer langen und erdrückenden Einsamkeit herausgeholt. Nichts deutete mehr auf den groben Klotz hin, der er früher gewesen war – er wirkte wie ein gebrochenes Tier.

»Und du«, fragte ich ihn, »wie geht es dir? Bist immer noch im Viertel unterwegs, wie ich sehe. Was treibst du so?«

»Ach, was willst du hören, Bruder! Glaub es oder nicht, das da drüben«, er zeigte auf einen der Stände, »das habe ich für den Sommer gemietet: Unterwäsche, Socken, Pyjamas … nur so lange, bis ich die Kohle zusammenhab, Alter, dann geht's auch für mich Richtung Weg-von-hier!«

»Was ist passiert, wo sind deine Jungs?«, fragte ich.

»Was passiert ist, Alter? Mein beschissenes Leben, das ist passiert: zuerst ein Jahr wegen der Scheißdrogen, dann, kaum vier Monate draußen, sechs dicke Eier wegen bewaffneten Raubüberfalls! Sechs Jahre, Alter! Ich bin erst seit acht Monaten wieder draußen. Die Scheißsocken und die Pyjamas sind Teil meiner verfickten Rehabilitierung! Und die anderen – die Hälfte von denen ist abgehauen, Australien, Amerika, Deutschland, was weiß ich, und die Besten sitzen immer noch oder sind schon längst vor die Hunde gegangen. Erinnerst du dich noch an Pajke, die fette Missgeburt aus meiner Clique? Der Wichser wurde auf offener

Straße überfahren und dann erschossen. Zwei Kugeln, direkt ins Herz, bumm, bumm! Scheiße, Alter, die Kids heutzutage sind zehnmal abgefuckter als wir damals. Noch weniger Arbeit, noch härtere Drogen – das ganze Viertel, ach was, die ganze Scheißstadt ist eine Katastrophe! Die haben wieder die Autobomben und Maschinenpistolen ausgepackt, Bruder. Und nach sechs Jahren im Knast hatte ich auch keinen Bock mehr, mich von irgendwelchen achtzehnjährigen Psychopathen abknallen zu lassen. So gesehen sind die Socken meine Rettung.« Er lachte laut und bitter auf.

Eine Wehmut erfasste mich, von der ich wusste, dass ich sie nur schwer wieder loswerden würde. Korać senkte seinen Blick und starrte aufs Trottoir. Ein Bus fuhr vor. Das Zischen, das seine Türen beim Öffnen verursachten, ging wie ein Schnitt durch mich hindurch. Hinter uns ertönte ein Pfiff, der Korać galt. Er drehte sich um und hob die Hand: »Komme!« Dann drehte er sich erneut mir zu und erstarrte, den Blick auf denselben Punkt des Gehsteigs gerichtet wie vorhin.

Um der unangenehmen Situation irgendwie zu entfliehen, holte ich zwei Zigaretten aus meiner Tasche, zündete sie an und gab eine Korać, der meine Geste mit dem Satz quittierte: »Alter, Luckys aus dem Westen!«

Und anstatt einfach einzuschlagen und abzuhauen, drängte sich jetzt die eine Frage auf, die mir schon seit einigen Jahren auf den Lippen brannte: »Alter, erinnerst du dich noch an Miloš aus meiner Klasse? Weißt du vielleicht, wo der gerade steckt?«

Korać hob seinen schweren Stierkopf, ein breites Lächeln zierte seinen Mund: »Natürlich, Alter, glaub es oder nicht, der versoffene Hurensohn wird Vater, hat 'ne Alte geschwängert und sie gleich geheiratet. Hab ihn vor ungefähr zwei Monaten auf der Straße getroffen. Arbeitet in einer Buchhandlung oder einem Kiosk in der Innenstadt. Säuft auch nicht mehr so viel wie früher, aber immer noch so dünn wie ein verdammter Grashalm. Ich richt ihm gerne Grüße von dir aus ...« – Ich machte zwei Schritte zurück und hob meine Hände, nur ein *Lieber nicht* brachte ich noch aus mir heraus.

»Na gut, Alter«, gab er verwirrt zurück, »kein Stress, aber warte kurz hier!« Korać ging zurück zu seinem Stand, unter dem er einen Plastikbeutel hervorkramte, und fing an, Sachen hineinzupacken. Dann schlenderte er zu mir zurück, genüsslich die letzten Züge seiner westlichen Lucky in die Nacht pustend. »Hier Alter, für dich«, er hielt mir einen Beutel voller Socken hin, »ist zwar nicht viel, aber so ein gutes Paar Socken kann jeder gebrauchen«, sagte er und grinste verlegen.

»Danke«, erwiderte ich nur, »danke!«, bevor er mich erneut umarmte und wir uns endgültig voneinander verabschiedeten.

Nachdem ich in meine Straße eingebogen war, hängte ich den Beutel an eine Mülltonne, sodass er jedem, der neue Socken brauchte, gut sichtbar war.

Am Denkmal für die gefallenen Partisanen aus meinem Viertel sah ich die Aufschrift wieder – *RATKO MLADIĆ DEINE ARMEE ERWARTET DICH,* der rote Spraylack war ausgeblichen, und wie ein Schleier schmiegten sich die Lettern an die schwarzweißen Gesichter der am Denkmal angebrachten Fotografien. Gesichter, die mir einen Eindruck vermittelten, wie die Zeit damals ausgesehen haben mochte, als mein Viertel noch nicht Belgrad war – als Belgrad noch nicht Belgrad war.

Ich ging weiter, zuerst ganz langsam, dann immer schneller und schneller: Schließlich rannte ich los, nichts Bestimmtem entgegen, immer weiter, achtete auch nicht auf das penetrante Hupen der Autos, vertraute Gebäude und Ecken des Viertels im Windschatten, und immer weiter, im Takt meines sich hebenden und senkenden Brustkorbs, der Erschöpfung entgegen, vorbei an den schweren hölzernen Türen der Vorstadthäuser, wie Brustkörbe schwer, hölzern die vergangenen Stunden, unerträglich und im Schweiß eines Hundstages getauft, bis ich endgültig vor meiner Haustür zusammenbrach, wütend und ängstlich: ängstlich vor dem, was morgen kommen würde, wütend über meinen einst besten Freund Miloš, der von allen Abscheulichkeiten dieser Welt ausgerechnet Vater werden musste! Ausgerechnet Vater, Vater, Vater!

Ich erinnere mich an eine Begebenheit, die sich vor etlichen Jahren in unserer ersten Wohnung ereignet hat. Sie gehört zu meinen ältesten Erinnerungen – wer weiß, vielleicht ist sie die älteste.

Ich muss drei oder vier sein. Mein Vater kommt gerade von der Arbeit nach Hause und legt sich wie immer auf den Diwan, der im engen Vorzimmer gegenüber vom Fernseher steht, um ein halbe Stunde auszuruhen. Die Wohnung besteht aus einer Wohnküche mit einem großen Bett in der Mitte, auf dem wir alle drei gemeinsam schlafen. Das Vorzimmer ist der einzige Ort, der so etwas wie Privatsphäre vorgaukeln kann.

Mein Vater döst vor dem Fernseher, während meine Mutter das Abendessen vorbereitet. Mit der Aussicht auf ein Abenteuer nehme ich leise und verstohlen Mutters große Blechdose, in der sie ihre Gesichtscreme aufbewahrt, aus der Kommode, auf der der Fernseher steht. Anschließend beginne ich, langsam und sehr gründlich, meinen tief schlafenden Vater von Kopf bis Fuß mit der weißen, fettigen Creme einzuschmieren: seinen Mund, die Hornbrille, den strenggeschorenen Schnauzer, Wangen, Ohren, Augenbrauen, dann den Hals, den Pullover runter bis zum Gürtel, seine Arme, Beine, Füße, Finger, Zehen. Körperteil für Körperteil arbeite ich mich vor – er aber schläft tief und fest, wir sind mitten im Krieg, er muss sehr erschöpft sein.

Irgendwann vernehme ich einen schrillen Schrei, der meinen über alle Maßen eingecremten Vater sogleich weckt: Meine Mutter ist außer sich vor Wut, brüllt mich an, vielleicht wegen meines Vaters, vielleicht der teuren Creme wegen. Vielleicht aber hat sie auch nur Angst, mein Vater würde, so müde von der ganzen Arbeit, die so ein Krieg mit sich bringt, ausflippen und böse werden. Er aber lacht nur – er lacht so herzhaft und tief, dass es auch mir Freude bereitet. Mehr noch: Er hört nicht auf zu lachen.

Das Licht in meinem Zimmer brannte. In der Erwartung, meine Mutter anzutreffen, öffnete ich die schwarzgestrichene Holztür.

Mein Vater musste mich gehört haben, denn er war gerade dabei aufzustehen: Er stützte sich mit beiden Händen auf die Bettkante und wirkte etwas hilflos bei dem Versuch, den alt gewordenen Körper hochzuhieven. Auf dem Bett lag ein aufgeschlagenes Buch mit dem Rücken nach oben. Die Leselampe darüber tauchte das Zimmer in ein dämmriges Orange, schliff Ecken und Kanten des kleinen Raumes ab und verlieh ihm etwas Weiches, nahezu Sanftes. Ein in der gegenüberliegenden Ecke stehender Ohrensessel warf einen Schatten an die Wand und das Gesicht meines Vaters, der nun aufrecht stand und mir langsam entgegentrat.

Meine Hände zitterten, mein Kopf schien taub. Ich hatte kaum Zeit gehabt, mir in die Hosen zu machen, ich verharrte einfach im Türrahmen, ohne mir die Angst, die wie ein riesiger, unansehnlicher Klumpen meinen Körper lähmte, anmerken zu lassen.

Er wirkte in meinem Jugendzimmer bedrohlicher als heute Morgen bei der Beerdigung. Die Blässe in seinem Gesicht war einem kränklichen Violett gewichen, als hätte ihm etwas die Luft abgeschnürt. Wie ich es von ihm kannte, schob er seinen Schnauzer nach vorne, aber die Geste ging unter den vielen neuen und verwilderten Stoppeln unter. Er blieb vor mir stehen. Das Schattenspiel war jetzt an seinem Gesicht vorbeigezogen, und ich bemerkte, dass etwas anders war: Trauer und Moder hingen in der Luft wie in einer Höhle – sie hatten das ganze Zimmer durchtränkt. Dass ich meinem Vater ausgerechnet hier begegnete, machte mich stutzig. »Was machst du hier?«, würgte ich aus mir heraus.

»Ich lese«, gab er karg zurück, das Gesicht dem Buch zugewandt, das wie ein Stein auf dem Bett lag und das Laken an seinen Rändern eindrückte. Ich konnte mein Erstaunen gerade noch verbergen. »Was liest du?«, fragte ich ihn kühl.

»Die Russen«, antwortete er unbeholfen, als wollte ich ihm ein Geheimnis entreißen.

»Die Russen …«, hob er wieder an, diesmal mit mehr Druck in der Stimme, »bei denen weiß ich, was sie mir sagen wollen. Ich habe Maupassant probiert, aber mit dem komme ich nicht zurecht …« Ich hob die Hände und unterbrach ihn. Mir war die ganze Situation zuwider. Er wollte wieder seine Indoktrinationsmaschine ankurbeln, so viel war sicher, seine Gesten verrieten ihn, die Art wie er *Die Russen* aussprach, sein ganzes verkommenes Sein – ich musste das sofort stoppen, ihn abwürgen: Er war derjenige, vor dem ich stets geflohen war, vor dem ich immer noch floh. Ich wollte ihm den Gefallen nicht tun, ihm keine Angriffsfläche mehr bieten!

Er aber sank rührselig und selbstmitleidig zusammen, richtete sein zerknautschtes Stachelschweingesicht zu Boden. Jämmerlich sah er aus in seinen ausgefransten Klamotten und löchrigen Socken, zerschunden von Alter und falschem Stolz. Er sollte mich nicht mehr täuschen, nicht, solange ich seinen Nachnamen trug, diesen widerlichen Namen, der wie ein Parasit nicht von mir ließ. Alles Übel meines Lebens ging von dieser ekelhaften Gestalt aus – dieser Schinder und Lügner, Verbrecher, Aas, orthodoxer Patriot, feiges Arschloch!

Und als hätte er meine Wut an jener Stelle ertastet, wo sich Hände zu Fäusten ballten und langsam zum Schlag ausholten, hob mein Vater wieder seinen Kopf und schaute mich streng an. Ein dumpfes Geräusch ging durch den Raum, und ich zuckte zusammen – als blickte ich mir selbst in die Augen: jene Augen, die Großmutter all ihren Söhnen und Enkeln vererbt hatte!

»Weißt du …«, sagte er ganz leise. Auch ihm musste die

Situation äußerst peinlich sein. Abermals hob er an, diesmal jedoch mit mehr Elan, als müsste er schauspielern: »Weißt du, mein Sohn – als ich zwanzig oder einundzwanzig war, ich erinnere mich nicht genau, das wusstest du vielleicht noch nicht – ich habe damals noch für die Armee im Rekrutierungsbüro gearbeitet. Wir hatten dort viel mehr Arbeit als im Innenministerium: Das Land war so groß – Gott, war das Land damals groß! –, und wir mussten die ganzen Leute irgendwie gerecht auf die Kasernen im Land verteilen. Das war meine Aufgabe. Eines Tages kommt ein slowenisches Pärchen zu mir: Sie sahen ziemlich verliebt aus, er musste einrücken, nach Niš hatten sie ihn beordert, sie aber lebte in Maribor und war im vierten Monat schwanger, sie wollten heiraten, sobald er wieder aus der Armee entlassen wäre. Damals dauerte der Dienst zwei Jahre, und sie hatten kein Geld, damit sie nach Niš in seine Nähe ziehen konnte. Nun standen sie vor mir, er wie ein verängstigtes Tier, sie mit ihren schönen blauen Augen und dem Bäuchlein an meinen Tisch gelehnt, und ihr liefen die Tränen herunter. Was konnte ich als kleiner Rekrutierungsbeamter schon tun, Befehl ist Befehl!«, er seufzte tief, »auf dem Papier stand Niš – ich konnte ihn nicht nach Maribor schicken, die Kaserne war ja überfüllt! Ich schickte ihn am Ende nach Kroatien, nach Varaždin, keine eineinhalb Stunden von Maribor entfernt. Ein halbes Jahr später bekam ich eine Flasche Cognac und ein Foto ihrer Tochter ins Büro geschickt. Das war ein guter Tag, und von denen gab es nicht viele.« Er hielt kurz inne und biss sich in die Unterlippe, als hätte er gerade seine Entscheidung von damals bereut.

Doch dann huschte ein verstohlenes Grinsen über sein Gesicht, und ich erstarrte erneut. Er wandte seinen Blick wieder von mir ab. Abwesend und müde, als hätte er gerade gebeichtet – als hätte der Beamte in ihm kurz das Fenster zum stickigen, unter dem Neonlicht brütenden Büro geöffnet, um richtige Luft reinzulassen, setzte er sich wieder aufs Bett und sagte: »Deine Mutter und ich schlafen schon lange in getrennten Betten, mein Sohn. Sie schläft hier, ich wollte aber ein wenig lesen heute Abend … Deine Großmutter …«, er sah zu mir auf und ließ den Satz irgendwo auf halber Strecke liegen, »im Wohnzimmer habe ich dir Bettlaken und ein Kissen bereitgestellt. Hab eine gute Nacht.«

Ich warf mich auf die Kunstledercouch und schaltete den Fernseher ein. Ein tiefes Rauschen drang aus der alten Kiste, woraufhin sich langsam ein fiepender Ton aufbaute, dann Wörter, verzerrte Sätze – eine Stimme. Es war die Stimme des Präsidenten: Er sprach von der Zukunft des Landes, von dessen Gegenwart, der Vergangenheit – dass nur derjenige, der die Vergangenheit hinter sich lässt, in die Zukunft blicken kann, um so eine bessere Gegenwart für seine Kinder aufzubauen. Er wiederholte den Satz mehrere Male, als hätte er ihn in einem Glückskeks gefunden und könnte ihn selbst nicht glauben – als wäre er ein Unbeteiligter.

Der Bildschirm blieb matt und dunkel. Der Fernseher musste irgendwann kaputtgegangen sein. Nur die penetrante Stimme aus dem Off sagte weiterhin ihr verhängnisvolles Mantra auf. Der Rest war schwarz und reflektierte nur schwach meine blassen Umrisse. Ich schloss meine Augen.

Irgendwann dazwischen musste die Veränderung eingetreten sein: der Krieg, die Kindheit, das Bombardement, der Wald, die Schule, die Flucht, das fremde Land, der Tod meiner Großmutter, der Bus, die Rückkehr, der Ring – mein Vater war immer ausgelaugt und angeschlagen, wenn er von der Arbeit nach Hause kam, als hätte die Stadt ihn und sein Wesen langsam aufgesogen. In Wien sahen die Leute nie so fertig aus. Ich wusste jedoch, dass es nicht Belgrad gewesen war, das ihn so roh gemacht hatte – es waren die Verhältnisse gewesen, die Umstände. Genau wie ich war auch er verwahrlost, seine Generation wie ein in die Ecke gedrängtes, zum Kehlenschnitt freigegebenes Lamm, zu Stimmvieh modelliert für das schöne neue gerechte Land. Geiseln waren wir in den eigenen vier Wänden, mehr nicht.

Und beide hatten wir dieselben Augen, Großmutters Augen, ich und mein ganz persönliches Monster, von Generation zu Generation weitergegeben, diese verhängnisvollen Augen, die mich immer und überall an ihn erinnerten – ein widerwärtig marodierender Zustand der Welt. Vielleicht aber war es auch anders, und ich war das Monster, dem ich heimlich huldigte. Und überhaupt: Was gingen mich seine guten Tage an?

Ich versuchte meine Gedanken zu ordnen, auszuloten, ob ich morgen wieder in einen dieser elendigen Busse steigen würde, der Camouflage entgegen – dem ewigen Gastarbeitertum. Und dann war alles weg. Ich versuchte noch vergebens, mich an einen meiner Gedanken zu klammern, aber sie schienen wie aufgelöst. Ich öffnete die Augen. War nirgends angekommen.

DANKSAGUNG

Zuvorderst danke ich meiner gesamten Familie und meinen Eltern: meinem Vater Milorad und meiner Mutter Jevrosima für ihre Geduld mit mir und meinen fixen Ideen, für die Möglichkeiten, die sie meinem Bruder und mir durch harte Arbeit und Selbstaufopferung unter den schwierigsten Bedingungen eröffneten; meinem Bruder Andrija für seine Sturheit im ewigen Kampf gegen die Belgrader Straßen.

Größter Dank gilt meiner zweiten Familie, die mir ein zutiefst fremdes Land in einen Hafen verwandelte: Felicitas Biller, Josef Kirchner, Peter Wetzelsberger, Stefan Findeisl, Sarah Oswald, Andreas Neuhauser, Marlen Mairhofer, Vicky König, Antonia Leitgeb, Dr. Klemens Renoldner, Eva Alteneder, dem *Stefan-Zweig-Centre*, Eva Nindl, Johannes Raher, Robert Oberascher, Daphna Horenczyk, Ilya Kull, Christian Winkler, Magdalena und Linda Gerhold, Sebastian Erlach, Benjamin Monsorno, Maria Dechant, Andrej Werth, Minka und Naira Popović, Leonhard Pill, Florian Lamprecht, Robert Prosser, Max Oravin, Karoline Paier, Jakob Kraner, David Hoffmann. Ganz besonderer Dank gilt hierbei Manuel Riemelmoser, ohne dessen scharfes Auge dieses Buch nicht wäre, und der Literaturzeitschrift *mosaik*, ohne die ich nicht wäre!

Der Stadt Salzburg für ganze neun barocke Jahre.

Meinen lieben Freunden aus Belgrad und ihren Familien, die sich unsere gesamte Jugend hindurch bis zum heutigen Tage von den widrigen Umständen, unter denen wir auf dem Balkan aufwachsen mussten, nie unterkriegen ließen und noch immer nicht unterkriegen lassen; ohne sie wären manche Zeilen in diesem Buch nur die halbe Wahrheit: Petar Zorić, Meri Ivanovska-Zorić, Filip Zorić, Branko Ilić, Boško Mijušković, Milan Polovina, Stefan Simanić, Mateja Ristanović, Maja Đorđević, Ljubica Antić.

Großer Dank allen Kämpferinnen und Kämpfern für das Gute, also die Literatur, Kunst, Musik, zuvorderst Tobias Roth, der Projekt *Babelsprech*, der Plattform *fixpoetry*, Christa Stippinger und der *Exil*-Literaturwerkstatt, dem Ensemble *NAMES*, dem Verein *Disposed*, dem Verein *Freakadelle*.

Meinen Professoren und Mentoren: Dr. Susanne Plietzsch, Dr. Armin Eidherr, Dr. Karl Müller, Dr. Herwig Gottwald und Dr. Werner Michler, ohne deren Zutun ich manches schon vorzeitig hingeschmissen hätte.

Ganz besonderer Dank gilt Herrn Hofrat Marko Feingold und Hannah Feingold für ihren unermüdlichen Einsatz bezüglich der Erinnerungsarbeit in Österreich und darüber hinaus.

Dank an alle Förderstellen, die die ganzen Jahre über an mich und meine Arbeit geglaubt und mich finanziell unterstützt haben.

Schließlich danke ich der Familie Naldini, die mich in ihrem Heim in Ponte a Ema, wo dieses Buch zu einem guten Teil geschrieben und beendet wurde, wie einen Sohn aufnahm.

Margherita Naldini für ihre Liebe und die Musik, für die ich mein Leben lang dankbar sein werde; auch ihr ist dieses Buch gewidmet.

Wien 2019

gnadenlos. derbe
Erzählkraft, die aber
genau den Nagel auf
den Kopf trifft.